W0058700

Verlag
Michael
Weyand

Mischa Martini

Fischers Mathes
und die Revolution

Mischa Martini

Fischers Mathes
und die Revolution

Verlag
Michael
Weyand

Impressum

© Verlag Michael Weyand, Friedlandstr. 4, 54293 Trier
www.weyand.de, verlag@weyand.de
www.mischa-martini.de, info@mischa-martini.de

Lektorat: Gabriele Belker, Peter Vollmer

Satz: Verlag Weyand, Trier
Druck und Bindung: CPI books GmbH, Leck

Abbildung Cover: wikipedia.de
Karte auf Seite 8/9: Stadtarchiv Trier
Umschlaggestaltung: Jennifer Neukirch

ISBN 978-3-942 429-94-8
1. Auflage 2017

Die Handlung basiert auf tatsächlichen Ereignissen.
Auch die Namen der Personen und Orte stimmen mit
der Historie überein.

Den Acker der Vergangenheit zu bearbeiten
hat nur dann einen Sinn,
wenn du neue Früchte darauf anbauen willst.

Helga Schäferling

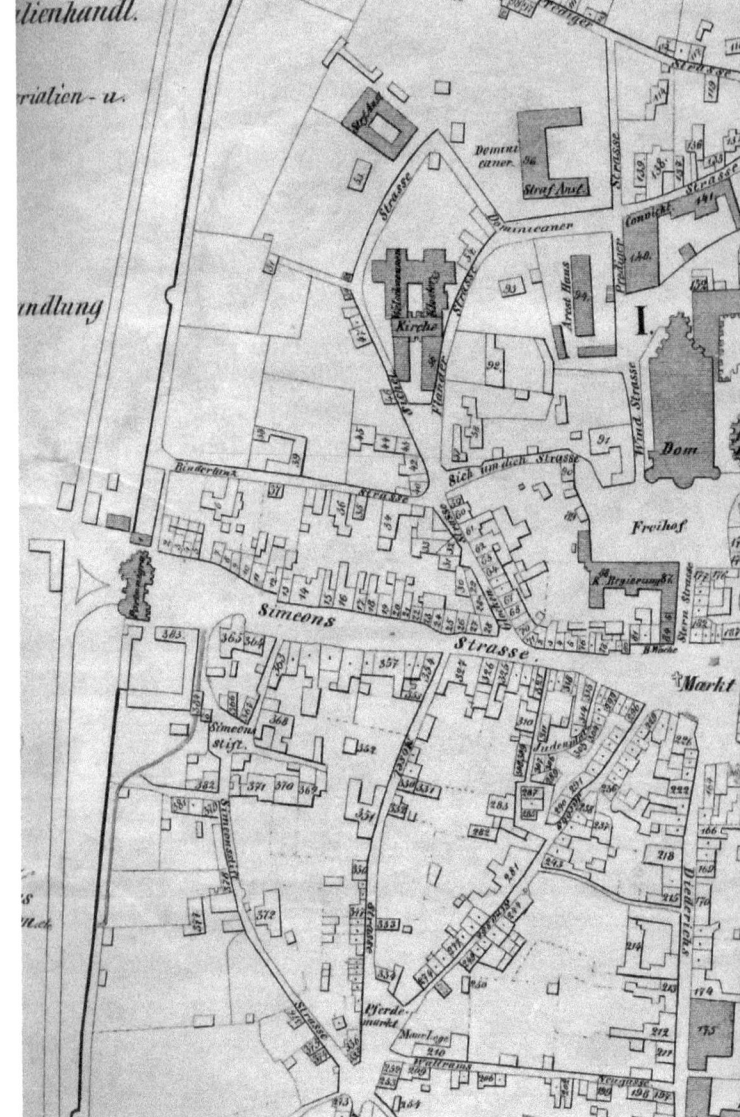

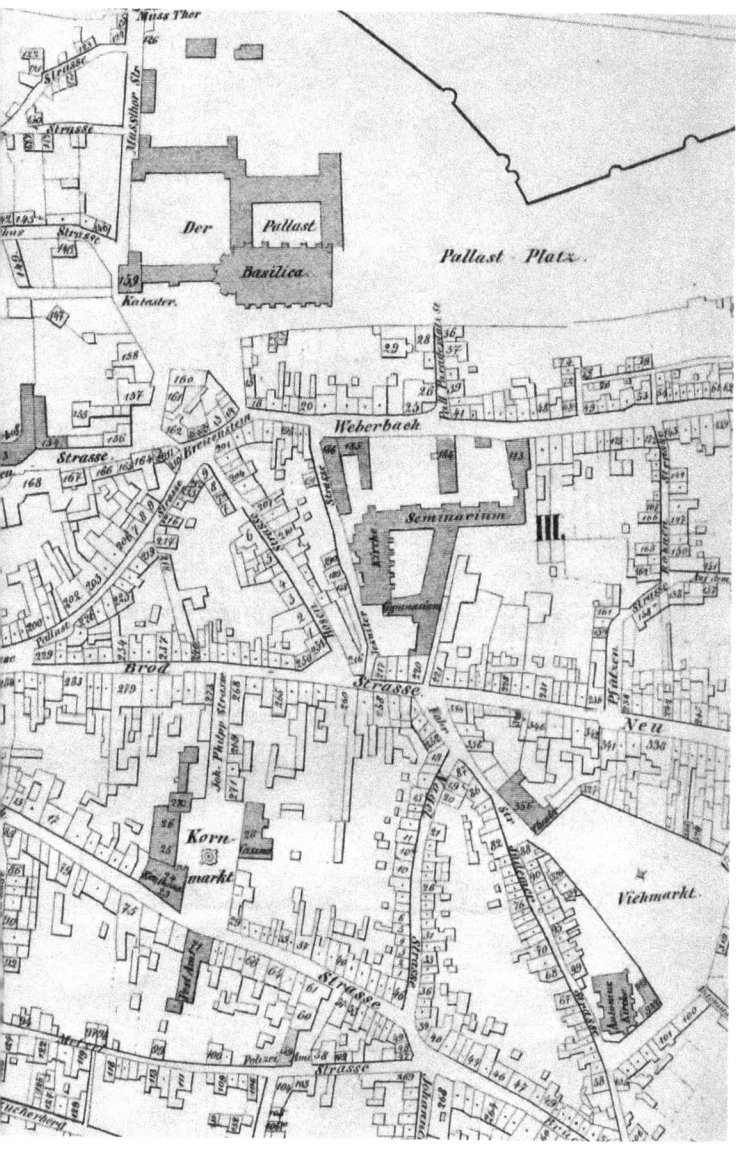

Inhalt

PERSONEN

Mathias Josef Fischer
(1822–1879),
als Junge Mäthi, als Mann
Mathes

Johann Fischer,
Buchbinder, Vater von
Mathes

Susanne Fischer
geb. Degen,
Hausfrau, Mutter von
Mathes

Frieda Fischer,
Haushaltshilfe, Schwester
von Mathes

Theodor,
Friedas Mann, Winzer in
Mehring

Theo,
Sohn der beiden

Fritz Fischer,
Matrose, Bruder von
Mathes

Kathi Meckel (Katharina),
Mathes Freundin,
Ehefrau ab 1852

Kurt Meckel,
Kolonialwarenhändler,
Vater von Katharina Meckel

Heinrich Rosbach,
Arzt, Botaniker und Maler

Betty Rosbach (Elisabeth),
Schwester von Heinrich
Rosbach

Linsenwöllm,
Dienstmann

Matthes Klassenkameraden:
Julian, Rechtsanwalt
Kaspar, Hutmacher
Bernhard, Student

Karl Marx,
Philosoph, Revolutionär,
Ehemann von Jenny von
Westphalen

Jenny von Westphalen,
Baronesse, Ehefrau von
Karl Marx

Edgar von Westphalen,
Jurist, Bruder von Jenny

Lehnchen Demuth (Helena),
Haushälterin bei Karl und
Jenny Marx

Elli Gracher,
Wirtin in der *,Höll'*

Karl Schmal,
Geodät (Vermessungs-
ingenieur)

Pitter Blasius,
Metzger

Ferdinand Meurin,
Feldwebel der
Primanerkompanie

Felix Müller,
Polizeikommissar

Andreas Tont,
Zigarrenfabrikant

Sebastian Tont,
Gastwirt, Bruder von
Andreas Tont

Johann Hugo Wyttenbach,
Direktor von Gymnasium
und Stadtbibliothek

Johann Steininger,
Lehrer am Königlichen
Gymnasium

Ludwig Simon,
Abgeordneter im Deutschen
Parlament

Karl Grün,
Journalist

Josef ,General' Recking,
Gastronom, Chef der
Bürgerwehr

KINDHEIT

1836

Sonntag im Mai

1

Die Kapelle spielte eine flotte Polka, zu der Mäthi vermeinte, die Schritte der Tanzenden oben auf der Tanzfläche im Gartencafé am Südhang über Pallien zu hören. In Wahrheit gab es dort keinen Tanzboden im Freien, sondern nur einen gestampften Lehmboden, um den die Tische im Karree standen. Lediglich die Musiker saßen seitlich auf einer grob gezimmerten Empore.

Das alles konnte Mäthi, der bisher noch nie in dem beliebten Ausflugs- und Tanzlokal Wettendorfshäuschen gewesen war, nur erahnen. Von der sonnenbeschienenen Sandsteinmauer, auf deren Sims Mäthi neben seiner Schwester Frieda und deren Freundin Lenchen saß, war nur das dahinter aufragende Gebäude vor der steilen Felswand zu sehen. Nebenan stiegen hin und wieder Leute die Treppe hinauf oder hinunter. Neben Familien, die mit Kind und Kegel vom Sonntagsausflug im Hawschen Gutshof kamen, waren es zumeist Paare. Die Damen mit taillierten Oberteilen über weiten Röcken. Von weitem ließen bereits ihre Hüte erkennen, dass es Damen aus der Oberschicht waren, begleitet von Offizieren in schmucker Ausgehuniform. Wenn es sich um Zivilisten handelte, waren es meist salopp, aber nicht ohne eine gewisse Eleganz gekleidete Herren.

Befand sich unter den Familien zuweilen ein Schüler des Gymnasiums, das er besuchte, so fühlte sich Mäthi auf seinem stillen Mauerplatz am Rande des Geschehens keineswegs beschämt. Schließlich war seine Damenbegleitung für einen Vierzehnjährigen durchaus vorzeigbar.

Und dass Frieda seine Schwester war, konnten die ja nicht wissen. Lenchen wirkte zumeist sehr zurückhaltend, fast schon reserviert. Anfangs hatte Mäthi gedacht, er wäre persönlich gemeint, aber dann bemerkte er, dass sich ihr streng wirkender Blick mit der gleichen Skepsis auf alles in ihrer Umwelt richtete. Eine Ausnahme bildeten lediglich Kinder und Tiere.

Unten im Tal glitt auf der Mosel ein kleiner Kahn unter vollen Segeln flussabwärts. Frieda, die neben Mäthi saß, wippte mit den Beinen zu einem Walzer. Dabei tuschelte sie mit ihrer Freundin. Seine Schwester war vier Jahr älter als er. Ebenso wie ihre zwei Jahre jüngere Gefährtin, die deutlich älter wirkte, war sie als Haushaltshilfe beschäftigt. Bereits mit neun Jahren war Lenchen von ihrer armen Familie von St. Wendel nach Trier in einen Haushalt geschickt worden, wo es ihr ziemlich schlecht ergangen war. Das hatte ihm Frieda einmal erzählt. Seit zwei Jahren arbeitete Lenchen nun bei den Westphalens. Die schienen sie gut zu behandeln.

Aus ihrem Geflüster wurde Mäthi nicht schlau. Er vermutete, dass es um eine Liaison der Tochter aus dem Hause von Westphalen ging. Aber Lenchen schien nicht gewillt zu sein, sich auf Klatsch über ihre Herrschaften einzulassen.

Sie wurden unterbrochen. Drei junge Burschen mit Primanerkappen, die beim Treppensteigen auf die beiden jungen Damen aufmerksam geworden waren, kamen wieder zurück und luden die ‚hübschen Mauerblümchen‘, wie sie sich ausdrückten, auf eine Tasse Kaffee ein.

Frieda, die noch über die Sturheit ihrer Freundin verschnupft war, gab den dreien mit der Begründung, es würde ihnen bald im Freien zu kühl, einen Korb. Als sie anboten, man könne auch nach drinnen in den Saal gehen, behauptete sie, der Tabaksqualm darin bekomme ihr nicht.

Wenig später machten sie sich auf den Heimweg.

»Seit wann verträgst du denn keinen Tabaksqualm mehr?«, fragte Mäthi in dem Wissen, keine Antwort zu erhalten. Die Sonne war hinter den Markusberg gesunken. Die dünnen Schleierwolken schimmerten blutrot bis violett.

Da seine Begleiterinnen in Richtung Römerbrücke stumm neben ihm hergingen, glaubte Mäthi, seinerseits die Unterhaltung betreiben zu müssen. Er berichtete, dass die aktuelle Himmelserscheinung immer noch von den Resten der Staub- und Schwefelwolken herrührte, die der Vulkan Tambora im fernen Java um die Erde geschickt hatte.

»Aber das ist doch schon fünfzehn Jahre her, da warst du noch gar nicht auf der Welt«, widersprach ihm Frieda.

»Da bin ich auch froh drüber«, wandte Mäthi ein und versuchte weiter, die beiden mit seinem Wissen aus dem Naturkundeunterricht zu beeindrucken. Jederzeit könne mit dem nächsten Vulkanausbruch gerechnet werden. Gleich nebenan in der Eifel lauerten einige Vulkane unter den Maaren ihrem nächsten Ausbruch entgegen.

»Ein untrügliches Zeichen ist der Schwefelgeruch. Wenn man den wahrnimmt, dann ist es aber leider schon zu spät«, tat er gewichtig. »Ich weiß aus eigener Erfahrung, wovon ich spreche.«

»Mäthi, du bist mal als kleine Jung in den Keller vom Jupp gelaufen, wo die Fässer gerade geschwefelt worden sind«, versuchte ihn Frieda zu bremsen. »Das ist alles.«

»Es war auf jeden Fall schlimm.« Er nickte mit ernster Miene.

»Und wenn es dann passiert und unsere Welt untergeht?«, fragte Frieda.

Mäthi zuckte die Schultern. »Das wäre schlimm, dann müsst ich zur Tant nach Olewig.«

Je näher sie der Römerbrücke kamen, umso mehr belebten Sonntagsausflügler die Straße auf dem Weg zurück in die Stadt. Als die drei eine im gemütlichen Tempo flanierende Familie überholten, konnte Mäthi kaum die Augen von den Zwillingsmädchen lassen. Sie schienen in seinem Alter zu sein, trugen Kleidchen in den gleichen Farben, darüber helle Schürzen mit Spitzenbesatz und in den Haaren weiße Bänder. Als die beiden Mäthi anlächelten, wäre dieser um ein Haar mit einer entgegenkommenden Frau zusammengestoßen, die einen Karren mit einem Hund darin hinter sich herzog.

»Pass auf, dass dir nicht die Augen rausfallen!«, neckte ihn Frieda.

»Wieso?«, fragte Mäthi.

»Ich hab' gesehen, wie du die zwei eben angeglotzt hast.«

»Das waren Zwillinge.«

»Das wäre mir niemals aufgefallen«, spottete sie.

»Schöne Mädchen waren das. Da könnte ich mich gar nicht entscheiden«, meinte Mäthi.

»Wozu?«

»Wer mir besser gefällt, das waren sicher zwei eineiige Zwillinge.«

»Zwillinge, nicht zwei Zwillinge«, verbesserte ihn seine große Schwester. »Und wer gefällt dir von deinen Freundinnen besser?«

»Ich habe keine Freundinnen!«

»Und was ist mit dem Bäbchen und dem Käthchen?«

»Alle Mädchen sind schön«, stellte Mäthi mit nachdenklicher Miene fest. »Ihr zwei natürlich auch. Aber das wisst ihr ja selbst.« Er schaute auf die vor ihnen liegende Römerbrücke und bemerkte dabei nicht die geschmeichelten Blicke, die sich Frieda und Lenchen zuwarfen. »Später vielleicht, wenn die Frauen älter werden, ändert sich das bei manchen, wenn sie viele Kinder haben und schwer schaffen müssen, aber als Mädchen sind sie wirklich alle schön.«

»Und wen willst du von den beiden mal heiraten?«, hakte Frieda nach. »Bäbchen oder Käthchen?«

»Wenn ich auf Expeditionen gehe, kann ich keine Frau versorgen. Wissenschaft oder Familie, entweder oder.« Mäthi hob in fatalistischer Geste beide Schultern. »Das Käthchen hätte mir schon gefallen, aber es ist halt, wie es ist.«

Sie blickten über das Geländer auf den Fluss. Neben ihnen holperte ein großer zweirädriger Karren hoch beladen über das Pflaster der zur Stadtseite leicht abfallenden Brücke. Zwischen Hausrat, Werkzeug, Säcken und Strohmatratzen beäugten zerlumpte Kinder die im Sonntagsstaat daherschreitenden Ausflügler. Vater und Mutter zogen an der Deichsel, beide ausgemergelt und mit stieren Blicken.

Wieder eine Familie, die ihren Bauernhof oder das Weingut aufgeben und Zuflucht im städtischen Armenhaus suchen musste, dachte Mäthi. Er sah die Armen tagtäglich auf den Straßen. Im Laden seines Vaters hatte er Gespräche gehört über die schlechte Situation der Winzer ringsum, die Missernten, den schlechten Weinabsatz durch die Konkurrenz aus Frankreich, die drückende Steuerlast, die allgemeine wirtschaftliche Not, die Wucherer, die auch den

Händlern und Handwerkern in der Stadt das Leben schwermachten.

»Guck, dass du nie Schulden machen musst!« Die Warnung seines Vaters klang ihm in den Ohren. »Es kommen immer mehr Leute in die Stadt, und trotzdem machen die Metzger und die Bäcker ihre Läden zu. Das kann doch nicht gutgehen.«

Mäthi hatte von der Not noch nichts zu spüren bekommen. Bei ihnen kam jeden Tag Brot auf den Tisch. Käse, Wurst und Fleisch hatten sie, wenn auch nicht üppig, aber doch genug.

Sie wichen zwei Dragonern aus, die ihre Pferde stadtauswärts am Halfter führten.

2

Mäthi trat an das Brückengeländer. Vor dem neuen Kranen waren auf der Mosel Lastkähne an langen Stricken vertäut. Dahinter lag ein größeres Schiff mit gerafften Segeln vor Anker. Unweit davon saßen zwei fein gekleidete junge Damen auf einer Decke am Ufer. Daneben hockte ein junger Mann hinter einer Staffelei und blickte über den Fluss. In seiner ärmellosen rötlichen Weste über dem weißen Hemd wirkte er wie der große Entdecker und Universalgelehrte Alexander von Humboldt, der sein Forschungsschiff hatte anlegen lassen.

»Da hinten, das sind doch die Rosbachs! Sollen wir mal hin?« Mäthi wies in Richtung der Kranen. »Der Heinrich und die Betty und ...«

»Die heißen Rosbach wie die Rose«, korrigierte ihn Frieda, das ‚S' in der Mitte des Namens kurz und weich betonend. »Das hat nichts mit einem Ross zu tun.« Sie konnte die Gesichter der beiden auf der Decke sitzenden Frauen von der alten Brücke aus nicht erkennen. Einzig die Staffelei vor dem jungen Mann ließ darauf schließen, dass Mäthi recht haben könnte. Frieda war bei den Rosbachs als Haushaltshilfe angestellt.

»Warte«, rief sie ihrem Bruder hinterher, der schon losgestürmt war. Nachdem er das stadtseitige Brückentor passiert hatte, lief Mäthi die Uferböschung hinab. Unten hatte sich Heinrich auf einem vom Hochwasser angelandeten Baumstamm niedergelassen, vor sich eine Staffelei mit einem großen Skizzenblock.

»Ich bin der Mäthi, darf ich kurz zugucken?« Er hatte höflich seine Kappe gezogen.

»Bist du der Bruder von Friederike?« Heinrich räumte einen neben ihm liegenden Bilderrahmen beiseite und lud ihn mit einer Handbewegung ein, Platz zu nehmen.

»Stimmt, und du bist der Heinrich aus meiner Schule.«

Als Mäthi die neben ihm liegende Malpalette, die Pinsel und Farbdöschen sah, fragte er sich, ob er nun womöglich Farbklecse an der Hose hatte.

»Mathias, darf ich dir meine Schwester Betty und ihre Freundin Jenny vorstellen?«

Mäthi stand auf und verbeugte sich. »Sehr erfreut, die Damen.« Er war froh, gleich wieder hinter Heinrich verschwinden zu können. Die beiden lächelnden jungen Frauen hatten ihm augenblicklich eine tiefe Röte ins Gesicht getrieben.

Frieda hatte es unterlassen, ihren Bruder zurückzurufen, weil sie befürchtete, unten am Flussufer gehört zu werden. Als sie und Lenchen bei der kleinen Gesellschaft ankamen, war Mäthi schon mit Heinrich, der mit dem Bleistift auf eine Stelle seiner Zeichnung wies, in ein Gespräch vertieft.

»Oh Friederike und Helena, genießt ihr auch das herrliche Wetter?«, begrüßte Betty sie. »Jenny und ich machen euch Platz.«

Frieda knickste etwas linkisch auf dem unebenen Gelände. Lenchen hatte sich bereits wie selbstverständlich neben Jenny von Westphalen, die Tochter ihrer Herrschaften, niedergelassen. Um sie herum lagen auf der großen Decke Teller, Gläser, Servietten, Hüte und zwei aufgespannte Sonnenschirme. Eine leere Weinflasche lehnte an einem Weidenkorb.

So vertraut wie ihre Freundin hatte Frieda noch nie mit den Rosbachs verkehrt. Gegen die Familie hatte sie nichts einzuwenden, aber es gab immer eine gewisse Distanz zum Personal. Deshalb war es ihr lieber, etwas entfernt von Betty, neben Lenchen auf dem Rand der Decke Platz nehmen zu können.

»Darf ich euch leckere Obsttörtchen anbieten?« Jenny nahm ein Tuch vom Korb, aus dem eine weitere, noch verkorkte Flasche ragte, und reichte ihnen einen Teller hinüber.

»Die wunderbaren Obsttörtchen hat übrigens Helena gebacken.« Sie hielt den Korb an Lenchen vorbei Frieda entgegen. »Wo kommt ihr her?«

»Von Pallien.« Frieda sah auf die zwei verbliebenen runden Törtchen. Lenchen hatte ihr vorhin eins mitgebracht. Das erwähnte sie aber vorsichtshalber nicht. »Wir waren zum Wettendorfshäuschen.« Das klang so, als hätten sie das

Lokal besucht, entsprach aber dennoch der Wahrheit. Zum Glück mischte sich Mäthi nicht ein und verriet auch nichts, als er, nachdem Lenchen ihres abgelehnt hatte, ein Obstörtchen bekam.

Neben Heinrich sitzend, betrachtete Mäthi die Zeichnung auf dem Skizzenblock mit dem Panorama der gegenüberliegenden Moselseite. Aus den grob skizzierten dünnen Strichen stachen hier und da fein ausgearbeitete Gebäude und Baumreihen hervor. Heinrich ließ mit wenigen schnellen Bleistiftstrichen die Kapelle oben auf dem Markusberg Kontur gewinnen. Das Abendrot hatte inzwischen an Intensität zugenommen.

»Willst du Maler werden, so wie der Ramboux?«, fragte Mäthi und schob sich den Rest des Obsttörtchens in den Mund.

»Meinst du, ich hätte das Zeug dazu?«

»Auf jeden Fall!«, war sich Mäthi sicher, der sich nun das Bild besah, das auf der anderen Seite von Heinrich auf dem Stamm lag. Es zeigte die etwas unterhalb liegende ‚Eilyacht Stadt Trier‘. »Ganz besonders sogar.«

»Mein Vater und mein Großvater würden mich lieber als Juristen sehen. Aber wenn es keine Kunst werden soll, dann kommt für mich nur die Medizin infrage.«

»Auch nicht verkehrt. Ärzte werden gebraucht.«

»Glaubst du, die wären wichtiger als die Maler?«

»Kommt darauf an.« Mäthi ließ sich nicht anmerken, dass Heinrich ein wenig so klang, als spräche er mit einem Kind. »Wenn ich krank bin, dann kann mir ein Maler wenig helfen.«

Heinrich nickte, während er seinen Bleistift in Augenhöhe hob und ihn im ganz langsamen Tempo eines Lastkahns, der am anderen Ufer von zwei schweren Gäulen flussaufwärts gezogen wurde, nach links bewegte.

»Andererseits kannst du Menschen, die krank im Bett liegen und denen langweilig ist, mit einem schönen Bild an der Wand erfreuen«, ergänzte Mäthi.

»Ein gutes Argument«, sagte Heinrich. »Und was willst du später einmal werden?«

Da brauchte Mäthi nicht zu überlegen. »Forscher und Entdecker!«

»Was heißt das konkret?«

»Zum Beispiel Alexander Humboldt auf seiner nächsten Expedition begleiten. Egal ob als Helfer, Assistent, Sekretär, von mir aus auch als Träger von Gepäck und Gerätschaften oder als Koch oder was auch immer.«

»Interessant! Was würdest du ihm denn kochen?«

»Bratkartoffeln mit Blutwurst oder Tertisch, den kennst du doch?« Mäthi schaute Heinrich fragend an und gab gleich selbst die Antwort. »Püree mit Sauerkraut. Ich kann aber auch Linsensuppe, Kartoffelschniedscher, die heißen, glaube ich, auch Kartoffelpuffer. Und Spiegelei oder Rührei mit Schinken, das kriege ich alles schon hin.« Mit ernster Miene fügte er hinzu: »Natürlich nur, wenn sie die Zutaten an Bord haben. Sauerkraut und Kartoffeln haben die ja immer dabei, das weiß ich.«

»Woher?«

»Vom Georg Forster.« Nach einem kurzen Schweigen ergänzte Mäthi: »Das ist keiner von hier, den kenne ich auch nicht persönlich, ich glaub', der lebt leider gar nicht mehr, ich hab' das aus einem Buch von ihm.«

»Ist klar.« Heinrich bemühte sich, ein süffisantes Lächeln zu unterdrücken. Er besaß selbst einen wunderbaren Band von Georg Forster. In Mäthis Alter hatte auch Heinrich davon geträumt, wie Forster mit berühmten Entdeckern wie James Cook auf Expedition in fremde Länder aufzubrechen.

»Und Äpfel dürfen auch nicht fehlen«, ergänzte Mäthi und schnipste sich Krümel von der Hose.

»Wegen der Vitamine.«

»Dat och.« Mäthi fiel in Dialekt. »Unn wenn ich Heimweh hann, mach ich mir draus en Viez.«

»Trinkst du schon Apfelwein?«

»Was denkst du denn? Jeden Abend mindestens ein Porz* Viez«, log Mäthi.

Beide folgten mit ihren Blicken einem stromabwärts fahrenden Kahn, dem ein kleines, im Westwind geblähtes Segel zusammen mit der Strömung flotte Fahrt verlieh.

Mäthi klopfte mit seinem Zeigefinger auf den neben ihm liegenden runden Behälter. Er klang hohl und blechern. »Waren da Kekse drin?«

»Mathias, was meinst du denn, was da drin ist?« Heinrich erinnerte sich, dass Mäthis Schwester von den Späßen ihres Bruders erzählt hatte, der angeblich nie um eine Antwort verlegen war.

»Du sammelst Schmetterlinge?«

»Stimmt, die würden da auch reinpassen, aber da kommen Pflanzen rein.«

»Warum?«

»Zum Bestimmen, zum Zeichnen und für mein Herbarium.«

Das Wort klang für Mäthi ähnlich wie Aquarium. Aber es musste etwas anderes bezeichnen. Er hatte sich so groß-

---

* Trinkgefäß

spurig gegeben, da passte es jetzt gerade nicht, zu fragen, was es mit diesem Herbaridings auf sich hatte.

»Hast du schon viel in deinem Herbari ...?«

»Herbarium.« Heinrich nickte. »Es ist schon was zusammengekommen. Wenn du willst, komm' doch mal vorbei, dann kannst du es dir ansehen.«

»Jetzt gleich?«, fragte Mäthi. »Ich meine, wenn du fertig bist?«

Die vier jungen Frauen hatten das Gespräch von Heinrich und Mäthi verfolgt. Heinrichs Schwester und Jenny amüsiert, Lenchen unbeteiligt und Frieda verschämt.

»Nee, heute nicht. Wir müssen nach Hause«, mischte sich nun Mäthis Schwester ein. Sie wollte an ihrem einzigen freien Tag in der Woche auf keinen Fall ins Haus der Dienstherren. Und nun waren sie auch lange genug hier gewesen. »Mäthi, Lenchen und ich, wir wollen weiter!«

»Dann bis ein andermal, Mathias, es war schön dich kennenzulernen.«

»Ganz meinerseits.« Mäthi stand auf und verbeugte sich linkisch vor Heinrichs Schwester und Jenny, worauf er gleich wieder die Röte auf seinen Wangen spürte.

Kaum waren sie oben auf der Straße angekommen, tuschelte Frieda aufgeregt mit Lenchen. Soweit der hinter ihnen hertrottende Mäthi verstand, ging es darum, dass seine Schwester sich darüber ausließ, mit der Baronesse von Westphalen zusammen auf einer Decke gesessen zu haben, und wie überrascht sie war, wie vertraut Lenchen und Jenny miteinander umgingen.

Auf dem restlichen Heimweg erzählte Mäthi sprudelnd vor Begeisterung von der Begegnung am Moselufer. Frieda ließ ihn gewähren, bis sie sich am Haus der von Westphalens in der Neugasse von Lenchen verabschiedet hatten.

Sobald sie allein waren, wandte sie sich an ihren Bruder: »Eins will ich dir sagen.« Ihre Stimme klang, als hätten sich die Worte in ihr aufgestaut und könnten sich nun ihren Weg bahnen. »Du brauchst dich bei denen nicht so aufzuspielen.«

»Bei wem?«, stellte sich Mäthi ahnungslos.

»Mein Freundchen, du weißt schon, von welchen Leuten ich rede.«

»Wer ist denn bei denen die Friederike?«, versuchte er sich zu wehren.

»Die nennen dich ja auch Mathias«, konterte sie. »Das ist peinlich, richtig zum Schämen, wie du dich aufspielst.«

»Warum?«

»Du weißt, was ich meine. Die wissen, wer wir sind. Denen brauchen wir nichts vorzumachen.«

»Und die, was sind die?«

Frieda zischte die Worte durch die Zähne: »Feine Leute, so einfach ist das. Die Jenny, die ist eine Baronesse von Westphalen.«

»Eine Baronesse«, äffte Mäthi sie in gespielt vornehmem Ton nach. »Und was sind wir?«

»Du bist ein Rotzbengel.«

Mäthi bückte sich reaktionsschnell, konnte aber nicht verhindern, dass ihr Schlag mit der flachen Hand seinen Hinterkopf streifte.

»Merk dir das«, zischte sie. »Und wir sind und bleiben kleine Leut'!«

3

Als er eine Woche später über das Pflaster des Marktes schritt, hing Mäthi seinen Gedanken nach. Von dem Treiben an den Ständen ringsum bekam er kaum etwas mit. Selbst für die Dienstmänner an der Ecke zur Jakobstraße hatte er kaum ein Auge. Um Zeit zu gewinnen, entschied er sich für einen Umweg. Auf Linsenwöllm wurde er erst aufmerksam, als dieser ihm mit einem seiner langen Arme an die Schulter fasste.

»Und, wohin des Wegs?«

»Zu den Rosbachs«, sagte er, ohne stehen zu bleiben, und verstand, selbst wenn Linsenwöllm sich hätte deutlicher ausdrücken können, die nächste Frage nicht mehr. Wahrscheinlich wollte er wissen, ob er sich mitten in der Stadt verlaufen hatte.

Als Mäthi sich hinter der Judengasse nach rechts wandte, verließ ihn der letzte Mut. Er war nicht angekündigt, vielleicht war Heinrich gar nicht zu Hause oder sein Besuch kam ihm ungelegen. Vielleicht war die Einladung auch nur so eine höfliche Floskel gewesen, wie man sie sonntags unter *feinen Leuten* austauschte, ohne es wirklich ernst zu meinen. Er war ja noch fast ein Kind gegenüber diesem Primaner, vor dem er mächtig Respekt hatte.

Seine Schritte wurden kürzer und langsamer. Als er an der Simeonsmühle und den Ruinen des Stifts vorbei zurück in die Simeonstraße schlurfte, war ihm das Kinn bis auf die Brust gesunken. Er fasste den Entschluss, ein andermal hinzugehen, er könnte durch Frieda nachfragen lassen, wann es Heinrich recht wäre. Aber wahrscheinlich würde sie das nicht tun. Er schaute gar nicht hin, als er das Haus passierte.

»Na Mathias, hast du was verloren?«

Mäthi schaute verdutzt zu dem vor ihm stehenden Heinrich auf.

»Nein ... eigentlich ja.« Mäthi konnte schlecht erklären, dass er den Mut verloren hatte. Den fand man auch nicht in den Pflasterritzen wieder.

»Das wäre jetzt doch mal eine Gelegenheit.« Heinrich nahm seine schwer wirkende Tasche aus der Armbeuge des linken Arms und klemmte sie in die rechte, »um mein Herbarium zu besichtigen.«

Mäthi nickte. Eine Antwort hätte Heinrich sowieso nicht verstanden, weil gerade ein Pferdewagen mit einem Anhänger voller Fässer vorbeirumpelte.

»Mein Großvater hat eine Hottentottenfeige, die zeige ich dir als Erste, wenn du sie sehen willst.«

Die Haustür war, wie bei fast allen Häusern in der Stadt, tagsüber nicht abgeschlossen.

Mäthi folgte Heinrich die ausladende Treppe hinauf in den ersten Stock, wo dieser ihn in eine gute Stube führte. Er wusste nicht, was er als Erstes betrachten sollte: Die Ornamente auf den Tapeten, die gerahmten Bilder – die meisten waren Zeichnungen – und Prachtteller an den Wänden, die bestickten Bezüge der Sofas und Sessel, die Intarsien der Schranktüren oder die Buchrücken in den Regalen.

»Da vorn auf der Fensterbank steht das gute Stück.«

Mäthis Blick folgte Heinrichs Handbewegung. Die unscheinbare Pflanze in dem Blumentopf hätte er wohl nicht beachtet, wenn sie ihm in freier Natur begegnet wäre.

»Carpobrotus acinaciformis, die Rote Hottentottenfeige.« Heinrichs Stimme klang so förmlich wie bei der Vorstellung zweier feiner Herren.

Als habe er die Gedanken seines jungen Besuchers erraten, richtete er sich nun an die Pflanze und sagte: »Darf ich bekanntmachen: Mathias Fischer, Mathiae Piscator, zukünftiger Entdecker und Forscher.«

Mäthi trat lächelnd an die Fensterbank und verbeugte sich artig vor der Pflanze.

»Sie hat sich von Südafrika aus über das Meer verbreitet, einfach dadurch, dass Pflanzenteile ins Wasser gelangten und andernorts wieder angespült wurden. So ist die Pflanze bis in den Mittelmeerraum, nach Südamerika und nach Australien gelangt«, sagte Heinrich voller Begeisterung. »Du müsstest sie in der Blüte sehen.« Er bog eine gelbliche Verdickung an der Spitze eines der Stängel nach oben. »Da sind die Früchte drin.«

»Kann man die essen?«

»Leider nein. Die sind auch ganz klein. Wobei die Pflanze selbst ein paar Meter hoch werden kann. Aber dafür hat sie hier leider nicht die erforderlichen Bedingungen.«

Durch das Fenster sah Mäthi auf der anderen Straßenseite Bauersfrauen mit leeren Kiepen auf dem Rücken vom Markt stadtauswärts zum Simeonstor stapfen. Ihnen entgegen kam mit ausladenden Schritten ein junger Mann. Als Heinrich laut an die Scheibe klopfte, schaute er nach oben und winkte.

»Das ist der Karl.« Heinrich winkte zurück. »Gerade war ich bei seinem Vater im Büro.«

»Klar, den kenn' ich auch, das ist der Karl Marx.«

In seinem Zimmer nahm Heinrich Hefte und Bücher aus der Tasche und legte sie auf die Schreibplatte des Sekretärs.

»Habt ihr auch Französisch?«, fragte Mäthi, als er das Wort Dictionnaire auf einem Umschlag las.

»Nicht in der Schule. Das lerne ich bei Edgar.«

»Und woher kann der schon französisch?«

»Der kann so viel oder so wenig wie ich, Edgars Vater erteilt uns den Unterricht. Seine Schwestern Laura und Jenny sind auch dabei und der Karl.«

»Mir reichen mittags schon die ganzen Hausaufgaben«, seufzte Mäthi.

»Wenn ich nach Paris gehe, will ich die Sprache auch verstehen.« Für Heinrich schien der Lernaufwand keine Bedeutung zu haben. »Außerdem habe ich damit Zugriff auf viel mehr literarische und besonders auch auf wissenschaftliche Bücher.«

»Und die Marseillaise kannst du auch singen?«

»Du nicht?«

»Doch, nur nicht den genauen Text.« Mäthi überlegte, woher er sie kannte. Wahrscheinlich hatte sein Bruder sie gesungen. Damals, als dieser noch auf der Mosel nach Frankreich schipperte. Mäthi hatte nie groß über die Bedeutung des Liedes nachgedacht.

»Da haben einige Herren Ärger bekommen, weil sie das im *Casino* gesungen haben. Auch mein Großvater war dabei und unser Direktor, der Wyttenbach.«

Mäthis Vater hatte zu Hause bei Tisch davon erzählt, dass beim sogenannten *Casino*-Zwischenfall obendrein die Trikolore, die Fahne der französischen Revolution, entrollt worden war.

Mäthi konnte sich nur daran erinnern, dass über die Franzosen geschimpft wurde. Umso überraschter war er nun zu hören, dass jemand freiwillig nach Paris gehen wollte und sich die Mühe machte, die französische Sprache zu erlernen.

»Die Franzosen haben uns mit ihrer Revolution vorgemacht, was möglich ist«, sagte Heinrich.

»Aber die ist doch gescheitert«, wandte Mäthi ein.

»Nicht so ganz, die Franzosen sind uns, was Bürger- und Menschenrechte angeht, weit voraus«, sagte Heinrich. »Immerhin wissen wir, was politisch möglich ist. Und was wir hier tun können.«

»Und das wäre?«

»Hambach war der Anfang. Und so wie im Moment, geht es nicht weiter.«

»Was geht nicht weiter?«, fragte Mäthi.

»Schau dich doch um, was du hier an Elend auf den Straßen siehst. Du solltest mal ins Armenhaus gehen, dann weißt du, wie es um uns steht.« Heinrich legte mehrere Pflanzen nebeneinander auf ein mit Zeitungspapier bedecktes Brett. Die Blüten und Blätter strich er jeweils mit der Hand glatt, bevor er weiteres Zeitungspapier darauftat und mit einer Holzplatte beschwerte. Obenauf stapelte er ein paar dicke Bücher.

»Und wenn noch mehr Druck draufkäme?«, fragte Mäthi.

»Das würde gewiss nicht schaden«, antwortete Heinrich und packte noch ein paar Bücher dazu. »Die Pflanze ist noch ziemlich nass. Da muss ich jeden Tag das Papier wechseln, sonst könnte sie schimmeln.«

Das war mal ein Bereich, wo Mäthi mitreden konnte. In der Buchbinderei des Vaters gab es Pressen, mit denen der Druck gleichmäßiger und stärker auf die Pflanzen ausgeübt werden könnte. Er wollte nicht voreilig sein und es lieber erst ausprobieren. Während Heinrich den Rest der Ausbeute von der heutigen Exkursion aus der Botanisiertrommel nahm und eine zweite Lage auf einer Zeitung verteilte, schweifte Mäthis' Blick vom Kanonenofen in der Ecke über das Regal, den Sekretär mit der aufgeklappten Schreiblade am Fenster zu der Wand mit der Spiegelkommode und dem Waschlavoir, dem Bett mit dem Nachttisch. Daneben hatte Miro, Heinrichs Hund, vorhin noch Wasser aus einem Napf geschlabbert. Nun lag er auf einer Decke und schien bereits fest zu schlafen. Über einen Schrank mit der daran gelehnten Staffelei führte Mäthis Blick zurück zu dem kleinen Tisch, an dem Heinrich weiter hantierte. An der Wand dahinter hing ein großflächiger Plan der Stadt und weitere Karten. Darin steckten feine Nadeln.

»Soll ich was nachlegen?« Mäthi deutete zum Ofen.

»Danke, gern, das vertreibt die feuchte Luft.«

Auf Strümpfen – die schmutzigen Schuhe hatte er hinter der Haustür neben denen von Heinrich abgestellt – tappte Mäthi zum Ofen, in dem noch ein kleiner Rest Glut war, auf die er einen Brikett aus dem Kohlenkasten legte.

»Und warum hebst du die Pflanzen auf?«, fragte Mäthi, als er wieder neben Heinrich stand.

»Zum Vergleichen, zum nachträglichen Bestimmen, manchmal auch zum Abzeichnen.«

»Halten die sich denn?«

»Wenn das Trocknen klappt und sie danach ordentlich gelagert werden, kannst du sie in hundert Jahren noch begutachten.«

»Aber die Blüten welken doch.«

»Stimmt, wie alles andere auch, aber die Form bleibt erhalten und die ist die Hauptsache.«

Heinrich zog eine dicke Kladde aus dem Regal und legte sie auf die Schreibplatte des Sekretärs. Nachdem er die beiden Schlaufen auf dem Deckel gelöst hatte, blätterte er die kartondicken Doppelseiten auf, wo rechts eine Pflanze auf Papier geklebt war und links der lateinische und deutsche Name, das Datum des Fundes und der Fundort festgehalten waren.

»Bei den Fundorten notiere ich bei seltenen Pflanzen auch andere Standorte«, erläuterte Heinrich. »Wenn Teile entnommen werden, zeige ich hin und wieder die Pflanze, wie sie im Gesamten aussieht.« Er blätterte weiter bis er zu einer entsprechenden Seite mit Skizze kam.

Mäthi zeigte auf die Rücken der ähnlich aussehenden Bände im Regal. »Wie viele hast du denn schon gesammelt?«

»Das hier ist der vierte Band. Wenn der voll ist, sind es zweihundert.«

»Und wie viele sollen es werden?«

»Keine Ahnung, so viele, wie sich finden lassen.«

»Und dann?«

»Wer weiß«, Heinrich blickte auf das Muster, das die von der tief stehenden Sonne durchleuchtete Gardine an die Wand warf. »Vielleicht wird es mal ein Buch zur Flora des Moseltals.«

4

Seine letzte Patrone war verschossen. An der Seite der Kameraden, in geduckter Haltung durch Kugelhagel und Pulverdampf dem Feind entgegenstürmend, riss er das Bajonett von dem Koppel und pflanzte es aufs Gewehr. Plötzlich stand ihm, Aug in Aug, der erste Franzose gegenüber. Dieser hatte gerade nachgeladen und hob seine Flinte hoch.

Mäthi ließ sich fallen. Der Schuss donnerte über ihn hinweg. Mäthi rappelte sich auf und setzte zum finalen Stoß an, den Feind nicht aus den Augen lassend, der ebenfalls mit aufgepflanztem Bajonett einen Treffer landen wollte. Doch der Bursche sackte plötzlich zusammen. Vom Kreuzfeuer aus Freundes – oder Feindes Waffe getroffen. Mäthi warf sich wieder auf den Boden und konnte gerade noch zur Seite rollen, sonst hätte ihn der Säbel eines mit hasserfüllten Blicks zustoßenden Soldaten getroffen. Ein Blutstrahl ergoss sich auf seine Uniformjacke.

»Hörst du nicht?«, klang die Stimme der Mutter aus dem Treppenhaus.

»Was ist denn?« Mäthi schaute an sich herab und war erstaunt, als er sein Hemd sauber vorfand.

»Es gibt gleich Essen!«

Mäthi stand auf und klopfte sich den Staub von den Knien. In seinem kleinen Schlafzimmer diente ihm das ehemalige Bett seines Bruders Fritz als Schlachtfeld. In dem karg möblierten Raum stand neben dem Eingang ein Kleiderschrank, dessen Türen, wenn er sie weiter als zur Hälfte öffnete, an sein Bett stießen. Ein Nachtschrank stand in dem schmalen Gang zwischen den beiden Betten, wo ein dünner, verschlissener Wollteppich auf den Holzdielen lag. Dieser wurde zuweilen von Mäthi zerknüllt und verwandelte sich dann in ein Eiland in der Südsee, das von Piraten bewohnt wurde. Gnade Gott dann den Schiffen, die hier zu nahe vorbeikamen. Da kannte der gefürchtete Seeräuberkapitän kein Pardon.

Wenn sein Stahlschiff aus der versteckten Bucht in See stach, hatte meist das letzte Stündlein für die Besatzungen auf den mit kostbaren Gütern beladenen Handelsschiffen geschlagen. Selbst eine Kriegsflotte hatte gegen Mäthis Kanonenboot mit fünfzig weitreichenden Geschützen keine Chance.

In der Ebene der Matratze stand sich das Gros der feindlichen Heere gegenüber. Das zerknüllte Kopfkissen, seitlich an der Wand des Bettes drapiert, stellte die Grana Höhe dar. Diese Erhebung befand sich nur wenige Kilometer flussauf von Trier, nahe der Mündung der Saar in die Mosel. Hier hatte im Sommer des Jahres 1675 die legendäre Schlacht an der Konzer Brücke stattgefunden. Damals konnte dort während des holländischen Krieges ein wichtiges Gefecht gegen die Franzosen gewonnen und gleichzeitig die Belagerung der Stadt Trier beendet werden.

Statt Zinn musste der Beschnitt herhalten, der in der Werkstatt bei Buchumschlägen abfiel. Auch wenn sein Vater sparsam darauf achtete, mit möglichst wenig Verschnitt auszukommen, so fiel zusammen mit den unbrauchbar gewordenen Umschlägen von restaurierten Büchern genug Pappe, seltener auch Leder, ab. Aus diesem Material schnitt Mäthi in jeder freien Minute die Umrisse von Soldaten mit Helmen, Tornistern und Flinten. Bei Letzteren waren die schmalen Gewehrläufe, die über die Schultern der Soldaten hinausragten, eine besondere Herausforderung. Andere Pappenheimer hatten das Gewehr zum Schuss angelegt oder das Bajonett für den Nahkampf aufgepflanzt. Weiter gab es eine umfassende Kavallerie samt Pferden, eine Artillerie mit Geschützen in verschiedenen Größen und Ausführungen. Dazu gehörten im Karree aufgestapelte Kanonenkugeln, Lafetten, Hand- und Pferdewagen, Zelte für die Mannschaften und sogar Baldachine für die Feldherren. Beim ersten Einrichten eines Schlachtfeldes hatte Mäthi sich über den Einfall gefreut, die misslungenen Figuren als gefallene Soldaten einsetzen zu können, da wirkten fehlende Gliedmaßen und sonstige Mängel gleich wieder authentisch.

»Wenn du nicht gleich unten bist«, war die gereizte Stimme seines Vaters zu vernehmen, »dann komme ich hoch.«

5

Am Sonntag sollte es gleich nach der Frühmesse in Liebfrauen losgehen. Mäthi hatte, um anschließend keine Minute zu verlieren, das Bündel mit Proviant unter seine Sitzbank gelegt. Darin hatte ihm seine Mutter neben Wurstbroten zwei hart gekochte Eier und eine verbeulte Feldflasche mit Wasser gepackt.

Die den männlichen Besuchern vorbehaltenen Bänke waren dünn besetzt, wohingegen im Bereich der Frauen hinter den ersten Reihen, die für die Mädchen vorgesehen waren, viele Hausfrauen saßen, denen nach dem Hochamt nicht mehr genügend Zeit für die Zubereitung des Sonntagsmahls geblieben wäre. Mit verstohlenen Blicken schaute Mäthi zu den Mädchen, konnte aber weder Käthchen noch ihre Freundin Bäbchen entdecken.

In der Früh war die Messe meist kurz. Nur zwei Messdiener assistierten dem Pastor am Altar. Im Hochamt würden es mindestens vier sein. Darüber dachte Mäthi bei der Predigt nach, die, je länger sie sich hinzog, von immer mehr Husten aus der Gemeinde begleitet wurde. Sollte nachher einer der Messdiener ausfallen, hatte der Küster heute keine Chance, ihn als Ersatz zu gewinnen. Zum Glück wohnte Mäthi etwas weiter von der Kirche entfernt. Als es noch katholische Gottesdienste in der Jesuitenkirche gegeben hatte, von der es nur ein Katzensprung bis zu Mäthis Zuhause war, wäre das anders gewesen. Aber die Preußen hatten die Jesuitenkirche okkupiert, wie es sein Vater ausdrückte. Erst war sie zwei Jahre lang im Wechsel von beiden Konfessionen für Gottesdienste genutzt worden, dann hatten die Evangelen sie komplett übernommen.

»Ich geh' erst wieder zur Messe, wenn wir unsere Jesuitenkirche von den Evangelen zurückkriegen.« Mit diesem Spruch verabschiedete sich sein Vater seither am Sonntagmorgen zum Frühschoppen.

In Anwesenheit von Kunden im Laden hörte man von Vater nie ein kritisches Wort, egal um welches Thema es in den Unterhaltungen ging. Da verhielt er sich immer neutral. Und was zu Hause bei Tisch gesprochen wurde, hatte auch dort zu bleiben und ging niemanden außerhalb der Familie etwas an. Das hatte der Vater eindrücklich erklärt.

Mäthi fröstelte ein wenig. Hätte er sich wärmer anziehen sollen? Seine Strümpfe waren runtergerutscht. Darüber trug er eine Hose bis übers Knie und eine Jacke.

Gleich auf der Exkursion mit Heinrich würde es ihm schon warm werden. Das lautstarke Knarren der Kirchenbänke ringsum im runden Kirchenschiff, als die Gläubigen nach dem gemeinsam gesprochenen Amen am Ende der Predigt von den Sitzen auf das Kniebrett wechselten, brachte Mäthi wieder in die Realität zurück.

6

Heinrich erwartete ihn bereits vor dem Haus in der Simeonstraße. Er trug ein weißes Hemd unter dem dunklen Rock, eine schwarze Schleife um den Hals und auf dem Kopf einen Zylinder. Zuerst dachte Mäthi, Heinrich sei zum Kirchgang gekleidet, aber dann kam sein Hund Miro um die Hausecke gestürmt. Heinrich hatte ein größeres Bündel und den Gurt der Botanisiertrommel über die rechte Schulter gehängt. Ein Wanderstock aus einer knorrigen alten Weinrebe lehnte an der Haustür.

»Kann ich dir was tragen helfen?«, bot Mäthi an. Heinrich reichte ihm die Botanisiertrommel. Sie war leichter, als Mäthi erwartet hatte. Die Schnur musste er sich über den Kopf ziehen und auf die linke Schulter legen. Dennoch baumelte die Dose unterhalb seiner rechten Hüfte.

Sie gingen gleich los in Richtung Zurlauben. Zwei von Heinrichs langen Schritten verlangten Mäthi deren drei ab. Der nun an der Leine geführte Hund spannte diese kräftig an und verlieh seinem Herrchen zusätzliches Tempo.

In Zurlauben kamen ihnen sonntäglich gekleidete Menschen entgegen, die gerade eilig die winzige Fähre verließen, um zum Hochamt einen guten Platz im Dom zu ergattern.

Der Fährmann wartete auf seinem Boot, bis die beiden über den Damm die Anlegestelle auf der Insel erreicht hatten, nahm von Heinrich nickend eine Münze entgegen – es war nur ein kleiner Obolus, denn andernfalls würden viele Fahrgäste den Fußweg über die einen Kilometer stromaufwärts liegende Römerbrücke vorziehen – und legte ab.

Die ersten Strahlen der Morgensonne ließen die roten Felsen aufflammen. Auf einem Plateau oberhalb der Felskante war das *Weißhaus* zu sehen.

Mäthi verschnaufte, während Miro ihm schwanzwedelnd abwechselnd die Hand leckte und sich dann wieder das braune kurzhaarige Fell streicheln ließ. Die Mosel führte mehr Wasser als gewöhnlich. Bis er zur See fahren würde, sollte er schwimmen können, überlegte Mäthi. Wasserscheu war er nicht. Er hatte schon ein paar Mal in der Mosel geplanscht. Immerhin konnte er schon untertauchen, ohne sich die Nase zuzuhalten, und unter Wasser die Augen zu öffnen gelang ihm ebenfalls.

Auf der Palliener Anlegestelle hatte sich bereits eine Schar von Wartenden eingefunden. Noch während Heinrich, Mäthi und Miro das Boot verließen, stürmten Kinder, die mahnenden Worte des Fährmanns überhörend, hinein.

Hinter dem Martinerhof ging es über den Palliener Bach, am Friedhof und der Kapelle vorbei und anschließend die Steintreppen hoch zum Hawschen Gut.

Frieda hatte überrascht reagiert, als Mäthi ihr erzählte, dass er Heinrich auf einer botanischen Exkursion begleiten durfte. »Red' nicht zuviel«, hatte sie ihm geraten. »Spar dir deine Luft für den Weg. Der Heinrich ist als flotter Wanderer bekannt, das wirst du noch sehen.«

Daran hielt sich Mäthi bis jetzt und tat gut daran. Als sie nach dem ersten Anstieg die Ebene des Falschen Biewertals erreichten, nickte er nur, als Heinrich sich lobend über Bürgermeister Wilhelm von Haw äußerte, der hier die Gebäude eines Hofguts modernisiert, eine parkähnliche Anlage geschaffen und die Hänge ringsum aufgeforstet hatte.

»Und da dürfen wir so einfach durch?« Das war die erste Frage, die Mäthi bisher gestellt hatte.

»Für einen ordentlichen Bürgermeister, der seine Bürger liebt, gehört es sich so.« Heinrich lächelte. Er schien die Antwort nicht ernst gemeint zu haben. »Nein, der Haw ist schon ein Glücksfall für die Stadt.«

»So wie der Wyttenbach, der Steininger, der Schäfer und der Schneemann?« Mäthi wurde bewusst, dass er wenig von den Honoratioren der Stadt wusste. Außer den Kunden seines Vaters kannte er nur die Lehrer seines Gymnasiums.

»Die auch und noch ein paar mehr.«

»Der Ramboux?«

»Woher kennst du den?« Heinrich schien überrascht.

»Von dem hängt doch ein Bild im Direktorzimmer von Wyttenbach.«

»Interessant, dort war ich noch nicht.«

Um bei Heinrich keine falschen Schlussfolgerungen aufkommen zu lassen, erklärte Mäthi: »Ich habe ihm restaurierte Bücher für die Stadtbibliothek gebracht.«

Sie waren nun auf einem steil bergan führenden sandigen Weg angelangt. Ein Regenguss hatte darin teils tiefe Spuren hinterlassen. Zwischen diesen Rillen, ausgewaschenen Steinen und kleineren Felsbrocken versuchte Mäthi mit seinem Begleiter Schritt zu halten, der das Tempo aus der Ebene beizubehalten schien.

Lediglich als Mäthi sich die Jacke auszog und dabei das Bündel und die Botanisiertrommel ablegen musste, ließ Heinrich Miro von der Leine und begutachtete ein paar Pflanzen in der Böschung am Wegrand.

Bergauf blieb der Hund an ihrer Seite und lief keinen unnötigen Meter voraus. Bis hoch zur Weggabelung am

Schusters Kreuz kam Mäthi auch ohne Jacke ins Schwitzen.

Weil ihm wenig Zeit für Exkursionen blieb, würde er diese umso intensiver betreiben und sich auch beim Tempo nicht zurücknehmen, hatte Heinrich Mäthi vorgewarnt.

»Der Kockelsberg ist nicht mehr weit, da werden wir rasten.« Heinrich schien zu ahnen, was sein Begleiter dachte.

Mäthi hätte gerne etwas getrunken, fügte sich aber und folgte Heinrich, als dieser sich zu einem weiter aufwärts führenden Weg wandte.

Zu Beginn blieb Mäthi hinter Heinrich zurück, doch dann nutzte er den kurzen Moment, um wieder aufzuschließen, als Miro Wasser aus einer Vertiefung am Wegrand schlabberte und Heinrich währenddessen den dicht begrünten Waldboden inspizierte.

»Riech mal!«, forderte ihn Heinrich auf. Er rieb ein Blatt zwischen Daumen und Zeigefinger und hielt es ihm hin.

»Wie Knoblauch«, kommentierte Mäthi.

»Das ist Bärlauch. Nachher nehmen wir welchen mit, wenn wir durchs Gillenbachtal kommen.«

Vor ihnen kündete die Helligkeit zwischen den Stämmen die höchste Stelle des Berges an. Durch das junge hellgrüne Laub erschien der Turm des Hofguts Kockelsberg.

Statt den Wald zu verlassen, bog Heinrich nach rechts auf einen schmalen Pfad ab. Mäthi war erleichtert, als Heinrich das Bündel von der Schulter nahm.

Sie setzten sich auf den mächtigen Stamm eines Baumes, den Altersschwäche hatte umstürzen lassen. Die Wolken gaben den Himmel wieder frei und sie saßen im Sonnenlicht.

Mäthi nahm einen tiefen Schluck aus seiner Flasche. Nachdem Heinrich in ein belegtes Brot gebissen hatte, entnahm er dem Beutel ein zerfleddertes Buch, ein kleines Schreibheft und einen Zeichenblock und stapelte alles neben sich auf dem Stamm.

Während er sein Brot aß, lauschte Mäthi dem Gesang der Vögel. Miro stupste ihn mit der Schnauze ans Knie.

»Er soll nicht betteln, gib‘ ihm nichts«, riet ihm Heinrich.

»Ich hab‘ für Miro ein paar kleine Stücke Rindfleisch dabei.«

Mäthi hatte die Reste, die beim Putzen des Sonntagsbratens angefallen waren, in einer kleinen Tabaksdose verstaut.

»Roh?«, fragte Heinrich und warf einen Blick in die Dose.

Mäthi nickte. »Der Braten kommt bei uns heute Mittag auf den Tisch.«

Während Miro die auf einen Baumstumpf gekippten Stücke beschnüffelte und das erste ins Maul nahm, tätschelte ihm Mäthi das Fell.

»Es wird behauptet, dass hier mal ein Thingplatz der Germanen gewesen sein soll.« Heinrich wies mit der ausgestreckten Hand auf die gewaltigen Bäume, die rund um sie einen Kreis zu bilden schienen.

»Das sind Eichen, lateinisch Quercus, sie gehören zur Familie der Buchengewächse, können weit über tausend Jahre alt werden.« Heinrich riss ein Blatt von einem Schössling, an dem sich erste Blätter ausgebildet hatten. »Das hier sind übrigens Traubeneichen.« Er wies mit dem Finger auf die beiden Enden über dem Stiel. »Die Blätter haben an beiden Seiten dreieckige, an den Kanten leicht gerundete Lappen.«

»Und unter diesen Bäumen haben unsere Vorfahren Versammlungen abgehalten?«

»Einigen von denen hier traue ich dieses Alter zu. Aber es könnte auch sein, dass die Bäume erst nach dem Dreißigjährigen Krieg gepflanzt wurden, als eine Art Friedenshain.«

»Vielleicht ist es auch, Zufall oder nicht, die gleiche Stelle, wo früher der Thingplatz war«, sagte Mäthi und zog seine Strümpfe hoch. »Welche soll ich für dein Herbarium ausgraben?«

»Such' bitte die größte aus.« Heinrich schmunzelte.

»Dann gucke ich mal, wie ich sie in die Botanisiertrommel kriege.«

Nach der Vesper stopfte sich Heinrich eine Pfeife.

»Darf ich mal sehen?« Mäthi wies auf das Buch. Es war ein Bestimmungsbuch, das von seinem Zustand her darauf schließen ließ, schon oft benutzt worden zu sein. Während Heinrich paffte, schaute sich Mäthi mit Zeichnungen versehene Erklärungen zu Blattformen, Stamm und Blüte von Wildpflanzen an. Eine getrocknete Pflanze rutschte zwischen den Seiten heraus.

»Filipendula, Mädesüß«, bemerkte Heinrich.

»Das weißt du aus dem Buch?«, fragte Mäthi.

»Ja, nur manchmal kann es mir nicht weiterhelfen, besonders dann, wenn die Pflanze darin nicht aufgeführt wird.«

»Das ist schon vorgekommen?«

»Mehr als einmal. Aber da konnte mir meistens der Schäfer, mein Naturkundelehrer, weiterhelfen.«

»Ich dachte, hier gibt es nichts mehr groß zu entdecken.«

»Wir stehen erst am Anfang, du wirst schon sehen. Für Entdeckungen, zugegeben nicht ganz so spektakuläre, muss man gar nicht auf fremde Kontinente fahren.«

7

Als sie am Hofgut Kockelsberg vorbeikamen, blickten sie hinunter ins Tal auf die Mosel und die friedlich daliegende Stadt, deren sonntägliches Glockengeläut bis hier oben zu hören war.

»Das sind die vom Dom, die habe ich schon selbst geläutet.« Mäthi freute sich, endlich auch mal aus dem eigenen Wissen zu schöpfen. »Das sind Maternus und Maria.« Nun mischte sich ein dunkler, in größeren Abständen erklingender Ton als die beiden helleren Glocken dazwischen. »Das ist die dicke Helena, die braucht länger, bis sie in Schwung kommt.« Mäthi dachte an die Knoten unten in den dicken Seilen der Domglocken, auf denen die Messdiener beim Läuten in unbeobachteten Momenten mit den Schuhen Halt fanden und sich emporziehen ließen.

Weiter ging es zwischen Feldern, auf denen erste Halme in Reih und Glied sprossten, in Richtung Sievenicher Hof. Bevor sie das Gut erreichten, wandte sich Heinrich hinunter zum Tal. Erst am Übergang der landwirtschaftlichen Fläche in ein halbhohes Gehölz fand ein großer Geröllhaufen Heinrichs Interesse. Der über viele Jahre von gesammelten Feldsteinen angewachsene Hügel war mit trocken wirkendem Moos und Flechten bedeckt.

Die wenigen sonstigen Pflanzen schienen Heinrich umso mehr zu interessieren. Er löste eine kleine Pflanze heraus, wobei gelbgrüne Moosfetzen an den Wurzeln hängen blieben.

»Das ist Thymian, noch ein paar Wochen und er leistet in der Küche gute Dienste. Er gehört zu den Hungerkünstlern, den Sukkulenten.« Mit Zeige- und Mittelfinger löste er die winzigen Blätter vom Stiel. »Darin speichert der Thymian Nahrung und Flüssigkeit.«

Es ging einen weglosen, nicht allzu steilen Hang hinab, in dem sie einen Felsen umgingen und zu einem Bach kamen.

»Der heißt hier noch Aacher Bach, und gleich wird er zum Biewerbach, bevor er in die Mosel mündet«, erklärte Heinrich.

Hier unten war es kühler. Als Heinrich über einen schmalen Nebenarm des Baches auf ein inselartiges Terrain stieg, zog sich Mäthi wieder die Jacke über.

Und dann wanderten endlich die ersten Pflanzen in die Botanisiertrommel, eine Platterbse und ein gelbes Windröschen.

Sie gingen über eine Steinbrücke, kamen an einem jüdischen Friedhof vorbei und erreichten den Ort.

Heinrich nahm Miro an die Leine und war einverstanden, als Mäthi anbot, den Hund zu führen.

Die lehmige Straße in Aach war leer. Wäre nicht ab und an der Duft eines sonntäglichen Mittagessens aus einem Fenster der teils heruntergekommen wirkenden Häuser geweht, wäre Mäthi das Dorf wie ausgestorben vorgekommen. Nur ein zotteliger Hund folgte ihnen in gebührendem Abstand.

Miro entdeckte als Erster den Brunnen in der Dorfmitte, drei lange rote Sandsteintröge, durch die Wasser floss. Am Zulauf füllte Mäthi seine Flasche, trank ausgiebig und füllte sie erneut nach. Heinrich tat es ihm gleich, setzte sich aber nicht und signalisierte damit, dass es keine Pause geben sollte.

An der Kirche und dem Friedhof der christlichen Gemeinde vorbei verließen sie den kleinen Ort bergauf in Richtung der am wolkenlosen Himmel stehenden Sonne.

Heinrich schien nichts von seiner Kraft eingebüßt zu haben, als es über einen zerfurchten Weg den nächsten Berg hochging.

Mäthis rechter Fuß schmerzte unter der Sohle, aber er wollte sich nichts anmerken lassen.

»Hier können wir nur sonntags hin«, sagte Heinrich, als sie über einen Hügel mit frischen Steinscherben in ein offensichtlich als Steinbruch genutztes Gelände kamen. In der gelblichen Kalksteinwand, die aus dem Hügel herausgeschält war, markierten Rechtecke die Größe der gebrochenen Blöcke. Etwas abseits, umgeben von Fahrspuren, stand eine fensterlose Blockhütte aus dicken Stämmen, die Tür mit dicken Ketten und schweren Schlössern gesichert.

Zwischen imposanten Steinblöcken waren Steinscheiben, immer mit einer Schicht Bretter dazwischen, übereinandergestapelt.

Ein grob gezimmerter quadratischer Tisch mit vier aus halbierten Baumstämmen bestehenden Bänken ohne Rückenlehnen stand neben der Hütte. Dort stellte Heinrich seine Ausrüstung ab.

Mäthi pustete tief durch, als er sich auf einer der Bänke niederließ.

Heinrich setzte seinen Zylinder ab, tupfte sich mit einem Tuch den Schweiß von der Stirn und rieb das Schweißband im Zylinder trocken.

»Hier auf dem Kahlenberg habe ich schon so manche Entdeckung gemacht.« Heinrich trank aus seiner Flasche und packte sein Bündel aus. »Magst du ein Käsebrot?«

»Wir können gerne tauschen.«

Heinrich schien das Salamibrot zu schmecken. Ebenso erging es Mäthi mit dem mit Gurkenscheiben garnierten Käsebrot.

Heinrich legte seinen Notizblock auf den Tisch. Nach wenigen Bleistiftstrichen konnte Mäthi die Steinblöcke und dahinter die Felswand mit dem Abraum erkennen, der im Laufe der Jahre zu einem Hügel angewachsen war. Während Heinrich zeichnete, erklärte er Mäthi, wie bei der Bestimmung von Pflanzen vorzugehen war.

Heinrich bat ihn, auf seine Sachen aufzupassen. So kam Mäthi sich nicht nutzlos vor, als er auf der Bank blieb, während Heinrich nebenan eine Halde mit Abraum untersuchte. Die großen Bäume darauf verrieten, dass der Steinbruch schon viele Jahre betrieben wurde.

Mäthi lockerte die Schnürsenkel seines rechten Schuhs und zog den schmerzenden Fuß heraus. Unter dem Strumpf kam eine prall mit Flüssigkeit gefüllte Blase zum Vorschein, die sich unter der Fußsohle gebildet hatte.

Die Sonne stand schon tief im Westen, als sie sich auf den Weg durch das Tal des Sirzenicher Baches hinunter zur Stadt machten. Mäthis Fuß schmerzte inzwischen so sehr, dass er versuchte, mit der Ferse aufzutreten. Auf Heinrichs besorgte Frage, wiegelte Mäthi ab. »Nicht weiter schlimm, ich hab' mir nur eine Blase gelaufen.«

Heinrich legte unterhalb der Ottoscheuer eine Pause ein. Mit wenigen Strichen skizzierte er die Napoleonsbrücke, unter der sich der Blick ins Moseltal öffnete. Mäthi sammelte nebenan Bärlauch und war stolz, diesen schon zu kennen.

Spaziergänger, auf dem Rückweg zur Stadt, gingen an ihnen vorbei. Heinrich, der alle freundlich grüßte, ließ den ein oder anderen einen näheren Blick auf seinen Zeichenblock werfen.

Als Mäthi auf eine auffällige Pflanze am Hang mit üppig blühenden rötlichen Blütenkelchen deutete, bemerkte Heinrich: »Orchis mascula.«

»Männliche Orchidee«, versuchte Mäthi zu übersetzen.

»Gut«, lobte sein Begleiter. »Auf Deutsch heißt sie Mannsknabenkraut.«

Ein Karren holperte heran. Er wurde von einem alten, bis auf die Rippen abgemagerten Klepper gezogen. Ein Junge in Mäthis Alter führte das langsame, ein Bein vor das andere setzende Tier, ein zweiter saß im Karren auf einem Sandhügel. Neben einer im Sand steckenden Schippe lagen Säcke und ein ausgefranster Korb.

Nachdem sie das Fuhrwerk vorbeigelassen hatten, sagte Mäthi: »Die kommen von den Sandhöhlen und haben den Sand für den Montagmorgen geladen.«

Zu Wochenbeginn würden die beiden Jungen bereits in aller Früh in der Stadt sein, wo sie den Sand zum Scheuern von Küche und Stuben von Haus zu Haus feilboten. Mäthi freute sich mit einem Mal auf die Schule.

8

Mäthi schaute meist verlegen Richtung Fluss, seitdem er in der offenen Kutsche auf der Bank gegenüber Heinrichs Schwester Betty und ihrer Freundin Jenny saß. Deren Bruder Edgar hatte nach dem Übersetzen mit der Fähre über die Saar bei Hamm vorn auf dem Kutschbock bei Heinrich Platz genommen.

Dort hatte sich Mäthi vorhin bedeutend wohler gefühlt. Zwischendurch durfte er sogar die beiden Pferde lenken. Und das tat er, wie Heinrich meinte, schon mit sehr viel Geschick. Bei Touren, die zu weiter entfernten Zielen führten, lieh sich Heinrich den Einspänner seines Großvaters aus. Heute, wo sie zu fünft reisten, war es die Kutsche des Vaters. Die beiden erfahrenen Pferde trabten ruhig und ausdauernd. Mäthi, der keine Erfahrung mit Tieren aufwies, die größer als Kaninchen, Katzen oder Hunde waren, hatte gleich Freundschaft mit den beiden Pferden geschlossen.

Mäthis Blick, der nach rechts zum Fluss ging, wanderte ab und an hoch zu den Weinbergen. Dabei lugte er mitunter verstohlen zu den beiden jungen Frauen hinüber, die ihn gottlob wie Luft behandelten. Er fragte sich, warum ihre Gegenwart ihn dermaßen nervös machte?

In seiner frühesten Kindheit hatte er sich vor dem mysteriösen Spiegel in der Diele gehütet. Wenn er daran vorbeimusste, war er gelaufen oder hatte sich darunter weggebückt. Von der Seite hatte er untersucht, ob zu sehen war, was sich hinter dem Spiegel verbarg. Der Spalt zwischen Wand und der braunen Bespannung auf der Rückseite des Spiegels war dunkel. Hatten die Eltern Zugang zu dieser Stelle von der dahinterliegenden Küche?

Besonders seine Mutter hatte er in Verdacht, ihm nachzuspionieren. Und dazu hatte sie auch allen Grund. Er hatte etwas zu verbergen, denn Mäthi war sich sicher, das einzige Kind auf der Welt zu sein, das in so jungen Jahren schon denken konnte. Nur der Spiegel konnte dieses Geheimnis lüften. Vor ihm musste er sich hüten, denn darin waren seine Gedanken zu lesen. Dessen war er sich damals ganz sicher.

Befürchtete er jetzt, von den beiden jungen Damen durchschaut zu werden?

Sie unterhielten sich so leise, dass er höchstens hier und da ein Wort verstand.

Seitdem seine Schwester Frieda ihm erklärt hatte, dass Jenny eine Baronesse aus dem Hause Westphalen war, hatte dies, obwohl er sich dagegen sträubte, seine Ehrfurcht vor ihr und auch vor Betty noch gesteigert.

Vorne auf dem Kutschbock schienen sich Heinrich und Edgar angeregt zu unterhalten. Ab und zu lachten sie herzhaft.

Da Mäthi entgegen der Fahrtrichtung saß, geriet die Burganlage hoch über Saarburg erst in sein Blickfeld, als die Kutsche schon eine ganze Weile über das Pflaster der Stadt geholpert war.

Burgen waren Heinrichs bevorzugte Motive. Mäthi hatte ihn in diesem Sommer bereits auf etlichen Exkursionen begleiten dürfen. Dabei waren ihm neben der Saarburg die Bernkasteler, die Burg in Sommerau und die Burg Ramstein im Kylltal die liebsten gewesen.

Nach einer Weile waren sie aus der kleinen Stadt heraus und hinter Trassem auf einer leicht ansteigenden Straße unterwegs. Hier klangen die Rollgeräusche der eisenbeschlagenen Räder deutlich leiser. Die beiden Mitfahrerinnen hingegen hatten ihren Tonfall beibehalten.

»Mein Bruder ist von einer so ausgeprägten Agilität getrieben, dass er sich kaum mit nur einer Tätigkeit begnügen kann.« Es war Bettys Stimme. Da sie nur einen Bruder hatte, konnte sie nur Heinrich meinen. »Am liebsten würde er zwei Bücher gleichzeitig lesen und dazu noch Musik hören und einem interessanten Gespräch lauschen.«

»Goethe soll zwei Sekretären gleichzeitig diktiert haben – dem einen was Literarisches, dem anderen einen Brief«, sagte Jenny. »Dabei soll er unablässig um den in der Mitte der Schreibstube stehenden Tisch herumgewandert sein. Und die beiden Schreiberlinge mussten eifrig die Federn übers Papier fliegen lassen.«

Heinrichs Hund Miro hatte bisher im Fußraum gelegen, nun sprang er neben Mäthi auf den Sitz und ließ sich von ihm das Fell kraulen.

»Dann kann er es noch weit bringen. Aber er will ja Armenarzt werden«, fuhr Betty spöttelnd fort.

»Schiller war auch Arzt. Und Heinrich hätte in Trier als Armenarzt genug zu tun«, sagte Jenny in ernstem Ton. »Es kommen immer mehr bankrotte Bauern und Winzer in die Stadt.«

»Bei uns geht es ihnen doch auch nicht besser«, meinte Betty. »Immerhin gibt es in der Stadt ein Armenhaus und eine Suppenküche.«

»Eine soziale Reform ist längst überfällig«, entgegnete Jenny.

Es ging nun eine Steigung hinauf. Die Pferde schnauften vor Anstrengung. Statt Weinreben wuchsen hier Obstbäume. In Freudenburg lenkte Heinrich die Kutsche zu einer Viehtränke. Hier wurden die durstigen Pferde getränkt und auch Miro löschte seinen Durst.

Sie fuhren nicht mehr weit, als Heinrich die Kutsche hoch oben am Rand eines Plateaus anhielt. Unweit der Kante schirrte er die Pferde aus und übergab sie Mäthi, der ihre Halfter an den Querbalken eines hölzernen Geländers band.

Nun rieb er das schweißglänzende Fell der Tiere trocken und legte ihnen Decken über. Anschließend hängte er ihnen Hafersäcke um.

»Sehr gut«, lobte Heinrich. Er hatte zusammen mit Edgar die Kutsche entladen und nun die Knoten überprüft, mit denen Mäthi die Pferde angebunden hatte. »Pferde sind Fluchttiere«, sprachen beide im Chor. Heinrich lachte und schlug Mäthi freundschaftlich auf die Schulter. »Kommst du mit zur Klause?«

Die beiden jungen Frauen genossen den Blick, der über das wunderschöne Saartal bis zur Saarburg reichte. Edgar hatte derweil eine große Decke im Halbschatten einer Haselnusshecke ausgebreitet. Mäthi half ihm, den schweren Korb mit Tellern, Besteck, Gläsern und Verpflegung, der hinten auf der Kutsche festgeschnallt gewesen war, zum Picknickplatz zu tragen.

Mäthi schnappte sich die Botanisiertrommel und beeilte sich, Heinrich auf dem schmalen Steg an den Felsen hoch über dem Saartal entlang zu folgen. Während der Kutschfahrt war es Mäthi schwer gefallen, seinen gewohnten Tagtraum von der Expedition mit Alexander von Humboldt zu träumen. Lediglich auf der Fähre über den Fluss war er für kurze Zeit auf dem Amazonas den Unbilden des Gewässers und den darin lauernden Bestien ausgeliefert gewesen.

Nun aber, als Heinrich an der Ruine der Kapelle neben der Felsenklause stand und sich die am Sonntag ruhenden Bauarbeiten besah, kam er der Figur des Forschers und Entdeckers wieder sehr nahe.

Auf dem schmalen Pfad an der Klause entlang deutete Mäthi auf eine im Verblühen befindliche Orchidee, die er bereits kannte.

Heinrich war gleich in seinem Element. »Alles hängt mit allem zusammen«, kommentierte er. »Die Orchis mascula braucht kalkhaltige Magerböden. Die haben wir doch kürzlich auch oberhalb von Pallien gefunden.« Er baute sein Stativ auf und rückte es an eine Stelle, von der er die Klause mit der Kapelle, den Fels und das Saartal im Blick hatte. »Nebenan in Freudenburg habe ich das Mannsknabenkraut auch schon gesehen.«

Mäthi hätte ihn auf der Stelle umarmen können, seinen Humboldt. Stattdessen beugte er sich zu Miro hinunter, der ihnen gefolgt war, und tätschelte ihm das Fell.

Wie immer, wenn Heinrich zeichnete, sammelte Mäthi Pflanzen in der Umgebung oder merkte sich Standorte von Gewächsen.

An dem schmalen Pfad gab es nur wenig zu entdecken. Miro folgte ihm, als Mäthi zurück zum Plateau ging und dabei einen Blick ins Innere der Klause warf. Bisher kannte er sie nur von einer Skizze aus Heinrichs Notizblock. Zwischen Bauschutt und Holzbalken flackerte in einer Nische eine Öllampe.

Am Rastplatz nahm Mäthi den Pferden die leeren Hafersäcke und die Decken ab. Nebenan las Jenny aus einem Büchlein vor.

Als ein Gedicht zu Ende war, bot Edgar Mäthi einen kleinen Kuchen an. Das Obsttörtchen schmeckte wunderbar. Wahrscheinlich hatte es Lenchen gebacken.

»Wie eine einzelne Person nur so viel Liebeskummer ertragen kann!«, hörte er Betty sagen.

»Der Heine spürt das einfach. Er versteht es nicht nur, mit Worten umzugehen, er ist auch zu tiefen Gefühlen fähig«, verteidigte Jenny den Dichter.

»Trotzdem würde ich jetzt gerne mal was Lustiges hören«, forderte ihre Freundin und versuchte den von den Krümeln auf der Decke angelockten Hund fernzuhalten.

Als Mäthi zusammen mit Miro wieder zur Klause ging, folgte ihnen auch Edgar.

Auf dem Blatt hatte Heinrich bereits die Konturen der Ruine der Kapelle, ohne Gerüste und allem sonstigen, was auf eine Baustelle hinwies, und den Felsen davor festgehalten. Als er das angedeutete Mannsknabenkraut erblickte, schmunzelte Mäthi. Er machte sich gleich wieder zum Plateau auf, wo er zwischen dem spärlichen Bewuchs auf dem trockenen, felsigen Boden interessante Gräser entdeckte. Ebenso wie Heinrich hatte sich Mäthi eine Kladde angelegt, in der er die Standorte von Pflanzen auflistete, von denen sich bereits Exemplare in Heinrichs Sammlung befanden. Manche versah er mit kleinen Zeichnungen, die bei weitem nicht an die seines Lehrmeisters heranreichten. Die Begegnung mit Heinrich hatte ihm die Möglichkeit eröffnet, bereits Jahre bevor er in ferne Länder aufbrechen wollte, auf Erkundungstouren zu gehen und für später zu lernen. Wenn auch nicht in der Üppigkeit wie in den Dschungelwäldern der Südsee, so doch auf eine durchaus spannende Art gab es auch hier in der Heimat noch Unerforschtes zu entdecken. Mäthis größtes Ziel war es, eine Pflanze aufzustöbern, die vor ihm noch niemand beschrieben hatte. Was für Alexander von Humboldt die von ihm entdeckte Humboldtius war, sollte bei Mäthi die Piscatorius oder die Fischerius werden.

Mäthi kamen seine bisher erworbenen rudimentären Lateinkenntnisse zugute, wenn er sich die komplizierten Namen der Pflanzen zu merken versuchte. Er büffelte die Begriffe für Wuchsformen, Früchte und Düfte. Bei Letzterem hatte es ihm besonders das Adjektiv emeticus angetan, womit ein Erbrechen auslösender Geruch der Pflanze bezeichnet war.

Bei nächster Gelegenheit würde er seinen Lateinlehrer mit der Kenntnis dieser und anderer höchst ausgefallenen Vokabeln überraschen. Ein willkommener Nebeneffekt, der sich aus seiner Beschäftigung mit der Flora ergab und ihm neben Anerkennung des Lehrers sicher auch ein paar Lacher seiner Mitschüler einbringen würde. So wie damals in der ersten Lateinstunde. Zuerst hatte Mäthi Vaters Ratschlag beherzigt, von Anfang an aufmerksam zu sein. Ähnlich wie bei der Mathematik baue bei der Sprache eins auf dem anderen auf. Lehrer Johann Steininger nutzte in der ersten Lateinstunde, wie er es vermutlich seit Jahrzehnten zu tun pflegte, das Sprichwort errare humanum est, um zusammen mit den Neulingen eine Übersetzung herzuleiten.

Der Aufforderung, frisch und frei über die Bedeutung der drei Worte zu spekulieren, kam der erst abwartende Mäthi, nachdem er bemerkte, dass seine Mitschüler auch für die abstrusesten Auslegungen keinen Tadel erhielten, schließlich ebenfalls nach.

Mäthis knapp geäußerte Deutung »Erregung ist menschlich« ließ Steininger augenblicklich verstummen. Auf einmal war es im Klassenraum mucksmäuschenstill. Während der Steininger Mäthi anblickte, schien er nicht einmal mehr Atem zu holen. Auch die Mitschüler hielten gespannt die Luft an. Dann platzte ein donnerndes Gelächter aus ihm heraus. Die Tränen liefen Steininger über die Wangen, während er die Hände in die Taille stemmte und mit den Füßen aufstampfte. Es war für Mäthi die Geburtsstunde als Klassenkasper.

Als er zu den anderen zurückkehrte, spannten Edgar und Heinrich bereits wieder die Pferde an und es ging zurück.

1837

Zwei Wochen nach Ostern

9

Nebenan auf dem Hof des Königlichen Gymnasiums klackerten auf dem Pflaster die ersten mit Pinnen beschlagenen Schuhe, das anwachsende Gesumme von Unterhaltungen mischte sich mit Lachen, Rufen, Klappern von Brotdosen, und Getrappel von Nachlaufspielen.

Durch die milchigen Scheiben schaute Mäthi nach hinten auf den Hof, wo sich die Schüler in kleinen Gruppen zusammenfanden, um Bemerkungen über Lehrer und Mitschüler zu machen, sich gegenseitig auf den Arm zu nehmen, Witze und Klatsch zu erzählen, sich in Gesprächen über Persönliches auszutauschen. Herumtollen oder gar Raufen war bei den Gymnasiasten verpönt. Jedem Schüler war sein besonderer Status bewusst, sie gehörten unter den Schülern in der Stadt zu den Besonderen, den Auserwählten, den tonangebenden Männern der Zukunft. Bis zwei Tage vor Palmsonntag war Mäthi einer von ihnen gewesen.

Immer wieder hatte er sich den Kopf darüber zerbrochen, warum es so weit gekommen war. Der Vater hatte dazu geschwiegen. Es gab keine Erklärung. Mäthi hatte sich nicht getraut, ihn zu fragen. Vielleicht, weil ihm schlagartig bewusstgeworden war, dass er vorher zu viel gefragt hatte, Anordnungen begründet haben wollte, die er besser widerspruchslos akzeptiert hätte. Zuhause war der Vater der Chef. Seine Anweisungen mussten ausgeführt werden. Begründungen gab er für gewöhnlich nicht ab. Mäthi hatte bei den liberalen Lehrern in der Schule gelernt, manches zu hinterfragen. Aber sollte das der Grund dafür sein, dass der Vater nun einen Schlussstrich gezogen hatte?

Vor zwei Wochen hatte seine Schulzeit mit der Sekunda geendet.

Der Tisch mit Schreibutensilien wurde ans Fenster zum Schulhof geschoben. Von hinten sah Mäthi, wie sich die ersten Kunden dem Haus näherten, sein Vater das Fenster zum Schulhof für den Verkauf öffnete.

Mäthi verhielt sich ruhig, während zwischen den wenigen Worten, die der Vater mit den Schülern wechselte, die Pfennige und Groschen in der Münzschale klangen.

Bisher hatte er noch keinem seiner Klassenkameraden gesagt, dass er nicht mehr zur Schule käme. Vielleicht glaubten sie, er wäre krank. Heute war der zweite Schultag des neuen Jahres. Die anderen waren bald Primaner. Er würde zeitlebens ein Sekundaner bleiben.

Er war aus der Welt gefallen. Ihm war das zugestoßen, was die Pioniere der Seefahrt am meisten befürchtet hatten: Bei ihren Reisen an den Rand der Erde zu gelangen und dort womöglich in einen reißenden Wasserfall zu geraten, der geradewegs von der Erde hinab in die Hölle oder wohin auch immer führte.

Das flaue Gefühl in seinem Magen verstärkte sich wieder. Es fühlte sich an wie damals, als er das erste Mal Pfeife geraucht hatte. Nur mit dem Unterschied, dass es da nach einer Stunde überstanden war. Diesmal hatte es ihn seit etlichen Wochen befallen und ließ ihn nicht los.

Fast unbeweglich verharrte Mäthi in der Werkstatt. Hoffentlich bat der Vater ihn nicht beim Verkauf um Hilfe. Jeder Schüler am Gymnasium kannte ihn. Zum einen waren es nur wenige Hundert, man lief sich auf dem Schulweg oder in den Pausen über den Weg, zum anderen hatte er sich mit seinen Kaspereien besonders hervorgetan. Darüber hinaus kannten ihn viele aus dem Laden, in dem er fast jeden Nachmittag die Kundschaft bediente und dabei zwischendurch die Hausaufgaben erledigte.

Die Ladenglocke bimmelte. Mäthi eilte nach vorn zur Theke, bevor sein Vater womöglich auf die Idee kam, ihn zu bitten, ihn am Fenster zum Schulhof zu vertreten.

Schuldirektor Johann Hugo Wyttenbach kam von der Brotstraße aus in den Laden. Vor Erleichterung seufzend legte er zwei schwere Bücher auf der Ladentheke ab. Er war nicht nur Leiter des Königlichen Gymnasiums, sondern auch Direktor der Bibliothek, Mitbegründer der Gesellschaft für nützliche Forschungen. Sein Verdienst war es, tausende von wertvollen Drucken und Handschriften vor den Revolutionstruppen der Franzosen gerettet zu haben, als die Mönche aus den Klöstern vertrieben wurden.

»Die beiden bringe ich zur Sicherheit selbst.« Wyttenbach zeigte auf die beiden Folianten. »Die stammen aus der Klosterbibliothek von St. Matthias. Dein Vater soll sehen, was er noch machen kann.«

»Mein Bestes natürlich, Herr Direktor!« Der Vater war zur Theke gekommen und schlug wie immer die Hacken zusammen vor dem ehemaligen Hauptmann der Bürgerwehr von 1815.

»Mach' hinten weiter«, wies der Vater Mäthi an.

Er atmete tief durch, während er mit hängendem Kopf in der gleichen Gangart wie sein Vater nach hinten schlurfte.

Dort standen nur noch drei Knaben, die Mäthi noch nie gesehen hatte. Eigentlich hätte er wissen müssen, dass die Sextaner an den ersten Schultagen noch zurückhaltend waren. Nur wenige Wochen später und die frechsten unter ihnen hatten gelernt, sich am Verkaufsfenster vorzudrängen.

So warteten sie geduldig, bis Mäthi ihnen das verkaufte, das sie womöglich heute Morgen vergessen hatten, in ihren Schulranzen zu packen.

Ein Nachzügler eilte heran. Stutzte er, weil Mäthi am Fenster saß oder war ihm bewusstgeworden, dass die Pause bald vorüber war. Der junge Mann war so groß, dass Mäthi auf dem Stuhl hinter der Auslage sitzend den Kopf weit in den Nacken legen musste. Kaspar stand da. Es schien, als wäre er in den Sommerferien gut und gerne zehn Zentimeter gewachsen. Groß und dünn war er schon vorher gewesen, aber jetzt war er hoch aufgeschossen. Zugenommen schien er allerdings nicht zu haben.

»Bist du krank oder warum kommst du nicht zur Schule?«, fragte Kaspar.

»Ich muss im Laden bleiben.«

Kaspar schien nachzudenken. »Für länger?«

Die Schulglocke bimmelte zum Ende der Pause.

»Für immer.« Als er es aussprach, klang es für Mäthi theatralischer, als er es beabsichtigt hatte. Am liebsten hätte er losgeheult.

»Ich glaube, ich komme besser nach der Schule vorbei. Bis nachher.« Kaspar drehte sich um und stapfte in Hosenbeinen, die bei seinem Wachstum nicht mitgehalten hatten, zurück zum Schulgebäude.

Wenn der Unterricht vorbei war, hatte der Laden Mittagspause. Hätte er Kaspar erzählen sollen, dass er selbst nicht genau wusste, warum er das Gymnasium nicht mehr besuchen durfte?

10

Während Mäthi auf der Werkbank gefalzte Bogen für eine weitere Kladde zusammenlegte, schweiften seine Gedanken ab. Mit einem verstohlenen Blick über seine Schulter versicherte er sich, dass sein Vater ihn nicht beobachtete. Der war noch in dem kleinen Nebenraum an der Presse beschäftigt. Mäthi begann, die Bogen von Neuem zu zählen, bis er bei 32 angelangt war. Dann legte er sie im 90-Grad-Winkel links neben sich auf einen der Stapel, die die Werkbank schon fast vollständig bedeckten. Im nächsten Arbeitsgang folgte die Heftung mit Papierfaden, anschließend bekamen sie Umschläge und wurden nebenan gepresst. Wenn er mit dem Zusammentragen der Seiten für die Schulhefte fertig war, standen noch die kleineren Vokabelhefte an. Statt darin die lateinischen Wörter auf der einen und die deutschen auf der anderen Seite zu notieren, würde er diese Hefte fortan höchstens noch als Notizheft, Tagebuch oder Geschäftsbuch nutzen.

Beim Klingeln der hellen Türglocke freute sich Mäthi auf Abwechslung. Unter den Kunden waren viele interessante Menschen: Gelehrte, Geschäftsinhaber und Honoratioren der Stadt. Das Poltern gegen die Ladentür und die stampfenden Schritte, begleitet von einem schweren Keuchen, deutete auf keinen von ihnen. Herein stapfte ein von der Last der schweren Folianten vor der Brust nach vorn gebeugter Mann. Selbst in dieser Haltung streifte die Kappe der langen Gestalt unter dem oberen Türrahmen hindurch.

»Guten Tach, ich kommen vom ... der Dings hat mich geschickt.« Linsenwöllms Stimme klang, als habe er eine ganze Pellkartoffel im Mund. Die Ursache war wohl der gewaltige Kropf unter seinem Kinn. »Der mit dem Monokel auf'm Aug.« Der Mann setzte seine Last auf der Ladentheke ab, wobei ihm Mäthi half, dass keiner der Bände zur Seite rutschte.

»Unn mit den Haaren.« Linsenwöllm nahm die Kappe ab, drückte sie sich mit dem Ellenbogen an die Rippen und hielt beide Hände mit nach oben gespreizten Fingern über den Kopf.

»Doktor Wyttenbach?«, half Mäthis Vater aus, der aus seiner Werkstatt geschlurft kam.

»Genau!«, Linsenwöllm nickte heftig.

»Ist das alles?«

»Wat soll et denn sonst noch sinn?«

»Danke.« Mäthis Vater beobachtete, wie Linsenwöllms rechte Hand nervös zuckte.

Er langte in die Ladenkasse und drückte dem Mann eine Münze in die Hand, obwohl er wusste, dass er bereits von seinem Auftraggeber für den Botengang bezahlt worden war.

»Tschöh dann!« Linsenwöllm ging auf Mäthi zu, streckte die Hand in Richtung seines Kopfes aus und hielt inne, als er bemerkte, dass Mäthi zurückzuckte.

Früher hatte er manchmal den kleinen Mäthi als Fahrgast in seiner Karre mitgenommen. Der kräftige Mann scheute auf seinen Botengängen selbst vor großen Lasten nicht zurück. Daneben verfügte er über viel Behutsamkeit, wenn es darum ging, zerbrechliches Gut zu befördern. Und wenn es sonst nichts zu tun gab, hatte er des Öfteren Kinder in seiner Karre sitzen oder trug sie auf dem Arm, wenn die Mütter mit schweren Taschen vom Markt nach Hause unterwegs waren. Für Kinder tat er alles und lehnte auch das kleinste Trinkgeld von den Müttern kategorisch ab.

Doch inzwischen war Mäthi längst zu groß geworden, um sich wie einem Kind über die Haare streichen zu lassen.

»Dann schaff mal schön.« Mit diesen Worten verschwand Linsenwöllm aus der Tür.

11

In den Osterferien hatte sich Mäthi während seiner gesamten Freizeit in sein Zimmer unterm Dach zurückgezogen. Wenn er gerade mal keine Bataillone gegeneinander antreten ließ, Burgen belagerte, Überfälle inszenierte oder ein Handelsschiff von Piraten überfallen ließ, steckte seine Nase in Büchern. Die meisten auf dem kleinen Wandregal stammten von seinem Bruder Fritz. Neben Daniel Defoes spannendem ‚*Robinson Crusoe*‘ war Georg Forsters „*Johann Reinholds Forster's Reise um die Welt*‘ sein Lieblingsbuch. Besonders die Zeichnungen und Berichte über Polynesien hatten es Mäthi angetan. Kein Wunder, dass sein Bruder schon damals Seefahrer werden wollte.

Mäthi selbst besaß einige Bücher mit alten Sagen vom hörnernen Siegfried, starken Roland und andere Rittergeschichten. Er hatte Mitschüler von Ritter *Ivanhoe* schwärmen gehört, selbst aber noch nichts über den Kreuzritter lesen können. Ganz selten waren unter den in der Werkstatt zu restaurierenden Büchern welche, die Mäthi heimlich abends oder an Sonntagen in seinem Zimmer las. Goethes ‚*Werther*‘ war eines davon, aber es hatte ihn längst nicht so zu fesseln vermocht wie ‚*Die Entdeckung von Amerika*‘ von Joachim Heinrich Campe.

Der Titel ließ Mäthi wieder an seinen Bruder denken. Fritz hatte es richtig gemacht. Gegen den Willen des Vaters war er mit 16 Jahren zu den Schiffern gegangen. Das gelang ihm mit der Drohung, sich andernfalls freiwillig beim Militär zu melden. Kaum ein Jahr darauf hatte er sich aus Trier verabschiedet. Erst von der Mosel zum Rhein. Und nun war er auf der Nordsee als Matrose auf dem Küstenschiff ‚Auguste‘ unterwegs.

Alle paar Monate kam ein Brief von ihm, in dem er nie vergaß, seinen kleinen Bruder Mäthi zu grüßen. Sie lagen in einem Karton auf dem Bücherregal.

Mäthi vermisste Fritz. Er war nicht nur sein großer Bruder, sondern so etwas wie ein zweiter Vater, Vorbild und Freund zugleich. Wenn er am Tisch oder bei anderer Gelegenheit sprach, hörte Mäthi zu. Bei der Schwester hatte er keine Hemmungen, dazwischenzureden, frech und albern zu sein. Bei Fritz war das anders, vor ihm hatte er so viel Respekt wie vor dem Vater.

12

Hinter ihnen rumpelten die eisenberingten Räder des Handkarrens über das Pflaster. Weiter nach vorn gebeugt, als es die Ladung Pferdemist erforderte, die Kappe tief in die Stirn gezogen, schlurfte Mäthi schweigend neben seiner Mutter her. Bald waren sie am Roten Turm vorbei, gingen durch das Mustor aus der Stadt und gelangten zum Gartenviertel. Mäthi sah kaum mehr als den nächsten Meter des Pflasters, über den der Wind ab und an ein verschrumpeltes Blatt vom letzten Herbst trieb. Er wäre gerne in der Werkstatt geblieben, in der Höhle, in die er sich am liebsten bis zum Ende seiner Tage zurückgezogen hätte.

»Wir sind da. Wo willst du denn hin?« Seine Mutter bog zum Garten ab. Sie hängte den Drahtring aus, der das Gartentürchen mit einem Eckpfosten des schadhaften Stakentenzauns verband, den Vater schon lange reparieren wollte. Für den Garten blieb ihm kaum mehr Zeit.

Fast wäre er vorbeigelaufen. Die Deichsel quietschte, als Mäthi den kleinen Leiterwagen auf den holprigen Pfad zwischen den niedrigen, akkurat geschnittenen Buchsbaumhecken lenkte, der den Garten in der Mitte teilte. Seine Mutter nahm das Körbchen mit Zwiebelknollen vom Wagen. Er lud den großen Korb mit den Setzkartoffeln, dem Spaten und der Hacke ab.

Er hatte hier schon einmal eine Bleikugel gefunden, so groß wie ein Viezapfel. Eine Delle darin hätte von dem Aufprall stammen können, was für Vaters Theorie sprach, es sei eine von denen, die der Feldherr Franz von Sickingen damals bei der Belagerung Triers vom Petrisberg, der zuvor noch Martinsberg genannt wurde, auf die Stadt geschossen hatte. Gerne hätte Mäthi eine weitere Kanonenkugel gefunden. Sie faszinierte ihn noch mehr als die Petermännchen, wie die kleinen römischen Münzen genannt wurden, die man überall in der Stadt finden konnte.

Nachdem er eine Zeitlang Reihe um Reihe mit dem Spaten umgegraben hatte, hängte er seine Jacke und die Mütze über den Zaun. Die Sonne heizte Anfang Mai schon mächtig ein. In der verbeulten Blechdose war noch kein Fund gelandet. Daneben häufte sich das Unkraut, das sich leicht aus der noch feuchten Erde ziehen ließ. Manchmal grub Mäthi es auch mit der Scholle unter.

Nebenan steckte seine Mutter Zwiebeln in Reih und Glied. Ohne in die Knie zu gehen, gelangte sie mit den Händen hinunter zum Boden.

Mäthi verteilte den Pferdemist, grub die Setzlöcher in die glatt gerechte Erde und achtete beim Einlegen der kleinen runden Setzkartoffeln darauf, die hellen Keimlinge zu schonen.

Auf der morschen Bank unter dem jungen Nussbaum sitzend, aß er eine Klappschmier mit Leberwurst, während die Sonnenstrahlen die frische Erde um die aufgeworfenen Löcher hellgrau bleichte. Nebenan blühte der hohe Birnbaum. Die Äste des Nussbaums zeigten noch nicht einmal Knospen.

Seine Mutter setzte sich zu ihm auf die Bank. Im Garten gönnte sie sich normalerweise keine Pause. Sobald die Arbeit erledigt war, ging es für sie immer gleich zurück nach Hause.

»Der Vater hat es dir noch nicht erklärt, weil es ihm schwerfällt.« Ihre Stimme klang so traurig wie damals, als sie ihm schonend beizubringen versuchte, dass der Opa gestorben war. »Deshalb sage ich es dir.« Sie atmete tief durch. »Der Vater hat seinen einzigen Gesellen, den Theo, entlassen müssen. Er konnte ihn nicht mehr bezahlen. Du siehst doch, wie der Vater sich abrackern muss, auch mit all den Büchern, die er für den Wyttenbach zusammenflickt, obwohl er dafür kaum was kriegt. Das macht er ja auch, damit es dir später mal bessergehen soll.«

Theo, Vaters Geselle, war nicht nur Buchbinder, er bediente auch die Kunden im Laden. Tatsächlich hatte Mäthi ihn schon seit Wochen nicht mehr gesehen. Er hatte sich darüber keine Gedanken gemacht. Jetzt wurde ihm bewusst, wie er in seiner eigenen Welt gelebt und sich für das, was um ihn herum vorging, kaum oder wenig interessiert hatte.

»Das mit dem Fritz, das war deinem Vater eine Lehre, da ist er immer noch nicht drüber weg, dass dein Bruder so weit fortgegangen ist, zur See. Und mir tut das auch dick.«

Mäthi nickte.

»Ich kann es dem Fritz nicht verdenken, dass er zur See wollte. Und das hat er ja auch aus eigener Kraft geschafft.« Sie schniefte. »Ich glaub', dein Vater käme nicht darüber hinweg, wenn du auch weggehen würdest. Glaub' mir, es ist ihm schwergefallen, sehr schwer sogar, dich von der Schule zu nehmen, aber es ging wirklich nicht anders.«

Ärger und Scham über sein Verhalten überkamen Mäthi, als er der Mutter zuhörte. Daher duldete er es auch, als sie einen Arm um seine Schulter legte. So blieben sie eine Weile sitzen, bis sich die Mutter lautstark die Nase putzte und wieder mit der Gartenarbeit fortfuhr.

Warum dachte er ausgerechnet jetzt daran, wie stolz er als kleines Kind war, schon allein aufs Klo in das Bretterhäuschen im Hof gehen zu können? Auch wenn ihm das Loch unter ihm bedrohlich vorkam und es daraus nicht besonders gut roch. An einem Nagel war fein säuberlich geschnittenes Zeitungspapier gespießt, von dem sich Mäthi, als er sich den Hintern noch nicht selbst abwischen konnte, nach gemachtem Geschäft immer einige Blätter hinten in die Hose stopfte. Oben in der Küche wischte ihn die Mutter dann ab und das Papier landete im Ofenfeuer.

»Nimm nachher die Karre mit, wenn du fertig bist«, rief sie ihm über die Schulter zu, während sie die Setzlinge einpflanzte, die sie in einem mit einer gerissenen Glasscheibe abgedeckten Kasten aufgezogen hatte. Mäthi ließ sich Zeit mit dem Glattrechen des Kartoffelbeetes.

Nachdem seine Mutter nach Hause gegangen war, sammelte er dürres Holz für ein kleines Feuer. Eigentlich war er aus dem Alter heraus, auf den Kirschbaum zu klettern. Als er wenig später hoch oben auf einem Ast saß, der ihm stark genug erschien, sein Körpergewicht zu tragen, sah er über die Schellenmauer auf die Innenstadt. Aus seiner Perspektive wirkten die Türme von Dom, Liebfrauen und Gangolf, als würden alle zu einer mächtigen Kirche gehören.

Im Nachbarsgarten der Meckels, die einen Kolonialwarenladen am Breitenstein betrieben, war niemand zu sehen. Letzten Herbst hatte Mäthi noch mit Käthchen und ihrer Freundin Bäbchen frisch geerntete Kartoffeln in der Glutasche eines Feuers aus Kartoffelkraut geröstet. Käthchen war die einzige Vertraute, mit der er über seine Situation geredet hätte.

Als das kleine Feuer endlich loderte, setzte sich Mäthi im Schneidersitz auf den Boden und begann zu träumen. Um ein großes Lagerfeuer an einem fernen Strand in der Südsee saßen Captain Cook mit Georg Forster, Alexander von Humboldt und die Häuptlinge der eingeborenen Stämme einträchtig beisammen. Kaffeebraune Mädchen bewegten sich im Rhythmus der Musik, während sie den Besuchern Schalen mit Milch aus Kokosnüssen und Ananasfrüchte reichten. Irgendwann verwandelten sich die Trommelklänge in das Läuten der Domglocken und ließen Mäthi erwachen.

Das Feuer bestand nur noch aus einer schwachen Glut, die Dämmerung hatte eingesetzt und die Gefahr, einem Klassenkameraden über den Weg zu laufen, war nicht mehr groß.

Mäthi zog den leeren Karren in so gemächlichem Tempo durch die Gartenstraße, als habe er nicht vor, heute noch nach Hause zu kommen. Als er hinter sich Gelächter hörte, drehte er sich um und sah in einiger Entfernung ein Pärchen, das Arm in Arm ebenfalls zur Stadt unterwegs war. Als die beiden nähergekommen sein mussten, ruckelte die Deichsel und der Karren ließ sich plötzlich nur noch schwer ziehen. Mäthi schaute verdutzt. Ein Mann saß in seinem Wagen, den er mit einem Büschel Stroh notdürftig von dem in der Sonne getrockneten Mist gereinigt hatte. Das war doch der Edgar, und der danebenstand, war gar keine Frau, das war Karl, von vielen auch das *Schwärzchen* genannt, beide Primaner vom Gymnasium. Jeder hielt eine Flasche in der Hand.

»Du bist doch der freche Mathias aus der Tertia!«, lallte Edgar. »Komm Karl, steig ein, wir sind genug gelaufen.«

»Wo kommt ihr denn her?« Mäthi war froh, dass die beiden sein Fernbleiben in der Schule anscheinend nicht bemerkt hatten.

»Kutscher, zur Porta!«, befahl Edgar, während der hinten zugestiegene Freund seinen Rücken an den seines Kollegen lehnte.

Mäthi zog den Karren mit aller Kraft an, um bald darauf wieder in den langsamen Trott zu fallen. Hinter sich hörte er, wie die beiden mit ihren Flaschen anstießen. Sie waren wohl in Kürenz gewesen oder kamen über den Petrisberg von Tarforst zurück.

»Stellst du botanische Studien an oder warum geht es nicht vorwärts?«, fragte Edgar nach einer Weile. »Oder hat der Gaul Durst?«

Mäthi hatte tatsächlich Durst. Er ließ die Deichsel los und nahm einen tiefen Schluck aus Edgars Flasche. Für Viez war das Getränk eindeutig zu süß. In der Dunkelheit war das Etikett nicht zu erkennen. Ein Streichholz flammte auf. Das *Schwärzchen* zündete sich eine Pfeife an. Während Mäthi ein weiteres Mal trank, betrachtete er die beiden. Sie trugen Frack und Zylinder und führten Spazierstöcke mit sich.

Karl und Edgar schien es gut zu gehen. Sie brauchten sich wahrscheinlich keine Sorgen zu machen, denn ihnen stand eine glänzende Zukunft mit Studium und guten Beziehungen bevor, die ihnen hohe Positionen garantierten. Dafür würden die Väter Marx und von Westphalen schon sorgen.

»Möchtest du auch mal?« Karl reichte ihm die Pfeife.

Mäthi wischte das Mundstück ab, nahm einen kleinen Zug und blies ihn gleich wieder aus

»Die Großen haben besonders großen Durst«, verlangte Edgar seine Flasche zurück.

Mäthi brachte den Karren erneut in Fahrt und ging nun noch tiefer gebeugt, als er am Nachmittag hergekommen war.

»Und es bleibt dabei, du hast mir die Jenny versprochen?«, hörte er hinten das *Schwärzchen* fragen.

»Und ich krieg dafür deine Schwester.« Das war Edgars Stimme.

»Du hast die Auswahl: Sophie, Henriette, Caro, Louise oder Emilie.«

Beide lachten herzhaft. Kurz darauf hörte Mäthi nur noch das gleichmäßige Rattern der Räder. Die wenigen Passanten auf den dunklen Straßen wichen dem Leiterwagen aus.

Einem Mann, der grinsend fragte, was er denn da in seinem Wagen transportiere, antwortete Mäthi: »Nicht der Rede wert, nur ein paar Lumpen!«

Hinten im Karren gab es keine Reaktion. Erst als er zum Verschnaufen in der Nähe des Neutors anhielt, erwachten seine Fahrgäste. Während sie von Alkohol und Müdigkeit betäubt ausstiegen, schauten sich Karl und Edgar um.

Mäthi machte, dass er weiterkam.

»Das ist doch nicht die Porta?«, beschwerte sich Karl.

»Ich war unterwegs zur Porta Alba, ihr habt nicht gesagt, dass ihr zur Porta wolltet.« Mäthi lief, so schnell er es mit dem Wagen konnte, davon.

»Bleib stehen, du Halunke!«, rief Karl.

»Ich bin noch ein kleiner Jung und muss jetzt heim.«

Als er bemerkte, dass die beiden ihn nicht verfolgten, fiel Mäthi wieder in eine gemütliche Gangart. Er pfiff eine Melodie vor sich hin. Seit Wochen fühlte er sich zum ersten Mal wieder wohl.

13

Weil es für Mäthi in der Werkstatt nichts zu tun gab, saß er Zeitung lesend hinter der Theke. Heinrich nahm beim Eintreten in der Ladentür seinen Hut ab. Seit dem bestandenen Abitur trug er auch wochentags den Zylinder, den er sonst nur sonntags aufgesetzt hatte. Innerhalb weniger Wochen war aus dem Schüler ein Student geworden, der bald aus seiner Heimatstadt zum Rhein aufbrechen würde.

»Ich wollte ... morgen geht es nach Bonn.« Heinrich wirkte so unsicher, wie er ihn noch nie zuvor erlebt hatte. Selbst als Mäthi im letzten Herbst mit bloßen Händen ein ganzes Bündel Fingerhut gepflückt hatte und der gesamte Inhalt der Trinkflaschen darauf verwendet werden musste, schleunigst das Gift von seinen Händen zu waschen, hatte sein Freund ruhiger gewirkt.

»Zum Studium«, Mäthi nickte wissend. »Da brauchst du dir keine Sorgen wegen Heimweh zu machen. Da wirst du einige Trierer treffen. Auch der Karl soll da sein.«

»Mach' ich mir auch nicht.« Heinrich winkte ab. »Es tut mir leid, dass du nicht mehr zum Gymnasium gehen kannst.« Er seufzte. »Mathias, du brauchst dir keine Vorwürfe zu machen und auch nicht deiner Familie. Das ist keine Schande für dich, sondern für die Gesellschaft.«

Mäthi nickte. Vor dem Laden bellte ein Hund.

»Und eine viel größere Schande ist es, was andernorts passiert.« Heinrich redete sich in leichte Rage.

»Ich hab gehört, was auf dem Land los ist. Da wollen viele nach Amerika auswandern.«

»Da brauchst du gar nicht aufs Land zu gehen. Die Leute findest du auch hier in der Stadt zuhauf, und nicht nur im Landarmenhaus.«

»Und du wirst Medizin studieren, um denen zu helfen.«

»Die Medizin allein kann denen nicht helfen, wir brauchen eine andere Regierung.«

Wieder bellte ein Hund vor der Tür.

»Das ist Miro«, sagte Heinrich.

»Warum hast du ihn nicht mit reingebracht?«

»Ich kann ihn unmöglich nach Bonn mitnehmen.« Heinrich sprach auf einmal deutlich leiser, während er nachdenklich vor sich hinschaute.

»Und wer kümmert sich um ihn?«

»Mein Großvater.«

Immer, wenn dessen Name fiel, sah Mäthi die Hottentottenfeige auf dessen Fensterbank vor sich.

»Leider ist er noch ein paar Wochen an der Nordsee.«

»Von mir aus kann Miro bis dahin bei mir bleiben.« Erst nachdem er das Angebot gemacht hatte, besann sich Mäthi, dass er vorher seinen Vater hätte fragen sollen.

»Gerne, aber kläre das erst mit deinen Eltern.«

14

Wer kam denn da zur Ladentür herein? Zu stattlicher Größe gewachsen, vierkantiger Kopf über dem breiten Hals. Immer noch eine zu kleine Jacke tragend, die über der kräftigen Brust spannte, die Ärmel zu kurz. Allein das dumpfe Geräusch der Schritte ließ darauf schließen, dass es sich bei dem Besucher um kein Leichtgewicht handelte.

»Guten Tag!« Pitter nickte ihm zu. Sein Gesichtsausdruck war noch der gleiche wie vor Jahren – es mussten inzwischen vier sein –, seitdem sich ihre Wege getrennt hatten.

Gesehen hatten sie sich das ein oder andere Mal, aber nicht groß wahrgenommen, zuletzt nicht einmal mehr gegrüßt, weil sie sich aus den Augen verloren hatten. Das begann gleich, nachdem Mäthi im Alter von zehn Jahren von der Volksschule zum Gymnasium gewechselt war. Bewusst hatte er den Kontakt zu Pitter nicht abgebrochen, es war eher umgekehrt. Pitter könnte sich von seinem Freund verraten gefühlt haben, als dieser nicht mehr seine Schule besuchte, zu Höherem strebte und sich in ganz andere Gesellschaft begab. Mäthi konnte sich noch erinnern, als er Pitter nach dem ersten Schultag am Gymnasium berichtete, dass es in seiner Klasse ebenfalls einen Jungen mit dem Namen Peter gab. Das schien ihn nicht zu interessieren.

Miro lief herbei und knurrte Pitter an. Das hatte er bisher noch bei keinem Besucher im Laden getan.

»Aus!«, rief Mäthi. »Zurück und bei Fuß!«

Der Hund trottete grummelnd zurück zu seiner Decke in der Werkstatt.

»Tag, Pitter.« Mäthi überlegte, warum Pitter ihn ausgerechnet jetzt besuchte. Vier Jahre hatte er sich hier nicht blicken lassen. Trieb ihn die Neugier oder gar die Schadenfreude? Sicher hatte er längst erfahren, wie es ihm ergangen war. In der Metzgerei seines Vaters verkehrten viele Kunden, darunter Mitschüler, deren Eltern und auch Lehrer. Wollte Pitter sich jetzt an seinem Leid ergötzen?

»Soll ich später wiederkommen?«, fragte Pitter, als sein ehemaliger Freund fortwährend auf die Ladentheke starrte.

»Was kann ich für dich tun?« Als er den Blick zu dem Besucher hob, stellte er erstaunt fest, dass dieser erheblich größer und kräftiger war als er. Sein Bartwuchs war deutlich zu erkennen. Über den Flaum, den Mäthi und Gleichaltrige trugen, war Pitter weit hinaus. Die Koteletten gingen in einen Backenbart über, der nur am Kinn noch leicht schütter war.

»Sollen wir ein bisschen rausgehen?« Pitter wippte von einem Bein aufs andere.

»Ich hab noch zu tun.«

»Das war nur so eine Idee. Wir können auch ein andermal, wann hast du denn Feierabend?«

»Wenn ich fertig bin, ich weiß nicht, was sonst noch ansteht, da müsste ich mit dem Vater ...«

»Geh nur«, rief Mäthis Vater aus der Werkstatt. Er hatte mitgehört. »Du kannst später weitermachen.«

»Warte einen Moment«, sagte Mäthi, als Pitter sich zur Tür wandte, »Ich hole noch was.«

Mäthi hatte seinen alten Schulranzen aus dunklem Holz auf der Schulter, den sein Vater vor vielen Jahren für den Bruder gefertigt und den er in den ersten Schuljahren benutzt hatte.

»Was willst du denn damit?« Pitter schaute überrascht.

»Wirst du gleich sehen.« Mäthi nahm den erwartungsvoll mit dem Schwanz wedelnden Hund an die Leine.

Selbst in der Südsee konnte Georg Forster das Blau des Wassers kaum intensiver erlebt haben als die vom Indigo der Textilfärber in diesem Tümpel im Hinterhof eines verfallenen Hauses neben der Weberbach. An diesen Geheimplatz hatte Mäthi seinen ehemaligen Freund geführt und stolz den Inhalt des Holzranzens ausgepackt. Ein verrosteter rechteckiger Blechdeckel diente als Boot der Piraten, die Handelsschiffe waren aus Papier.

Die aufgefalteten Papierboote hatten sie mit Mannschaften bestückt und auf einem großen rechteckigen Stein am Ufer aufgestellt. Ein gewaltiger gelblicher Steinbrocken, der aus dem Wasser ragte, mutete zwischen Scherben von Sandsteinen, Mörtelresten, Lehm und vertrockneten Halmen wie ein gewaltiger Koloss an, den ein Zyklop aus der griechischen Sage hierher geschleudert hatte. Ähnliche Einritzungen, wie sie der Quader aufwies, hatte Mäthi auf seinen Touren rund um die Stadt schon auf den Grenzsteinen der Felder gesehen. Der hier war wohl in der Ruine vermauert gewesen und den Steinräubern, die auch nicht davor zurückschreckten, in den römischen Ruinen zu plündern, wohl zu schwer gewesen.

Um die Boote der Handelsflotte zu Wasser zu lassen, setzte Mäthi einen Fuß in den Matsch des aufgeweichten Uferbereichs und beugte sich vor. Das erste Schiff hatte leichte Schlagseite. Er ordnete die Mannschaft neu, bis das Gleichgewicht hergestellt war, schob das Boot an und schaute zu, wie es über das bläuliche Wasser des Tümpels glitt.

Pitter legte ihm nun ein Schiff nach dem anderen auf die nach hinten gestreckte Hand, bis die ganze Flotte, bestehend aus zwölf mit den edelsten Handelsgütern aus dem Orient beladenen Kähne, auf dem Wasser trieb.

Statt der Besatzung des Piratenschiffs fühlte Mäthi etwas hartes, leicht Stachliges auf der Handfläche. Als er seine Hand ruckartig wegzog, plumpste etwas zu Boden. Pitter feixte hinter ihm.

Mäthi richtete sich auf. Neben seinem rechten Schuh lag eine tote Ratte. Der Kadaver schien bereits vertrocknet. Pitter stemmte sich vor Lachen die Hände in die Rippen.

»Du bist noch genau so ein Arschloch wie früher!« Mäthi kickte den steifen Kadaver mit dem Fuß in Richtung einer Mauerlücke, in der einmal ein Fenster oder eine Tür gewesen war. Dann wischte er seine Hand an der Hose ab.

Nachdem sie mit Stöcken die Boote vom Ufer abgestoßen hatten, sahen sie den Booten nach, wie sie über die glatte Oberfläche trieben, in der sich der Himmel spiegelte.

Während Mäthis Gedanken zur Südsee schweiften und er durch das Wasser auf Korallenriffe und Haifische sah, war sein Ärger verflogen. Einer der Steine am Grund war wie eine Muschel geformt. Wenn Mäthi da runtertauchen würde, könnte er eine wertvolle Perle entdecken.

»Sind die Schiffe dann auch blau, wenn sie aus der Südsee zurückkommen?«, fragte Pitter, der sich auf den Steinblock gesetzt hatte, auf dem vorhin die Schiffe aufgereiht waren. »Ich meine, natürlich nur da, wo sie im Wasser waren.«

»Das ist doch nur der blaue Himmel, der sich im Wasser spiegelt, man glaubt nur, das Wasser wäre blau. Das ist genauso durchsichtig wie das in der Mosel.«

»Das in der Mosel ist doch meistens braun. Und wir haben doch keinen braunen Himmel«, wandte Pitter ein.

»Bei Hochwasser ist die Mosel braun von dem ganzen Schlamm.«

»Sonst doch auch.«

»Das ist der Dreck, den die Franzosen und Luxemburger da reinschmeißen.«

»Wir doch auch«, Pitter hob die Stimme. »Und manchmal ist sie trotzdem blau, so wie der Tümpel hier.«

»Aha.«

»Unten an der Hospitalsmühle, wo die Weberbach reinläuft, montags, wenn die Färber blau machen.«

»Und wenn die Sonne scheint.«

»Von mir aus auch, wenn montags die Sonne scheint.«

»Du hast absolut keine Phantasie.« Mäthi schüttelte resigniert den Kopf.

»Phantasie brauch' ich höchstens in der Wurstküche.« Es plumpste im Tümpel, als Pitter einen Stein hineinwarf. Beide schauten zu, wie die Schiffe auf den konzentrisch sich ausbreitenden Wellen schaukelten.

Der nächste Stein traf ein Boot und ließ es zur Seite kippen.

»Hey, was soll das?«, rief Mäthi empört. Miro, der dicht neben ihm stand, spitzte die Ohren und begann zu knurren.

»Das sind die Kanonen der Piraten!« Pitter warf nun eine ganze Handvoll Steine in den Tümpel.

»Lass den Quatsch, die Piraten versenken doch nicht die Schiffe, die plündern sie aus.«

»Denen sollte mal eine Lektion erteilt werden.« Pitter warf erneut eine Ladung Steine ins Wasser, wo nur noch wenige Boote heil geblieben waren.

Miro bellte.

»Lass das!«, Mäthi stellte sich zwischen Pitter und den Tümpel.

Der nahm seinen krummen Stock, ging um den Tümpel herum und versenkte die restlichen Boote damit.

»Warum machst du das?«, Mäthi war den Tränen nahe, während er den Hund am Halsband zurückhielt.

»Das ist doch Kinderkram, dieser Quatsch.« Pitter warf den Stock zur Seite und klaubte eine Pfeife aus der gewölbten Jackentasche.

Während er das Blech mit der Piratenmannschaft in die Tasche packte, haderte Mäthi mit sich. Wie hatte er auf diese blöde Idee kommen können, mit Pitter hierher zu gehen? Wie konnte er nur vergessen, dass es auch früher immer wieder Ärger mit Pitter gegeben hatte. Wie oft hatte er Dinge zerstört, die sie aufgebaut hatten. Egal ob es eine Hütte war, ein Indianerzelt, ein Eskimo-Iglu, auch in Kindertagen war einiges davon Pitters Zerstörungstrieb zum Opfer gefallen. Zugegeben, manchmal hatte ihn Mäthi auch bis zur Weißglut geärgert.

Mäthi fischte das aus dem Wasser, was ihm noch in einem halbwegs intakten Zustand erschien, während die ersten Rauchschwaden aus Pitters Pfeife zu ihm herüberwehten.

»Komm, nimm einen Zug!«

Mäthi ignorierte die Aufforderung des Spielverderbers, während er die Boote trocken zu wedeln versuchte. Miro hatte sich wieder beruhigt und schnüffelte im Gelände herum.

»Das ist eine Friedenspfeife.« Pitter tippte ihm auf die Schulter.

Für einen Moment erwartete Mäthi eine Finte und er würde gleich in der Pfütze landen, aber dann griff er doch nach der Pfeife und zog daran. Der Tabak schmeckte erstaunlich gut. Er tat ein paar tiefere Züge, bei denen Körner in der Glut knisterten, und reichte sie zurück.

Kam es vom Hinunterbücken oder wirkte der Tabak so schnell? Mäthi wurde leicht schummerig. Er setzte sich auf den Quader und stellte den Ranzen ab.

»Noch einen Zug?«

»Nein, danke.« Mäthi lehnte angewidert ab. Ihm war übel. Während er die Arme sinken ließ und keuchend durch den offenen Mund atmete, erinnerte er sich, wie er einmal im Hochsommer zusammen mit Pitter in der Weberbach gespielt hatte. Dämme hatten sie gebaut, Fische unter Steinen gefangen und, weil es so heiß war, aus dem Bach getrunken. Mäthi musste sich die ganze Nacht lang übergeben. Pitter hatte damals schon eine robuste Natur und keinerlei Probleme gehabt.

»Der Kinderkram ist doch nichts mehr für uns.« Pitter klopfte ihm auf die Schulter. »Lass uns wieder vertragen!«

»Ist gut.« Mäthi beugte sich vor und übergab sich zwischen seine Schuhe.

MATHES ALS JUNGER MANN

1848

25. Februar

15

»Wie kommst du darauf, dass ich eurer Primanerkompanie beitreten soll?« Mathes schaute den Mann skeptisch an, der ihn, seitdem er den Laden betreten hatte, freundlich anlächelte.

»Mäthi, du hast doch ...«

»... ich bin jetzt der Mathes, die meisten sprechen das A lang aus.«

»In Ordnung, Mathes.« Der Besucher dehnte das A mit deutlicher Betonung. »Du warst schließlich auch ein paar Jahre auf dem Gymnasium.« Sein ehemaliger Klassenkamerad Julian hatte sich nicht vorstellen müssen. Immer noch trug er diese bunten Westen aus Samt, wie er es schon in der Schulzeit getan hatte. Unter der Studentenkappe waren die dunkel glänzenden Haare noch ein wenig länger als damals. Aus dem Halsausschnitt seiner Weste quollen blütenweiße Rüschen hervor.

»Das ist lange her.« Mathes verkniff es sich zu fragen, warum ausgerechnet Julian ihn einlud. Bis zur Sekunda hatte er kaum ein Wort mit diesem feinen Pinkel gewechselt, der bis dahin nichts anderes tat, als sich bei den Lehrern einzuschmeicheln. Sein Vater war Anwalt, seine Mutter stammte aus einer reichen Winzerfamilie im Ruwertal.

»Aber dein Kontakt zur Schule ist nie abgerissen.«

»Ich hab' euch Bärendreck verkauft.« Mathes dachte an das Fenster zum Schulhof.

»Das auch.« Julian nickte. »Und einiges mehr. Gute Leute können wir gebrauchen.«

»Aha!« Mathes dachte nach, während sein Besucher ihn erwartungsvoll anschaute. »Und wo trefft ihr euch?«

»Im Amphitheater.« Julian betrachtete interessiert die Miniaturhefte unter dem Glas der Ladentheke. Mathes hatte sie vor Jahren gebastelt. Die erhoffte Nachfrage hatte sich nicht eingestellt.

»Im *Kaskeller*?« So wurde die römische Ruine im Volksmund genannt.

»Genau, überleg's dir! Gegen Abend holen wir dich ab.«

»Ich gucke mal.«

Was Julian beim Verlassen des Ladens noch sagte, verstand Mathes nicht wegen des lauten Holperns von Fässern auf einem vorbeifahrenden Fuhrwerk.

Als er wieder allein war, erinnerte sich Mathes daran, wie Julian einmal mit hochgereckter Nase während der Pause konstatiert hatte, wer von den Klassenkameraden bei ihm auf der untersten Stufe stand. Zum einen waren das die Repetenten, die sitzengebliebenen Schüler. Dabei schaute er zum dicken Reinhold, der die Klasse wiederholte. Zum zweiten seien es die Parvenüs, wobei sein naserümpfendes Blinzeln Mathes traf, den er damit zum Emporkömmling abstempeln wollte. Mathes hätte ihm damals eine reinhauen sollen, aber offene Gewalt war am Gymnasium verpönt. Vielleicht ergab sich im *Kaskeller* die Gelegenheit, dem Schnösel als späten Denkzettel eine Ladung Schrot in den Arsch zu jagen.

Mathes trug bereits warme Unterwäsche und die festen Schuhe, die er bei seinen selten gewordenen botanischen Exkursionen rund um die Stadt anhatte. So ganz sicher war er sich nicht, ob Julian es ernst gemeint hatte, ihn am späteren Nachmittag abzuholen. Sein Vater war damit einverstanden, wenn er heute früher Feierabend machte.

Als Julian in der Ladentür erschien, brauchte Mathes nur noch Mantel, Schal und Kappe überzuziehen. Draußen gab es ein herzliches Hallo mit Kaspar, der mit einem überhohen Zylinder seiner langen Gestalt noch mehr Ausdruck verlieh. Dritter im Bund war Bernhard, der sich früher gerne mit dem französischen Namen Bernard anreden ließ. Er schien wie eh und je noch an allem interessiert zu sein, was in Frankreich vor sich ging. Auf dem ersten Teil der Wegstrecke berichtete er über die Lage in Paris, wo das Volk sehr unzufrieden mit Louis Philippe, dem sogenannten Bürgerkönig, sei. »Nicht mehr lange, dann geht es diesem Kerl an den Kragen«, unkte Bernhard, während er sich die obere Hälfte seines Mantels aufknöpfte und, nachdem er sich auf der Straße umgeblickt hatte, Mathes augenzwinkernd eine Schärpe in den Farben der Trikolore zeigte, die er darunter trug.

Als sie hinter dem Mustor an den mit jungen Bäumen bepflanzten Anlagen neben der Stadtmauer entlang in Richtung der Kaiserthermen unterwegs waren, sagte Julian zu Mathes. »Kann sein, dass ich dir zu Schulzeiten als Revanchist vorgekommen bin.«

»Du meinst, als du mich als Parvenü bezeichnet hast?«

»Wenn überhaupt, was mir wirklich leidtäte, dann als Parvenü.«

»Ich hab' mich damals gefragt, wie die Parvenüs aussehen«, sagte Mathes.

»Wie? Aussehen?«

»In freier Wildbahn, ich dachte, das wäre eine Affenart, so wie die Schimpansen, wie heißen die nochmal, die mit den roten Ärschen, die Pavidingsbums ...«

»Die Paviane?«

»Genau!«, Mathes grinste. »Ich habe mir dich als so einen vorgestellt, mit rotem Arsch und so, kam aber zu dem Schluss, dass du besser zu den Gockeln gepasst hättest.«

Die anderen lachten, während Julian tief einatmete und stumm nach vorn schaute. Mathes' respektloser Humor aus Schülerzeiten war bei manchen gefürchtet gewesen. Damals hatte er gelernt, es mit seinen Späßen nicht zu weit zu treiben. Die wenigsten, die seine spitzen Bemerkungen abbekamen, wollte er sich zum Feind machen. Lehrer blieben gänzlich verschont. Und wenn es aus Mäthis Sicht nicht zu vermeiden war, eine Respektsperson zu attackieren, so gelang ihm dies oft so subtil, dass der Gefoppte es gar nicht bemerkte oder zumindest so tun konnte, als wäre nichts gewesen.

»Nix für ungut«, Mathes schlug Julian versöhnlich auf die Schulter. »Das sollte nur ein Spaß sein. Ich freue mich, euch wiederzusehen.«

An den Kaiserthermen zimmerte ein Trupp Männer an den neuen Balustraden. Bald würden sie von zwei Bewachern abgelöst werden, die das Baumaterial und die Reste des einstigen römischen Bades über Nacht sicherten.

Statt den Weg über die Straße in Richtung Olewig zu gehen, kletterten sie auf einem schmalen Pfad über den kleinen Weinberghügel zum Amphitheater. Oben an der Kante blickte Mathes über den steil abschüssigen Hang, wo sich einst die Zuschauerränge befanden, in das ringsum von brüchigen Mauern gesäumte Rund der Arena. Die regelmäßigen Schläge einer Trommel waren zu hören. Sein Blick glitt suchend über die gegenüberliegenden menschenleeren Ränge. Lediglich eine über der Mauer der Südseite aufragende schmale Bretterwand fand kurz seine Aufmerksamkeit. Mit einem Mal tauchte eine Gruppe im Gleichschritt marschierender Männer zwischen den Mauerruinen des ehemaligen Haupteingangs auf. Die etwa drei Dutzend Mann zählende Truppe bemühte sich, im Rhythmus der Trommel, die von einem Mann geschlagen wurde, der neben der ersten Reihe marschierte, im Gleichschritt quer durch die Arena bis zur Gegenseite zu gelangen. Bevor der Trupp die Mauer am anderen Ende erreichte, machte er auf das Kommando des Trommlers hin halt und exerzierte auf der Stelle.

Die jungen Männer waren sehr unterschiedlich gekleidet. Auf den Köpfen trugen sie Kappen und Mützen in verschiedenen Farben, helle und dunkle Hüte, an denen hier und da Federn im Hutband steckten.

Die meisten der jungen Männer trugen dunkle Kleidung. Es gab aber auch blaue und grüne, helle und dunkle Hosen, Jacken und Mäntel zu sehen. Unter offenen Jacken lugten zuweilen Schärpen, Säbel und Hosenträger hervor. Viele trugen helle Schleifen um den Hals. Neben den Bartträgern waren nur wenige so glattrasiert wie Julian. In der letzten Reihe marschierte einer, der sich wie ein Seeräuber ein Tuch um den Kopf gebunden hatte.

Als Kaspar, Bernhard und Julian plötzlich losliefen, stürmte nun auch Mathes hinter ihnen den Hang hinunter. Sie erreichten den um die Arena führenden Rundweg auf der Mauer, von dem eine Treppe unter dem Mauervorsprung hindurch in den Innenraum führte. Dort hatten die Exerzierenden nach dem zweiten Kommando ‚*Rechts um*‘ eine 180-Grad-Wende vollzogen und marschierten nun in die entgegengesetzte Richtung.

Mathes tat es seinen Begleitern nach und reihte sich mit ihnen in die letzte Reihe der Truppe ein. Bereits nach wenigen Schritten trat sein rechter Fuß im Takt der Trommel auf. Als die Primanerkompanie aus der Arena heraus zwischen den Ruinen des Westportals auf den geradeaus weiterführenden Weg gelangte, über den zur Römerzeit die Streitwagen in die Arena gerollt waren, schwenkten Mathes Arme ebenso weit vor und zurück wie die seiner Kameraden. Etwas weiter stoppte der Trommler und ließ die Truppe an sich vorbeimarschieren. Mathes sah, wie er den Schlägel elegant aus dem Handgelenk auf ein senkrecht in Brusthöhe gehaltenes Tamburin schlug. Von seinem Gürtel baumelte ein silbern glänzender Krummsäbel.

Kaum hatte die letzte Reihe den Trommler passiert, kam der laut gerufene Befehl: ‚*Primaner halt!*‘

Mathes war nicht der Einzige, der an den Vordermann stieß. Beim Kommando ‚*Rechts um*‘ orientierte er sich an seinen Nebenmännern. Es folgte ‚*Im Gleichschritt Marsch!*‘. Nun war Mathes Teil der ersten Reihe der Marschierenden. Er spürte, wie er mit der Truppe verschmolz, wie die Kraft der drei Dutzend Männer zu einer Einheit wurde. Selbst das Herz in seiner stolzgeschwellten Brust schien im Takt des Tamburins zu schlagen. Da störte es ihn kaum, über matschigen Boden in der Mitte des Amphitheaters zu marschieren. Rund herum war die Erde fest und trocken, aber der Kommandeur wusste wohl, was er tat, schließlich musste er ebenfalls durch den Morast, der nach jedem Mal tiefer zu werden schien.

Nach einigen weiteren Auf- und Abmärschen war die Übung mit dem Kommando ‚*Ohne Tritt wegtreten!*‘, gefolgt von einem schnellen Trommelwirbel, zu Ende.

16

Eben noch ein harmonisches Gebilde, das wie ein ineinandergreifendes Räderwerk einer Maschine funktionierte, löste sich der Trupp im Nu in schwatzende, lachende und Pfeife paffende Einzelteile auf.

Mathes erkannte nach und nach ehemalige Mitschüler und andere Gesichter von jüngeren Gymnasiasten, die allesamt schon bei ihm am Fenster zum Schulhof eingekauft hatten.

Musste er vorhin noch stur, die Augen geradeaus, marschieren, so konnte er sich nun im Amphitheater umsehen. Hinter den Rundbögen in den Mauern taten sich dunkle Gänge auf. Aus einem wurden Gewehre und Schießutensilien gereicht. Obwohl Mathes in einiger Entfernung davon stand, wehte ihm ein beißender Geruch in die Nase.

»Das sind die Lunten, da wirst du dich dran gewöhnen müssen.« Der besserwisserische Tonfall gehörte zu Julian. Er hatte ein Gewehr geschultert und hielt zwei weitere in den Händen.

»Such dir eins aus.« Er hielt ihm beide Gewehre entgegen. »Am besten probierst du beide mal aus.«

Mathes packte die beiden Gewehre. Sie waren viel schwerer, als er erwartet hatte. Über Julians Gesicht huschte ein Grinsen, als er sah, wie beide Arme seines ehemaligen Mitschülers unter der Last nach unten sanken.

»Eins davon kannst du dann behalten.«

»Ungelogen?«, rutschte es Mathes heraus, der seine Überraschung nicht verbergen konnte.

»So wahr ich ein Roter bin«, Julian grinste und schlug ihm mit der Hand auf die Schulter. »Besser ein Schwarz-Rot-Goldener, Hurra!« Die letzten Worte sprach er so laut aus, dass es auch die Umstehenden hören konnten und ebenfalls ein ‚Hurra‘ anstimmten.

Hammerschläge waren zu vernehmen. Oben auf der Rundmauer der gegenüberliegenden Seite nagelte der Scheibenaufseher eine frische Scheibe an die beiden senkrechten Holzbretter. Anschließend verzog er sich nebenan unterhalb der Mauer in einen Verhau, der von in den Boden gerammten mächtigen Holzpfosten vor verirrten Kugeln geschützt wurde.

Oben auf der Mauer neben der Treppe, über die sie vorhin in den Innenraum gelangt waren, wurde vom ersten Schützen eine Gabel in die Erde gesteckt. Darunter standen die Kameraden in Dreierreihen an. Hinter ihnen reihte sich Mathes ein.

Ein lauter Knall ließ ihn derart zusammenzucken, dass auch der vor ihm stehende Julian es bemerkte, sich zu ihm umdrehte und ihm beruhigend auf die Schulter klopfte: »Wart erst mal, bis du selbst an der Flinte stehst, dann hast du mehr Grund zum Erschrecken.«

Mathes musste all seine Selbstbeherrschung aufwenden, um ihm keine Unflätigkeit zu entgegnen.

Nebenan wurde debattiert. »Unsere Zerrissenheit ist es doch, die uns an einer richtigen Erhebung hindert«, hörte er Kaspars dunkle Stimme. Dieser betonte die Silben immer noch wie zur Schulzeit, als er im Domchor sang und manchmal im Unterricht ein Lied zum Besten geben durfte. »Als Erstes müssten die ganzen Fürstenhäuser abgeschafft werden.«

»Was beschwerst du dich denn?«, wandte Bernhard ein. Als glühender Anhänger der Französischen Revolution von 1789 hatte er auch im Unterricht keinen Hehl aus seiner Überzeugung gemacht. Wenn ein Lehrer auf seine politischen Thesen einging, konnte man sicher sein, den Rest der Stunde nichts mehr vom Lehrstoff zu hören. »Euch geht es doch gut. Die Preußen kommen den Fabrikanten, wie ihr welche seid ...«

»Es sind doch nur Hüte ...«, wendete Kaspar ein.

»Immerhin habt ihr mehr als zwanzig Leute beschäftigt«, sagte jemand aus der Reihe davor.

»Die Preußen kommen euch doch in allem entgegen«, nahm Bernhard seinen Satz wieder auf, »auch bei den Zöllen. Das wird auch so bleiben.«

»Aber nur, wenn wir uns nicht wehren«, rief die Stimme von vorn.

Es ging nur langsam voran. Ein Schütze nach dem anderen feuerte auf die Scheibe auf der gegenüberliegenden Seite. Mathes konnte nicht erkennen, wo die Kugeln landeten. Aus dem Gelächter, das hin und wieder nach einem Schuss zu hören war, schlussfolgerte er, dass nicht einmal die Scheibe getroffen worden war. Umso verständlicher kamen ihm nun die zusätzlichen Sicherungsmaßnahmen für den Verschlag des Scheibenaufsehers vor, der sich auf die brüchigen römischen Mauern allein nicht verlassen wollte. Die Schützen mit den schweren altertümlichen Gewehren, wie Mathes sie hatte, nutzten meist eine Gabel, um beim Zielen den Lauf abzustützen. Andere schossen freihändig im Stehen oder gingen in die Hocke und stützten sich auf ein Knie auf.

Julian in der Reihe vor ihm hatte ein sehr edel wirkendes Gewehr geschultert. Statt einer Lunte wies es ein modernes Steinschloss auf, das – so viel wusste Mathes von Waffen – durch den Funken eines Feuersteins das Pulver entzündete. Man musste nicht mehr warten, bis die Lunte sich zum Pulver durchgebrannt hatte, sondern konnte im gleichen Moment abdrücken und schießen.

Bernhard schien der Disput von vorhin noch zu beschäftigen. »Wenn ich dich recht verstehe, lieber Kaspar, willst du ein einiges Deutschland und dabei gleichzeitig die Krone erhalten.«

Als er keine Widerrede hörte, fuhr er fort: »Und ich weiß auch, warum deinesgleichen das wünscht: Damit der Handel und die Wirtschaft florieren, ihr immer mehr produzieren und absetzen und, mit anderen Worten, noch mehr Geld scheffeln könnt.«

»Wenn wir alle was davon haben, was ist schlimm daran?«, fragte Kaspar.

»Der König, ich rede nicht von unserem König, sitzt ganz weit weg in Berlin. Der hat doch keine Ahnung, was hier läuft. Der will uns in Wahrheit doch gar nicht. Statt den linksrheinischen Gebieten hätte der mit Kusshand ein halb so großes Gebiet in Polen genommen. Der betrachtet uns doch als besetztes Land und als Aufmarschzone nach Frankreich.«

»Zu deinen geliebten Franzosen: Willst du die ernsthaft wiederhaben?«, fragte Kaspar.

»Ich bin für die Werte der Französischen Revolution. Den Handwerkern, Händlern, Winzern und Bauern soll wieder das zukommen, was ihnen zusteht, auch den Arbeitslosen und Allerärmsten. Wir brauchen uns in unserer Stadt nur umzusehen. Dann wissen wir Bescheid.«

»Freiheit, Gleichheit, Brüderlichkeit«, Kaspar leierte die drei Worte herunter wie ein Vers aus einem lästigen Gedicht. »Das sind doch Utopien, wahre Gleichheit wird nie erreicht werden.«

»Das werden wir ja sehen!«, reklamierte Bernhard das letzte Wort für sich.

Nahe der Treppe hörte Mathes die Instruktionen von Feldwebel Meurin, der dort auf einem Stuhl saß und das Laden der Gewehre überwachte. Hin und wieder gab er Tipps zur Haltung beim Schießen und bei anderen Abläufen, bevor die Schützen einzeln auf die Mauer gehen durften. In Absprache mit dem Scheibenaufseher erteilte Meurin dann das Kommando zum Schießen. Wer es nicht beachtete, diese eindrückliche Ermahnung hörte Mathes immer wieder, konnte seine Sachen packen und brauchte nie mehr wiederzukommen. Endlich war Mathes an der Reihe.

»Erfahrungen?«, fragte der Feldwebel.

»Wenn ihr Vieztrinken meint«, Mathes bewegte abwägend den Kopf. »Ja, ein bisschen.«

»Nicht frech werden, junger Mann!« Meurins Ton wurde schärfer. »Schon mal mit dem Gewehr geschossen?«

Mathes schüttelte den Kopf.

»Aber dann gleich zwei Schießprügel dabei.«

»Die soll ich ausprobieren, eins davon kann ich behalten.«

»Die scheinen mir alle beide nicht viel zu taugen.« Meurin schaute missbilligend auf die altertümlichen Flinten. Der Feldwebel war aufgestanden und zeigte Mathes nun, wie er das Pulver dosierte, es in den Lauf einfüllte, mit dem Stab verdichtete, der jeweils unter dem Lauf in einem Köcher steckte. Obenauf kam die Bleikugel.

Das zweite Gewehr durfte Mathes selbst laden.

»Genug!«, ermahnte ihn der Feldwebel, als er das Pulver einfüllte. »Sonst fliegt dir das Rohr um die Ohren.«

Beim Hinaufgehen stieß er mit dem Kolben einer der Flinten hart an die oberste Stufe der Treppe. Für einen Augenblick befürchtete Mathes, die Ladung könne losgehen. Instinktiv hielt er das Gewehr weit von sich. Aber es geschah nichts. Oben angekommen, atmete er mehrmals tief durch, lehnte die geladene Flinte vorsichtig an die Mauer und schaute zur Zielscheibe auf der anderen Seite. Diese wurde gerade vom Scheibenaufseher gewechselt. Mathes war überrascht, wie klein sie von hier wirkte.

Nach Meurins Freigabe des Schusses stützte Mathes das Gewehr in der Gabel ab, drückte sich den Kolben, wie er es gezeigt bekommen hatte, an die Schulter. Beim Anlegen vergaß er zu atmen. Als er es bemerkte, dauerte es, bis er wieder einen gleichmäßigen Rhythmus fand. Dann nahm er das Gewehr aus der Gabel, zündete die Lunte und legte erneut an. Es kam ihm wie eine Ewigkeit vor, bis die Lunte das Zündkraut erreichte. Gleichzeitig mit dem Knall zwang ihn der leichte Rückstoß gegen seine rechte Schulter zu einem Ausfallschritt nach hinten, ansonsten hätte er das Gleichgewicht verloren. Es fehlte nicht viel und er wäre in den Graben gestürzt, der die Mauer von den Zuschauerrängen trennte.

Als er das abgeschossene Gewehr an die Mauer lehnte, entwich immer noch Rauch aus dem heißen Lauf. Auf der anderen Seite ließ sich der Scheibenaufseher nicht blicken. Ein neuerliches Kommando zum Schuss folgte. Diesmal legte Mathes nach dem Entzünden der Lunte das Gewehr mit freischwingendem Lauf an. Der gewaltige Knall kam viel schneller als zuvor. Gleichzeitig traf ihn eine gewaltige Wucht, die ihn von den Beinen riss.

Von Gegenüber ertönte das Hurra des Scheibenaufsehers, die Kameraden riefen Bravo. Selbst Meurin war von seinem Stuhl aufgesprungen und brüllte: »Alle Achtung!«

Die Ersten der Primanerkompanie stürmten die Treppe hoch, um Mathes zu gratulieren, aber oben an der Mauer angekommen, empfing sie nur noch Pulverdampf. Von Mathes keine Spur.

»Er ist samt Flinte in die Luft geflogen!«, schrie einer. Weitere stürzten herbei und schauten sich ratlos um.

»Ruhe!«, gemahnte der Feldwebel.

Als alle verstummten, war ein schwaches Wehklagen zu vernehmen. Es schien tief unten aus dem Graben zu kommen. Nach und nach kletterten die Kameraden hinunter.

Mathes lag auf dem Rücken, die Flinte neben ihm, eine Hand an der rechten Wange, die andere an die Schulter gepresst, die Haare angesengt.

»Zeig mal her!«, Meurin versuchte, ihn dazu zu bewegen, die Hände wegzunehmen.

»Finger weg!«, röchelte Mathes, und als Julian die Flinte aufhob, flehte er: »Lass sie liegen, sonst gibt es noch ein Unglück.«

»Komm', lass mich mal sehen!«, forderte der Feldwebel Mathes nochmals auf.

Als Mathes zaghaft die Hand von der Wange nahm, war diese bereits dunkelrot und dick geschwollen. Meurin tastete vorsichtig den Bereich um den Wangenknochen ab. »Tut das weh?«

»Ich spür nichts.«

»Was ist mit den Zähnen?«

»Was soll damit sein?«

»Sind die heil geblieben?«

»Weiß ich doch nicht.«

»Dann mach mal den Mund weit auf!«

»Kann ich nicht.«

»Dann fühle mal mit der Zunge.«

Mathes versuchte es, war sich aber nicht sicher. Als er mit dem rechten Zeigefinger die Zahnreihe abtasten wollte, schmeckte dieser nach der ekelhaften Lunte.

»Es sind drei Treffer!« Der Scheibenaufseher war von der anderen Seite herbeigeeilt und hatte die Scheibe mitgebracht. »Einer am Rand«, er zeigte auf die Einschusslöcher, »und die anderen nebeneinander im Zentrum.«

»Und die kann nicht vom Schützen davor stammen?«, fragte Meurin.

»Ganz sicher nicht, ich hatte gerade die Scheibe gewechselt.«

»Dann muss die letzte Flinte schon eine Kugel auf der Pfanne gehabt haben, als Mathes noch eine obendrauf geladen hat.«

»Das hätte leicht ins Auge gehen können.«

»Nein, es hat die Backe und die Schulter getroffen!«, stöhnte Mathes. Er fragte sich, wer die ganze Zeit in eine Trillerpfeife blies, konnte aber nicht ahnen, dass nur er dieses hohe Pfeifen hörte.

17

In der Nacht hatte Mathes kaum ein Auge zugetan. War es ihm endlich einmal gelungen, trotz des fortwährenden Klingelns in den Ohren einzuschlafen, war er immer wieder von der lädierten Schulter und der schmerzenden Wange geweckt worden. Der Vater hatte ihn am Morgen länger liegen lassen.

Nun saß Mathes auf einem Stuhl hinter der Ladentheke. Ein über dem Scheitel zusammengeknotetes Tuch führte unter dem Kinn hindurch. Darin steckte ein nasser Lappen, der die Wange kühlen sollte.

Die Ladenklingel bimmelte hysterisch, als Linsenwöllm mit großen Schritten hereinkam.

»Haste Zännwieh?«, erkundigte er sich mitfühlend, als er Mathes erblickte.

Mathes nickte, weil er keine Lust auf große Erklärungen hatte. Außerdem bekam er durch den Verband kaum die Zähne auseinander.

Sein Vater kam aus der Werkstatt geschlurft und wandte sich an ihn. »Ich weiß nicht, ob ich es dir schon mal erzählt habe. Linsenwöllm war früher mal einer der besten Schützen der Stadt. Er hat sogar Wettbewerbe gewonnen.«

»Dat ist lang her«, versuchte Linsenwöllm die Begeisterung des Buchbinders zu dämpfen. »Ich hann wieder wat für euch.« Er setzte zwei große Folianten auf der Theke ab.

»Und im Feld war er auch, als es gegen Napoleon ging!«

»Ja, dat och.« Diese Bemerkung schien Linsenwöllm noch unangenehmer zu sein als der Hinweis auf seine Schießkünste.

»Und weißt du, was dem Mathes passiert ist?«

»Nä«, Linsenwöllm schüttelte den Kopf.

Der Vater erzählte, was Mathes ihm von dem Vorfall am gestrigen Abend berichtet hatte. Dabei gewann die Primanerkompanie so sehr an Bedeutung, dass nicht viel gefehlt hätte und sie wären alle in einer Festtagsuniform hinter einem Spielmannszug und einer Gruppe Ehrenjungfrauen durch die geschmückte Stadt marschiert. Als der Vater auf das Geschehen am Schießstand zu sprechen kam, wurde Linsenwöllm sichtlich nervös. Auf das Angebot des Buchbinders, ihm als erfahrenem Schützen das Corpus Delicti zu zeigen, verließ Linsenwöllm augenblicklich, ohne Trinkgeld und grußlos, den Laden.

»Der Linsenwöllm soll im Krieg gegen die Franzosen Schlimmes durchgemacht haben«, kommentierte Mathes' Vater den schnellen Abgang.

Kaum war eine weitere Stunde vergangen, wurde die Tür fast mit dem gleichen Schwung wie vorhin aufgestoßen.

»Mathias, was machst du denn für Sachen?« Heinrich Rosbach stellte seine Arzttasche auf die Theke, legte seinen Zylinder daneben und setzte sich die an einer Schnur vor der Brust baumelnde Brille auf. »Warum bist du nicht zu mir in die Sprechstunde gekommen?«

»Ich muss doch hier den Laden schmeißen, Herr Doktor, aber es ist ganz lieb von dir, dass du herkommst.«

»Sieht mir nicht danach aus, dass du arbeiten kannst«, entgegnete sein Freund Heinrich mit ernster Miene. »Wie geht es dir denn?«

»Schlecht, Herr Doktor, ganz schlecht.«

»Lass mal sehen.« Der Arzt machte sich daran, die Schlaufe des Tuches von Mathes' Kopf zu lösen. »Keine Angst, ich bin ganz vorsichtig.«

Als sich das Tuch löste, stieß er ein überraschtes Oh aus.

»Ist es so schlimm?«, erkundigte sich Mathes' Vater, der aus der Werkstatt gekommen war.

»Nein«, Heinrich Rosbach besah sich die andere Seite des Schädels. »Sie sind ja beide noch dran.«

»Was meinst du?«, fragte Mathes.

»Die Ohren, mir wurde gesagt, du hättest eins davon verloren.«

»Wer erzählt denn sowas?«, fragte der Vater.

»Dreimal darfst du raten?« Mathes legte eine kurze Pause ein, um seinem Vater Zeit zum Nachdenken zu geben. »Statt es dem Linsenwöllm zu erzählen, hättest du es gleich in die Zeitung schreiben können.«

»Wo ich schon mal da bin, schaue ich mir auch gleich die Schulter an.« Heinrich Rosbach hatte bereits Mathes' Wange und Kiefer abgetastet. Nun war er Mathes dabei behilflich, Jacke und Hemd abzustreifen, bevor er die Schulter untersuchte und Mathes bat, den Arm zu bewegen. Begleitet von Schmerzenslauten hob Mathes den Arm und senkte ihn langsam wieder.

»Es scheint nichts gebrochen zu sein, aber Prellungen schmerzen nicht weniger. Ich denke, zum Kühlen ist es zu spät, da helfen ein paar Tage Schonung, und wenn es nicht besser wird, kommst du zu mir in die Sprechstunde.«

Heinrich setzte sich wieder seinen Zylinder auf und verschwand, seine Tasche schwingend, so schnell durch die Ladentür, dass ihm Mathes nur noch seinen Dank hinterherrufen konnte.

Mathes band sich das Tuch wieder um den Kopf, ohne aber den kühlenden Lappen auf die Wange zu legen. Zusätzlich

schob er seinen rechten Arm in eine um den Hals gebunde-
ne schwarze Schlinge.

»Brauchst du noch eine Augenklappe?«, fragte sein Vater, als er Mathes in dem Aufzug sah. »Dann kannst du zu
den Moselpiraten gehen.«

Sie wurden von einem weiteren Kunden unterbrochen.

Hugo Wyttenbach, Direktor der Stadtbibliothek, der zwei
Jahre zuvor beim Königlichen Gymnasium in den Ruhestand gegangen und seither selten im Laden gewesen war,
erschien höchstpersönlich.

»Was hab' ich da gehört, lieber Mathias? Du hattest einen schweren Unfall beim Schießen mit meiner Primanerkompanie?«

»So ist es, Herr Direktor«, sagte Mathes mit brüchiger
Stimme, wie er sie einmal bei einem Schauspiel im Theater
gehört hatte.

»Und dann bist du nicht im Bett?«

»Der Doktor war schon da«, hauchte Mathes.

»Und was meint er?«

»Ich komme wohl mit ein bisschen Glück durch.«

»Tapfer, tapfer, Herr Fischer.« Wyttenbach ließ die Hand
wieder sinken, mit der er Mathes aufmunternd die Schulter
tätscheln wollte. »Dann gute Besserung.«

»Danke.«

»Was macht der Vater?«

»Der macht sich auch große Sorgen.«

»Richte ihm schöne Grüße aus. Und ...«, der Direktor
räusperte sich, »fast hätte ich es vergessen.« Er hob die
Stimme. »Kraft meines Amtes als langjähriger Direktor
des Königlichen Gymnasiums bist du ab sofort ordentli-
ches Mitglied der Primanerkompanie, ehrenhalber, versteht

sich.« Der alte Herr drückte den Rücken durch, schlug die Hacken zusammen, salutierte und verließ den Laden.

18

Nun war er doch noch ein Primaner geworden, zumindest Mitglied der Primanerkompanie. Noch während er stolz vor sich hin sann und sich vorstellte, mit den Kameraden im Amphitheater zu marschieren, sah er, wie die Klinke der Ladentür heruntergedrückt wurde. Die Tür blieb aber geschlossen. Durch das milchige Glas war die Kontur einer Frau zu erkennen.

Ganz langsam wurde die Tür aufgeschoben. Herein kam Kathi, die Tochter des Kolonialwarenhändlers Meckel am Breitenstein, seine Freundin aus Kindertagen. Über viele Jahre hatten sie zusammen in den Gärten der Eltern gespielt und irgendwann den Kontakt verloren.

»Guten Morgen, Mathes.«

»Tag Kathi.« Mathes war, wie immer, wenn er sie sah, hocherfreut. Erst letzte Woche hatte sie bei ihm ein neues Kassenbuch und ein paar Schreibwaren gekauft. So schnell hatte er mit ihrem erneuten Besuch nicht gerechnet.

Über einem bauschigen hellen Kleid trug sie eine dunkelblaue Strickweste mit einer langen Knopfleiste. Das gelockte Haar hatte sie mit einem roten Band zusammengebunden.

Als er sie anzulächeln versuchte, gelang ihm nur ein gequältes Grinsen.

Sie schaute ihn ernst an. Ihre Wangen waren leicht gerötet.

»Tut es sehr weh?«, fragte sie leise.

»Ach was«, er versuchte mit der linken Hand eine wegwerfende Bewegung, stieß dabei an einen Kerzenständer, den er nicht abfangen konnte. Als er zu Boden stürzte, kam sie um die Theke herum und hob ihn auf, bevor Mathes sich aus seinem Stuhl erheben konnte.

»Das hätt' ich schon selbst ...«, er verstummte, als er ihre Hand auf seiner linken Schulter spürte.

»Ich bin ja so froh«, sagte sie. Es klang nicht so, als würde sie sich darüber freuen, dass ihm das Malheur passiert war. Mathes genoss es, weiter ihre Hand zu spüren.

»Ich bin auch froh, dass du gekommen bist.«

»Ich hab' mich so erschrocken, als ich gehört hab', was passiert ist.«

»Die Leute übertreiben aber auch manchmal, besonders der Linsenwöllm.«

»Aber es wird alles wieder gut?«

Er nickte. »Das wird es.«

»Und mit dem Ohr, stimmt das?«

»Es pfeift noch ein bisschen, aber es ist noch dran.« Er legte seine Hand auf ihre, die immer noch auf seiner Schulter verharrte. Sie ließ es geschehen. Für einen Moment schien alles um sie herum stillzustehen. Auch das ständige Rumpeln draußen auf der Straße war verstummt.

»Ich komme morgen wieder nach dir gucken.« Mit diesen Worten zog sie die Hand unter seiner weg und ging zur Tür.

»Danke, ich freu' mich.«

19

Gegen Abend schlang sich Mathes den Kopfverband zusätzlich auch über Stirn und Ohren.

Zu der Schlinge, in dem der rechte Arm gebettet war, gesellte sich eine uralte Holzkrücke mit Achselstützen, die so viele Jahrzehnte auf dem Speicher gestanden hatte, dass niemand mehr wusste, woher sie stammte. Sie war etwas zu niedrig für seine Größe. Die daraus resultierende Schiefhaltung, betonte den dramatischen Umfang seiner Verletzung. Mit der linken Seite auf die Krücke gestützt, humpelte Mathes erst über die Brot- und Grabenstraße zum Markt und von dort am Dom und an Liebfrauen vorbei wieder zurück zur Weberbach. Auf diesem Umweg genoss er jeden erschrockenen Blick, jeden offenen Mund, jedes Getuschel, jede vor den Mund gepresste Hand.

Bereits von draußen war zu hören, dass es in der *Höll* hoch herging. Als Mathes eintrat, wurde es mit einem Mal so still, dass man die Bauchbinde von einer Zigarre hätte fallen hören. Er beschränkte sich darauf, stumm grüßend den Stock zu heben und sich dann erschöpft auf dem freien Stuhl an seinem angestammten Tisch niederzulassen. Dort saßen Pfeife rauchend, die Viezporzen vor sich auf dem Tisch, der Geodät Schmal und Pitter. Bei Letzterem hatte er gehofft, ihn heute nicht zu treffen. Hoffentlich hatte Kathi ihm nichts von ihrem Besuch bei ihm erzählt. Richtige Freunde waren Mathes und Pitter nicht mehr geworden, aber hier und da redeten sie bei einer Porz Viez miteinander.

»Mensch Mathes, was machst du für Sachen?« Elli, die Wirtin, war bereits am Tisch und machte eine besorgte Miene, während sie ihre Schürze glattstrich.

»Zapf du mir bitte ganz schnell einen Viez, der hilft gegen Fieber.«

»Verträgt sich der denn mit deiner Gehirnerschütterung?«, fragte sie.

»Bevor ein Gehirn erschüttert werden kann, muss man erst mal eins haben«, ließ sich Geodät Schmal vernehmen. »Mir auch noch einen.« Er hielt der Wirtin seinen leeren Krug entgegen.

»Kannst du in deinem Zustand wirklich schon wieder Viez trinken?« Schmals Frage klang durchaus besorgt.

»Wenn er sich mit den ganzen Medikamenten verträgt, die der Rosbach mir heute Morgen verschrieben hat, dann müsste es gehen.«

»Und dein Ohr?«

»Was nicht mehr da ist, das sollte man so schnell wie möglich vergessen.«

Alle in der Kneipe hatten gespannt zugehört. Nun rief einer von dem Tisch, an dem die aus der Umgebung stammenden Soldaten des Infanterie-Regiments Nr. 30 ihre Stammplätze hatten: »Der Viez vom Mathes kommt auf meinen Deckel!« Die meisten Gäste der *Höll* und in den anderen Trierer Kneipen tranken Viez.

Es sollte nicht die letzte Porz an diesem Abend bleiben, die Mathes ausgegeben wurde. Pitter gehörte ebenfalls zu den Gönnern. Auch vom Tisch der Färber, der Zimmerleute und selbst von ein paar Wandergesellen wurde ihm reichlich Viez spendiert.

Als Mathes sich in der Nacht auf den Heimweg machte, konnte er die Krücke gut gebrauchen. Auf der anderen Seite hatte ihn der Geodät Schmal untergehakt. Dieser war für gewöhnlich nie so spät in der *Höll* anzutreffen, schien aber aus Sorge um seinen Freund so lange geblieben zu sein.

An der Haustür angekommen war Mathes der Verband von der Stirn über die Augen gerutscht.

»Jetzt bin ich nicht nur halb gelähmt und fast taub, sondern auch noch blind.«

20

Mit dem Spruch ‚Wer feiern kann, der kann auch schaffen‘ hatte ihn der Vater aus dem Bett gescheucht. Mathes fühlte sich hundserbärmlich. Daran, wie er hoch in sein Zimmer gekommen war, konnte er sich nicht mehr erinnern.

Im Laden war heute viel mehr Betrieb, als ihm lieb war. Sicher waren unter der Kundschaft viele Neugierige, die sich selbst ein Bild von Mathes‘ Zustand machen wollten.

Linsenwöllm kam wie immer mit Karacho in den Laden gestürmt.

»Zeig‘ se mir mal«, forderte er Mathes auf.

Der überlegte, was der Besucher meinte. Diesmal hatte er nichts gebracht und es gab auch für ihn nichts zum Abholen.

Mathes legte den Kopf schräg und hielt ihm die geschundene Wange hin. Sie war nur noch leicht geschwollen. Die Haut hatte sich inzwischen von Rot in die Farben Grün und Blau verfärbt.

»Ich mein‘ die Flinten.«

»Ich hole sie.« Als Mathes nach hinten gehen wollte, kam ihm der Vater bereits mit den beiden Gewehren entgegen.

»Ich hab' es dir ja schon erklärt, was passiert ist.« Sein Vater lehnte die beiden Flinten an die Theke. Er schien nicht riskieren zu wollen, dass Linsenwöllm gleich wieder in Panik geriet.

»Dat sind ja Dinger von anno Tobak.« Der lange Kerl kam um die Theke herum und näherte sich ganz behutsam den Waffen.

»War et die da?« Er zeigte auf das Gewehr, das an der Mündung geschwärzt war.

»Genau«, bestätigte Mathes.

Linsenwöllm tippte an den Lauf, als würde er ein bissiges Tier berühren, von dem er nicht wusste, ob es wirklich tot war.

»Und die hat noch eins auf der Pfann?«

»Es muss so sein, es waren drei Schuss in der Zielscheibe.«

»Da muss mächtig Pulver drin gewesen sinn, die ganz Flint hätte platzen könn. Dann aber gut Nacht. Auch für die Leut drumrum.«

»Ich war allein.«

»Die Schraube da hinnen«, er tippte auf das Ende des Laufs, wo der Kolben von einer Schraube verschlossen war, »die hätt in deinen Hals gehen oder dir dat Ohr wegruppen könn.«

»Was für ein Glück im Unglück!«, sagte Mathes' Vater.

»Dat kannste laut sagen.« Linsenwöllm hatte den Stopfer aus der Scheide gezogen und steckte ihn in den Lauf. »Dat hätt ich gesehn, ob da schon en Kugel drin war. Dafür muss man die Flint kennen.« Er schüttelte den Kopf. »Dat konnste net wissen. Unn de Meurin, den hat kein Ahnung.«

»Wie kommst du darauf?«

»Den hat beim Militär nie en Flinte in der Hand gehat. Den hat getrommelt.«

»Wie soll das denn gegangen sein?«

»Den hat in der Kapell getrommelt.« Linsenwöllm kratzte sich seinen borstigen Schädel. »Wen hat dir die Flint geben?«

»Julian, bei dem war ich in der Klasse«, antwortete Mathes.

Wieder kratzte sich Linsenwöllm. »Haste dem wat getan?«

Er wirkte nachdenklich, als er, ohne eine Antwort abzuwarten, grußlos aus der Tür ging. Mathes brachte die beiden Flinten wieder zurück in die Werkstatt. In der einen steckte noch der Stab zum Stopfen. Und da war sie, eine winzige Markierung genau an der Stelle eingeritzt, wo der Stopfer bei leerem Lauf aus der Mündung herausragte.

»Das kann doch nicht sein«, flüsterte Mathes.

»Was kann nicht sein?« Der Vater hatte es gehört.

»Julian kann doch nicht gewusst haben, dass die Flinte geladen war.«

»Hast du ihm mal was getan?«

»Das hat mich Linsenwöllm auch schon gefragt.« Er dachte nach. »Nur ein bisschen Quatsch hab' ich gemacht. Kein Grund, mich in die Luft zu jagen.«

»Erzähl mir nichts von Juristen.« Sein Vater hatte den Zeigefinger erhoben. »Die lachen dir ins Gesicht, und wenn du dich umdrehst, rammen sie dir das Messer in den Rücken.«

Im Laden herrschte reger Betrieb. Anders als gewöhnlich standen die Kunden sogar an der Theke an. Mathes hatte alle Hände voll zu tun. Dennoch entging ihm nicht der Mann im blauen Uniformrock, der beim Betreten des Ladens seinen Hut abnahm und sich die Haare über seine Stirnglatze strich. Während er ohne Zögern an der Kundenschlange entlangschritt, war das helle Klirren der Sporen an seinen Stiefeln zu vernehmen.

»Was ist mir da zu Ohren gekommen?«, unterbrach der Mann den Einkauf einer Dienstmagd, vor der bereits ein Fässchen Tinte und zwei Federkiele auf der Theke lagen.

Mathes, der dabei innehielt, eine Kladde aus dem Regal zu ziehen, schwante beim Anblick des stadtbekannten Polizeikommissars Felix Müller augenblicklich Böses. Er fragte sich, was er letzte Nacht auf dem Nachhauseweg angestellt haben könnte. Hatte er sich womöglich mit der vom Viez gelösten Zunge noch in der *Höll* zu staatsfeindlichen Äußerungen hinreißen lassen? Möglicherweise war er von einem der Militärs angezeigt worden. Die kamen zwar alle aus der Region, waren aber letztlich dem preußischen König unterstellt.

Seinem Brummschädel irgendwelche Erinnerungen zu entlocken, führte auf die Schnelle zu keinem Ergebnis. So verlangte es ihm keine schauspielerischen Bemühungen ab, sich ahnungslos zu geben. »Ganz zu Diensten, Herr Kommissar, was wollen Sie wissen?«

Der Polizist warf erst einen prüfenden Blick auf die neben ihm stehenden Leute, bevor er Mathes mit einem strengen Blick fixierte und mit lauter Stimme verkündete: »Mir wurde zugetragen, es wäre ein Schuss abgegeben worden.«

»Hier in der Stadt wird in letzter Zeit viel geschossen, Herr Müller.« Mathes sah zwei weitere Polizisten draußen vor dem Schaufenster stehen.

»Kommissar, wenn ich bitten darf!« Der militärisch gerade Rücken des Polizisten schien noch ein wenig straffer zu werden.

»Bei den ganzen Soldaten und so.« Mathes konnte dem Blick des Mannes nicht weiter standhalten und blickte nach unten auf das geschwungene W auf der Stirnseite des Uniformhutes, den der Besucher in der Armbeuge hielt.

»Das ist wohl wahr.« Der Polizeikommissar legte in Denkerpose den Kopf schief und drückte sich den Zeigefinger der rechten Hand unterhalb des Backenbartes in die Wange. »Und Sie persönlich haben diesbezüglich keine Meldung zu machen oder zur Anzeige zu bringen?«

»Nicht dass ich wüsste. Aber ich denke weiter darüber nach, Herr Müller.«

»Kommissar, wenn ich bitten darf!«, wiederholte dieser in schnarrendem Ton. »Sollte Ihnen noch etwas einfallen, Sie wissen, wo Sie mich erreichen.«

Der Polizist salutierte knapp, bevor er, mit dem an seiner linken Hüfte baumelnden Säbel dröhnend gegen den Türrahmen stoßend, den Laden verließ. Gefolgt von den dort wartenden Polizisten marschierte er zurück in Richtung Marktplatz.

In einer kurzen Verschnaufpause hatte sich Mathes die erste Pfeife des Tages gestopft, und als ihm nach wenigen Zügen schwindlig wurde, wieder erlöschen lassen.

»Du bist also wieder auf den Beinen, Gott sei Dank!« Julian kam in Begleitung von Feldwebel Meurin in den Laden. Beide trugen vorn an ihren Zylindern schwarz-rot-goldene Kokarden. »Wie geht es dir?«

»Es könnt' schon ein bisschen besser sein!«

»Ich mache mir solche Vorwürfe, dass ich dir ausgerechnet dieses verflixte Gewehr gegeben habe.« Julian wirkte zerknirscht.

»Ist schon gut, du konntest doch nicht wissen, dass die Flinte geladen war.«

»Das konnte dein Kamerad wirklich nicht wissen«, sprang Meurin seinem Begleiter bei. »Da muss ein Trottel das Gewehr geladen in die Waffenkammer gegeben haben«, regte er sich auf, »sobald es Ihnen bessergeht, Herr Fischer, müssen Sie wiederkommen. So einen guten Schützen hatten wir noch nicht.«

»Das ist bloß Talent und vielleicht auch ein bisschen Glück gewesen«, wiegelte Mathes ab.

»Glück im Unglück, Kamerad!« Meurins betont förmlicher Ton erinnerte Mathes an den Polizeikommissar.

»Bis ich wieder marschieren kann, könnte es noch ein paar Tage dauern«, meinte Mathes. »Was tragt ihr denn da?« Er wies auf die Kokarde an Julians Hut.

»Hast du es noch nicht gehört?«, fragte Julian. »In Paris gab es eine Revolution. Die Tuilerien wurden gestürmt, König Louis Philippe ist geflohen.« Julian sprach immer lauter und aufgeregter. »Die Zweite Republik ist in Frankreich ausgerufen worden, und bald sind wir an der Reihe. Und da brauchen wir jeden Mann. Werd' bald wieder gesund!«

»Was ist denn heut' hier los?«, echauffierte sich der Vater, als die beiden gegangen waren. »Fehlt nur noch, dass ein Priester kommt, um dir die letzte Ölung zu erteilen.«

Mathes bemühte sich, demütig zu blicken: »Nix besonderes, Vater, die Stadt nimmt Anteil an meinem Schicksal.«

21

Kurz vor Mittag erschien Kathi. Sie trug einen Korb im Arm und hatte ein rotes Kopftuch um ihr Haar gebunden.

»Ich hab' schon gemeint, das Rotkäppchen käme mich besuchen«, begrüßte Mathes sie und fühlte sich gleich ein wenig besser.

»Ich hab' dir auch was mitgebracht.« Sie nahm einen in ein Tuch eingeschlagenen Gegenstand aus dem Korb und legte ihn auf die Theke. Der Duft verriet, was sich darunter verbarg. Mathes lupfte das Tuch. Zum Vorschein kam ein wunderbarer Streuselkuchen mit Kirschen, die womöglich von dem Baum stammten, auf den sie als Kinder gemeinsam geklettert waren.

»Wie geht es dir heute?«, fragte sie.

»Hundsmiserabel«, antwortete er wahrheitsgemäß. »Noch nicht mal die Pfeife schmeckt mir, und gegessen habe ich heute auch noch nichts.«

»Nach dem ganzen Viez von gestern Abend ginge es mir auch nicht besser«, mischte sich der Vater von nebenan aus der Werkstatt ein. Daraufhin schloss er die Tür, was sehr selten vorkam. Mathes wunderte sich, wollte sein Vater doch sonst immer alles mitbekommen, was im Laden vor sich ging.

»Hattest du gestern Abend Besuch?«, fragte sie.

»So ähnlich.«

»Wie meinst du das?«

»Ich war eingeladen«, druckste Mathes herum. »Ein bisschen unterwegs.«

»Wohin?«

»In der *Höll*.«

»Wie bist du denn dahin gekommen?«

»Hin ging es eigentlich noch ganz gut, zurück war es schwieriger.« Neben der immer noch vorhandenen leichten Übelkeit waren die Schmerzen in seiner Schulter wieder stärker geworden. »Das war ein Fehler.«

»Als Junggeselle darfst du das ja noch.«

»Soll das heißen, wenn ich verheiratet wäre, dürfte ich nicht mehr ausgehen?« Mathes zuckte von einem stechenden Schmerz in der Stirn zusammen.

»Mein Mann sollte nicht jeden Abend in der Kneipe sitzen.«

»Dann wäre ich auch lieber zu Haus, wenn ich mit dir verheiratet wäre, also theoretisch ... hypothetisch.« Es war schon länger her, dass Mathes zum letzten Mal errötet war. Er hoffte, die Färbung seiner geprellten Wange würde seine Verlegenheit verbergen.

»Was ist mit deinen Fingern los?« Mit dieser Frage half sie ihm aus der Bredouille.

»Ein bisschen Tinte, das ist grad erst passiert.« Mathes legte die saubere Hand über den Fleck.

»Besser blau als rot«, sagte sie, packte seine oben aufliegende Hand und zog sie zur Seite.

Als ihre warme Hand für einen Moment auf seinem Handrücken liegenblieb, wagte er es, seine Hand zu drehen und ihre zu drücken. Sie ließ es ein paar Augenblicke zu, bis die Ladenglocke ertönte. Ein Junge mit einer Strickmütze, die er tief in die Stirn bis knapp über die Augen gezogen hatte, trat ein.

»Ich muss dann wieder.« Kathi hatte ihre Hand zurückgezogen. »In den nächsten Tagen muss ich allein den Laden machen. Der Vater ist unterwegs, um Ware einzukaufen.«

»Kaffee holen in die Kolonien?«

Kathi lachte. »Nein, so weit muss er nicht fahren. Es geht nur nach Metz, mit dem Dampfschiff.«

»Das würde ich auch gerne mal machen, am liebsten mit dir zusammen«, sagte Mathes. Da war Kathi schon aus der Tür.

Zu Mittag gab es Kartoffeln und Quark mit feinen Kräutern aus dem Garten. Zum Nachtisch teilten sie sich Kathis Streuselkuchen.

»Das ist ein sehr feines Mädchen und eine tüchtige Verkäuferin. Die kann gut mit den Leuten«, sagte Vater anerkennend. »Wie kommt es, dass sie in letzter Zeit so oft bei dir ist?«

Während Mathes über die Frage nachdachte, sagte seine Mutter: »Die ist dem Pitter versprochen.«

Mathes seufzte. »Der wird nicht lange fackeln, wenn ich der Kathi zu nah komme.«

»Die war bei uns im Laden und du nicht bei ihr«, versuchte ihn der Vater zu beruhigen.

»Und backen kann sie auch. Mein Jung, mach doucement, tu nix überstürzen.« Viele Jahre, nachdem die Franzosen aus Trier abgezogen waren, verwendete Mathes' Mutter immer noch viele französische Wörter.

Während Mathes den leckeren Streuselkuchen vorsichtig kaute, weil sein Kiefer immer noch schmerzte, fragte er sich, was Kathi damit gemeint haben könnte, als sie sagte: »Besser als rot.« Spielte sie damit auf ihre Vorliebe für die Farbe Blau an oder drückte sie ihren Abscheu gegenüber dem blutigen Handwerk ihres Freundes Pitter aus? Die Obsttörtchen von Lenchen kamen ihm in den Sinn und die

Begegnung mit Jenny von Westphalen am Moselufer. Bei ihr war er genauso errötet wie bei Kathi.

Nach dem Essen schoben seine Eltern wie immer Teller und Besteck zu den Schüsseln in der Tischmitte, verschränkten die Arme vor sich auf dem Tisch und legten die Köpfe mit der Stirn auf die Unterarme.

In der Zeit ihres Nickerchens räumte Mathes den Tisch ab und spülte das Geschirr. Früher hatten das seine Schwestern getan. Nach ihrem Auszug war dies Mathes' Aufgabe geworden.

Er nahm das Wasserschiff aus dem Herd und kippte den heißen Inhalt über Teller, Gläser und Bestecke im Spülbecken. Während er abwusch, ging er behutsam vor, um seine Eltern nicht zu stören. Als alles gespült, abgetrocknet und an seinen Platz geräumt war, stopfte Mathes seine lange Pfeife, zündete sie an und stieg die Treppe hinunter zum Laden. Die Ladentür ließ er noch abgesperrt, solange er hinter der Theke die Zeitung las und seine Pfeife paffte, die ihm allmählich wieder schmeckte.

Wenig später hörte er die Schritte seines Vaters auf der Treppe. Statt an ihm vorbei zur Werkstatt zu schlurfen, blieb er diesmal bei Mathes am Kopfende der Theke stehen.

»Ich hab mit der Mutter geredet.« Er wischte mit dem Ärmel seiner Jacke Staub von der gläsernen Abdeckung. »Die meint auch, ich sollte mit dir reden.«

»Was gibt's?« Mathes faltete die Zeitung zusammen.

»Der Wyttenbach hat ja endlich mal ein bisschen mehr Geld, um unsere Arbeit zu bezahlen. Dafür kommen aber auch weniger Aufträge von der Druckerei.« Mathes wusste davon, dass die städtische Bibliothek inzwischen über einen angemessenen Etat zum Erhalt der teilweise vom Verfall bedrohten Bestände verfügte. Auf der anderen Seite wurde auch bei den Buchbindern mehr und mehr auf Maschinen gesetzt. Da konnten sie nicht mithalten.

»Und der Laden wirft auch mehr ab als früher. Das weißt du ja selbst und das ist dein Verdienst, weil du dich gut drum kümmerst«, fuhr der Vater fort. »Deshalb könnten wir darüber reden, dein Taschengeld ... also dir ein bisschen mehr zu geben.«

»Kann ich davon eine Familie ernähren?«, fragte Mathes.

»Du hast ja hier auch freie Kost und Logis.«

»Aber die kann ich ja schlecht auch für die Ehefrau und die Kinder beanspruchen.«

»Wie?«

»Ich bin endlich volljährig, aber was nützt mir das? Nicht einmal ein Wahlrecht hab' ich.«

»Das hab' ich auch nicht«, bemerkte sein Vater.

»Wenn ich heiraten will, muss ich auch eine Familie ernähren können. Das kann ich nicht mit dem Geld, das ich hier verdiene.«

»Was willst du denn machen?«, fragte der Vater.

»Ich mache das, was ich auch hier schon tue, ich bleibe Händler. Aber in einem eigenen Laden, der groß genug ist, dass ich davon leben kann. Und du machst weiter deine Buchbinderei. Und wenn du mal Hilfe brauchst, dann springe ich nach Ladenschluss ein. So können wir beide unser Auskommen haben. Du kannst ja auch die obere Etage im Haus vermieten.«

»Fremd' Leut' hole ich mir nicht ins Haus.«

»War ja nur eine Idee«, versuchte Mathes zu beschwichtigen.

»Und wo soll dein Laden sein?«

»Das werde ich mir mal in Ruhe überlegen. Es wird sich schon was Passendes in der Stadt finden. Ich rede wegen der Rauchwaren mit dem Tont und mit ein paar anderen und dann werden wir sehen.«

»Und was ist mit den Schreibwaren?«

»Wenn du sie nicht behalten willst, dann nehme ich sie vielleicht in mein Sortiment auf. Hauptsächlich sollen es aber Tabakwaren und vielleicht auch Zeitungen sein.«

»Und wenn du später die Kolonialwaren vom Meckel übernimmst, brauchst du auch keine Schreibwaren mehr.«

»Wie kommst du denn darauf?«

»Meinst du, ich hätte nicht gesehen, wie du mit dem Käthchen geturtelt hast?«

»Das ist schon lange die Kathi und die ist doch dem Pitter seine Verlobte.«

»Verlobt sind die nicht. Das hätte der Pitter gerne. Sein Vater meint zwar, er hätte mit dem alten Meckel alles ausgehandelt. Aber wer weiß, ob sie dabei nicht die Rechnung ohne den Wirt gemacht haben.«

»Du meinst ohne die Wirtin?«

»Ob die den Pitter will, kann ich nicht sagen. Aber du scheinst ihr auch zu gefallen.«

»Wenn ich mit der etwas anfange, macht mich der Pitter zu Hackfleisch.«

»Damit kennt er sich aus. Aber die Katharina will vielleicht keine Metzgersfrau werden.«

»Soll sie einem Buchbinder auf den Leim gehen?« Mathes musste über seinen eigenen Scherz grinsen.

»Mathes, in dir steckt doch eher eine Krämerseele.«

Kaum hatte Mathes wieder aufgeschlossen, kam Linsenwöllm herein. Ganz entgegen seiner sonstigen Gepflogen-
heit hatte er die Tür behutsam geöffnet. Mathes wunderte
sich obendrein, dass er keine Lieferung dabeihatte. Der Tragegurt mit eingesticktem grünen ‚L‘ war wie immer über
seine Schulter geschlungen.

»Kommst du was abholen?«, fragte er, als Linsenwöllm,
seine Kappe in der Hand haltend, vor ihm stand.

»Nä, dat net«, war die Antwort.

»Was ist es dann?«

»Ich wollt ... also ich könnt ...« Linsenwöllm begann seine Kappe in den Händen zu kneten. »Wenn du dat willst,
dann könnt ich ...«

Mathes schaute den Besucher ratlos an.

»Ich persönlich will damit nix mieh zu tun hann«,
druckste Linsenwöllm weiter herum, »aber damit dir dat net
nochemal passiert wie im *Kaskeller*, unn weil et so aussieht,
als ging et bald los.«

»Du meinst die Sache mit dem Gewehr im *Kaskeller*. Und
der Revolution in Paris.«

»Genau! Man kann et ja nie wissen!« Linsenwöllms Miene erhellte sich für einen Moment, nahm aber gleich wieder
einen ernsten Ausdruck an, als er anfügte: »Aber net dat
de meinst, ich würd jemals wieder mit ner Flint schießen.«

Mathes wunderte sich, als sein Vater mit einer Flasche
und einem Glas aus der Werkstatt kam.

»Den kannst du bestimmt gebrauchen.« Er schenkte
großzügig ein und reichte dem Besucher das Glas. Vaters
Schnaps, der selten aus dem Schrank geholt wurde, war
zum Feuerspucken. Linsenwöllm kippte den Inhalt, ohne

mit der Wimper zu zucken, wie Wasser herunter und ließ sich zufrieden nickend nachschenken.

Als Erstes erklärte er Mathes, wie das Schießpulver sicher verwahrt und weitgehend gefahrlos an die Schützen ausgegeben werden konnte.

»Dat weiß keiner, den net dabei war. Wie viel Soldaten sinn in de Luft geflogen, weil en Trottel net aufgepasst hat auf de Pulverkammer.« Er schwenkte die Hände zur Decke. »En großen Knall, un et Leben war für die vorbei.«

Linsenwöllm erklärte, wie mit dem Stopfer gemessen werden konnte, ob schon Munition im Lauf war. »Du musst dir nur en Kerb in den Stopfer machen, dahin, wo der Lauf zu End ist.« Er schnaufte. »Den Meurin hat null Ahnung und gehört vor en Kriegsgericht.«

»Aber wenn er doch nur in der Kapelle gespielt hat?«, fragte Mathes.

»Dann sollt er versuche, euch die Flötentön und net dat Schießen beizubringe.«

Auch Mathes' Vater hielt es nicht in der Werkstatt, als Mathes, die beiden Flinten tragend, mit Linsenwöllm hinaus in den Hof ging.

»Stell' dat recht Bein weiter nach vorn«, wies Linsenwöllm Mathes an, als der mit dem Gewehr auf die Mauer vor ihm anlegte. »Net zu weit«, fuhr er mit seiner Belehrung fort. »Soooo, und nun holst de tief Luft.«

Linsenwöllm wartete, bis Mathes mehrmals durchgeschnauft hatte.

»Jetzt gehste in Grundstellung, legst üwer dem Ziel an.«

Mathes bemühte sich, die Anweisungen zu befolgen. Seine linke Schulter schmerzte, sobald sie nur den kleinsten Druck vom Gewehrkolben bekam.

»Immer schön weiter atmen. Augen entspannen, net aufs Ziel gucken. Tief einatmen, und ausatmen.« Linsenwöllm ging um Mathes herum und verfolgte jede seiner Bewegungen. »De Flint anheben, über de Zielscheibe, den Arm geht langsam runner unn so stehen bleiwen.« Er schob Mathes' linke Hand etwas näher heran. »So, unn jetzt net mehr aufs Ziel gucke. Einatmen, grob zielen, ausatmen unn net mehr aufs Ziel gucken. Wieder einatmen, langsam ausatmen, Auge übers Korn aufs Ziel. Luft anhalten, aufs Ziel gucken unn abdrücken.«

Mathes tat wie befohlen.

»Unn ganz ruhig weiter atmen unn nachladen.« Linsenwöllm schien zufrieden. »Dat übst de jetzt jeden Tag ein paar Mal. Morgen komm' ich unn zeig' es dir nochmal. Solange, bis de et kannst.« Linsenwöllm klopfte Mathes aufmunternd auf die Schulter, nickte dem Vater zu und verschwand durch das Hoftor in Richtung Jesuiten.

»Ich hab' kaum mehr Tabak, bin bald wieder da«, sagte Mathes und folgte kurz darauf Linsenwöllm, bevor sein Vater etwas einwenden konnte.

Julian hatte noch einen Klienten zu Besuch. So nahm Mathes im elegant eingerichteten Besucherzimmer Platz. Die Kanzlei hatte Julians Vater gegründet. Mathes konnte nicht lange ruhig sitzen. So trieb es ihn wieder auf die Straße und zu den beiden kleinen Fenstern des leerstehenden Ladens am Übergang von der Graben- in die Brotstraße. Die Scheiben waren lange nicht mehr geputzt worden. Mathes schirmte mit beiden Händen sein Gesicht ab, als er versuchte, durch die spiegelnden Scheiben ins Innere zu blicken.

Jemand tippte ihm auf den Rücken. Es war Julian, der dicht neben ihn kam und ihm zuraunte: »In der Stadt geht immer noch das Gerücht um, ich hätte dir wissentlich die geladene Flinte untergejubelt.«

»So ein Quatsch, mach dir deshalb keine Sorgen.« Mathes winkte ab. »Zeig' mir lieber den Laden.«

»Was willst du denn verkaufen?«, fragte Julian, während er nach dem Aufschließen die leicht klemmende Tür aufschob.

»Rauchwaren, Zigarren, Pfeifen, Spezereien und Tabak«, zählte Mathes auf. »Der Bärendreck soll auch nicht fehlen.«

Der Laden war noch kleiner, als er von außen gewirkt hatte. Seit er denken konnte, waren hier Kerzen und Devotionalien verkauft worden. Zur Heilig-Rock-Wallfahrt vor vier Jahren hatte der Ladeninhaber besonders gute Geschäfte gemacht, hatte Mathes gehört. Letzten Monat war er nach kurzer Krankheit gestorben.

»Keine Schreibwaren wie bisher?«, fragte Julian. Weil der Hausbesitzer ein Klient seines Vaters war, hatte Julian Mathes den Tipp gegeben.

»Kommt drauf an, ob der Vater sie weiter führen will. Vielleicht verkaufe ich auch Zeitungen«, meinte Mathes.

»Und woher bekommst du die Ware?«

Mathes prüfte die dunklen Regale auf ihre Festigkeit. Um den sehr dominanten Geruch nach Wachs loszuwerden, müsste Mathes etliche Pfeifen und Zigarren rauchen. »Ich hab schon mit dem Andreas Tont gesprochen.«

»Der Zigarrenfabrikant aus Mattheis, der ist doch kürzlich in die Neugasse umgezogen.«

»Genau der«, bestätigte Mathes. »Sein Umzug ist schon vier Jahre her. Der Rest wird sich finden.«

22

Gegen Abend kam Kaspar in den Laden. Obwohl er den hohen Zylinder bereits in der Hand hielt, musste er sich in der Tür bücken.

»Wie ist es?«, fragte er. »Kommst du mit?« Er war unterwegs zu den Schieß- und Marschübungen der Primanerkompanie im Amphitheater.

»Ich muss mich noch schonen.« Mathes deutete auf seine lädierte Schulter. »Was ist mit Julian?«

»Der hat noch zu tun und kommt später.« Kaspar legte einen runden, roten Hut auf die Theke. »Probier mal.«

Die Kopfbedeckung hatte die Form eines Zylinders, war aber nur halb so hoch und ohne Krempe. Von dem flachen Deckel baumelte eine schwarze Quaste.

»Darf ich?« Kaspar setzte Mathes den Hut auf, rückte ihn zurecht, trat einen Schritt zurück, um ihn zu begutachten und sagte mit zufriedener Miene: »Passt wie angegossen und steht dir gut.«

»Was ist das für ein Material?«, fragte Mathes. Er war ans Schaufenster getreten und betrachtete sich in der Spiegelung.

»Wollfilz, so wie meiner. Ich hab' in der Werkstatt ein bisschen mit Hüten experimentiert. Dabei ist der rausgekommen, so eine Mischung aus Orient und Okzident. Mir war er leider zu groß, aber auf deinen dicken Schädel passt er.«

»Darf ich deinen mal anprobieren?«

Sie tauschten die Hüte. Mathes trug nun den gegenüber einem normalen Zylinder eineinhalbmal so hohen schwarzen Zylinder, während Kaspar sich den roten Halbzylinder aufsetzte. Das Spiegelbild im Fenster zeigte zwei etwa gleich große Personen.

»Du bist einen ganzen Zylinder länger als ich«, bemerkte Mathes. »Was bin ich dir für den Hut schuldig?«

»Dafür krieg ich, wenn du deinen Laden eröffnest, eine gute Zigarre. Aber nicht vergessen!« Kaspar griff wieder seinen Zylinder und setzte Mathes das rote Hütchen auf.

Mathes behielt den Hut während der nächsten Stunden auf. Bei aller Freude über die Aufnahme in die Primanerkompanie, die er am nächsten Tag wieder im Amphitheater besuchen wollte, schweiften seine Gedanken in den letzten Tagen immer wieder zu Kathi. Sie war nicht ganz so vornehm und beileibe nicht so gebildet wie Jenny von Westphalen oder Betty, die Schwester von Heinrich Rosbach, aber sie strahlte eine natürliche Herzenswärme aus. Bei ihr musste er sich nicht verstellen. Sie stammten beide aus ähnlichen Verhältnissen und mussten sich gegenseitig nichts vormachen.

Kathi hatte nie nach Höherem gestrebt. Das konnte er von sich selbst nicht behaupten. Vielleicht gab sie sich deshalb leichter mit ihren Lebensumständen zufrieden, weil sie als Frau weniger verändern konnte. Immerhin ging es ihr im Vergleich zu vielen anderen jungen Frauen in der Stadt wirtschaftlich recht gut. Und sich durchsetzen konnte sie ebenfalls, wenn es darauf ankam.

Er hatte geplant, aus dem für ihn vorgesehenen Lebenslauf auszuscheren, aber die wirtschaftlichen Verhältnisse hatten dies nicht zugelassen, und über die Jahre hatte er begonnen, sich mit seinem Schicksal abzufinden. Ausgerechnet jetzt, wo er sich mit dem Gedanken anfreundete, sich in den bestehenden Verhältnissen einzurichten, keimte die Hoffnung auf, die gesellschaftlichen Strukturen könnten sich ändern.

In der *Höll* waren erst wenige Gäste. Am Stammtisch saß nur Geodät Schmal. Mathes ließ sich neben ihm nieder.

»Wie gehts?«, fragte der Geodät. Er schien ebenfalls gerade erst gekommen zu sein, denn Elli nahm, als sie an den Tisch trat, auch von ihm die Bestellung auf.

»Ein bisschen besser.« Mathes hatte auf die Krücke und den Verband verzichtet. Lediglich sein rechter Arm lag noch zur Schonung der Schulter in einer dünnen Schlinge.

»Ganz glücklich siehst du aber nicht aus.« Der Geodät rückte etwas von ihm weg und musterte ihn.

»Einerseits bin ich das schon und andererseits wieder nicht.«

»Das musst du mir erklären.«

Sie hatten zwar bisher keine tiefgründigen Gespräche geführt, aber Mathes hatte Vertrauen zu Schmal. Der ein wenig ältere Geodät arbeitete als Landvermesser im Dienste der Preußen und war seit ein paar Monaten verlobt.

»Ich freu' mich, dass ich in die Primanerkompanie aufgenommen wurde.« Mathes' Stimme drückte wenig Enthusiasmus aus.

»Was dich nebenbei um ein Haar das Leben gekostet hätte«, kommentierte Elli, als sie zwei Porzen mit Viez auf den Tisch stellte.

»Da hab' ich Glück gehabt. Und nun ist das auch mit der Kathi, wie soll ich sagen, ins Rollen gekommen.«

»Die schöne Tochter meines Hausvermieters aus dem Kolonialwarenladen?«, fragte Schmal.

»Hm«, Mathes nickte.

»Gratuliere! Obendrein machst du auch noch eine gute Partie.«

»So einfach ist das nicht. Irgendwie dachte ich früher, dass ich auf jeden Fall aus Trier weggehe, in die Ferne, auf Expedition. Das hört sich heute vielleicht nach jugendlichen Spinnereien an. Aber ich hab‘ daran geglaubt.«

»Wie wolltest du das denn konkret anstellen mit der Expedition?«

»Wie gesagt, ich hatte damals, als ich auf dem Gymnasium war, geglaubt, das ginge so weiter. Ich würde Abitur machen und danach studieren. Aber das hätten wir uns überhaupt nicht leisten können.« Mathes schlug sich mit der Hand an die Stirn. »Das waren alles nur kindische Flausen. Die Träume von den Exkursionen und der Karriere als Wissenschaftler.«

»Und was hat das mit der Kathi zu tun?«, fragte Schmal.

»Ich habe mich von den Frauen ferngehalten. Als Forscher wollte ich ungebunden sein und mich nicht um eine Familie kümmern müssen.« Mathes hob mit fatalistischer Geste beide Schultern. »Das hab ich schon früh entschieden und nie mehr groß drüber nachgedacht.«

»Und wenn du der Kathi gesagt hättest, warte auf mich, bis ich zurückkomme?«

»Wer weiß, wie lang das gedauert hätte und ob ich überhaupt zurückgekommen wäre. Eine Verlobung über sieben Jahre, wie das der Karl Marx mit der Jenny von Westphalen gemacht hat, das wäre mir zu lang gewesen und auch nicht ehrlich. Das hätte die Kathi nicht verdient.« Mathes‘ Porz war noch randvoll. Nun nahm er ein paar große Schlucke.

»Hast du denn ... wusste sie denn, was du für sie empfindest?«, fragte Schmal.

»Ich wusste es ja selbst nicht so richtig. Deshalb konnte ich es ihr auch nicht sagen, außerdem ist da noch der Pitter.«

»Ihr Freund?«

Mathes nickte. »Der hat zumindest so getan, als wäre er es und sich mächtig aufgespielt. Ich weiß nicht, ob sie es mitgekriegt hat, wie der Pitter mir damals im *Casino* nach einem harmlosen Tanz mit ihr Prügel angedroht hat, falls ich es wagen sollte, mich noch einmal seiner Braut zu nähern.«

»Und du?«

»Kathis Vater soll sich mit dem Vater von Pitter auf eine Hochzeit verständigt haben.«

»Und dabei haben sie die Rechnung ohne den Wirt, in diesem Fall ohne die Wirtin gemacht?« Wiederholte der Geodät die Worte, die schon Mathes‘ Vater gebraucht hatte.

»Vielleicht.« Das nächste Wort flüsterte Mathes in seine Porz. »Hoffentlich.«

20. März 1848

23

Mathes konnte es kaum glauben, was er in der *Trierischen Zeitung* las. Zwei Tage zuvor, am 18. März, waren in Berlin bei Straßenkämpfen zwischen Aufständischen und dem Militär 183 Menschen ums Leben gekommen. Der Prinz von Preußen war nach England geflohen.

Mathes' Mund stand noch offen, als er las, was sich einen Tag später, am gestrigen Abend, hier in Trier ereignet hatte. Besorgte Trierer Bürger hatten das Brückentor zur Römerbrücke blockiert, weil das 30. Regiment aus der Stadt verlegt werden sollte. Die Ulanen waren mit ihren Pferden in die Menge geritten. Als Reaktion auf Steinwürfe waren Schüsse gefallen und dabei war ein Trierer schwer verletzt worden.

Jemand räusperte sich. Mathes blickte auf. Linsenwöllm stand vor der Theke. Normalerweise war dessen lauter Schritt nicht zu überhören. Die Lektüre schien Mathes zu sehr in ihren Bann geschlagen zu haben.

»Hast du das schon gesehen?« Mathes deutete auf die Zeitung.

»Ich hann es net so mit dem Lesen.« Der Dienstmann senkte die Stimme und sagte fast flüsternd in geheimnisvollem Ton: »Aber ich war dabei.«

In Berlin konnte er unmöglich gewesen sein. »An der Römerbrücke?«

Der Besucher nickte.

»Was war denn da los?«, fragte Mathes.

»Den ist heut Nacht gestorben, den die Preußen gestern angeschoss hann.«

»Oh Gott! Und warum haben sie geschossen?«

»Mir wollten nur net, dass die Dreißiger, dat sind ja uns Leut, dat die aus der Stadt weg sollten unn uns mit den anneren Soldaten allein lasse.«

»Und dann habt ihr das Brückentor blockiert oder was habt ihr gemacht?«

»Mir hann versucht, sie net aus der Stadt zu lasse unn dann sinn die Ulanen mit ihre Gäulen in uns rein.«

»Und ihr habt Steine auf sie geworfen?«

»Ich net, annere schon.«

»Und dann haben die geschossen?«

»Den einen hat auf der Straße gelegen und ich sinn abgehaun.«

»Und jetzt ist er tot?«

Linsenwöllm nickte. »Im Spital konnten se nix mehr machen. Hast du denn nix gehört?« Er schaute Mathes fragend an.

»Was soll ich gehört haben?«

»Heut Nacht war einiges los auf der Straß.«

»Ich war noch kurz in der *Höll*«, antwortete Mathes. »Und dann bin ich heim und gleich ins Bett.«

»Dann weißt du et jetzt.« Damit stapfte Linsenwöllm aus dem Laden und zur nächsten Station seiner Runde, auf der er die Neuigkeit verbreitete.

»Wo soll das alles noch hinführen?«, grummelte Mathes' Vater von nebenan. Er hatte alles mitgehört.

»Ich geh' mal gucken.« Mathes hatte sich schon seine Jacke übergezogen und verließ den Laden. Auf der Brotstraße waren deutlich mehr Menschen als sonst um diese Zeit unterwegs. Am Kornmarkt gab es eine große Versammlung vor dem Rathaus.

Kaspars Zylinder ragte aus der Menge. Neben ihm fand Mathes Julian und Bernhard. Sie lauschten Oberbürgermeister Görtz, der vom Balkon des Rathauses darüber sprach, wie weitere Konflikte mit dem Militär zu vermeiden wären. Es sei beschlossen worden, eine Bürgerwehr zu bilden. Bald darauf ergriff Jupp Recking, der zum Chef der Bürgerwehr ernannt worden war, das Wort.

»Männer zu den Waffen!«, rief er mit seiner titanenhaften Stimme der Menge zu. »In einer Stunde, um Punkt zwölf, treten alle Freiwilligen hier zum Appell an!«

Kaum hatte im Anschluss Oberbürgermeister Görtz ausgeführt, wer zur Stadtgarde zugelassen war, zerstreute sich die Menge. Nur wenige blieben, in kleinen Gruppen miteinander diskutierend, zurück.

Mit Glockenschlag 12 Uhr erschienen Jupp Recking, gefolgt von seinem Adjutanten Simon, Feldwebel Meurin und anderen Getreuen, erneut auf dem Kornmarkt. Julian eilte seinem Anwaltskollegen Ludwig Simon entgegen: »Wir dürfen es nicht hinnehmen, dass keine Arbeiter zur Stadtgarde zugelassen werden.«

»Das sehe ich genauso«, antwortete Ludwig Simon, wobei er seine Schritte nur leicht verlangsamte. »Aber jetzt muss erst einmal in anderer Sache gehandelt werden.«

Der Befehlshaber der Stadtgarde schien Julians Kommentar ebenfalls gehört zu haben. Recking blieb stehen und wendete sich zu Julian um. »Du hast recht, Kamerad. Ich rede mit dem Görtz. Die Arbeiter sollen wie alle anderen behandelt werden.«

Der *General*, wie Jupp Recking von vielen genannt wurde, war Wirt des *Trierischen Hof*, Chef der Feuerwehr, Dirigent der Liedertafel, Violinist im Orchester und engagierte sich obendrein im Verein zur Unterstützung der von Missernte heimgesuchten Bauern und Winzern. Sein Wort hatte in der Stadt Gewicht.

»Danke, Herr *General*.« Julian schlug die Hacken zusammen und salutierte.

»Es ist auch nur einer von uns«, Andreas Tont aus dem Gefolge des Chefs der Stadtgarde schlug dem immer noch ergriffen wirkenden Julian auf die Schulter und zwinkerte dabei Mathes zu. »Wir müssen uns dieser Tage wegen deinem Laden mal zusammensetzen.«

Bald hatten sich mehrere hundert Männer vor dem Rathaus eingefunden. Manche davon trugen teils neue, oft vorsintflutliche Jagdwaffen, Pistolen und Gewehre, andere hatten Degen und Säbel umgehängt. Die verschiedensten Uniformen waren zu sehen. Einige Männer standen in strammer Haltung, anderer wirkten ungeübt und tapsig. Eine Zählung ergab, dass die Bürgerwehr ab dem heutigen Tag über 587 Mann verfügte.

Recking verkündete, zukünftig wolle man sich hier jeden Nachmittag um vier Uhr treffen und zu Exerzierübungen und Aufmärschen auf den Palastplatz und ins Amphitheater ziehen. Die Primaner waren zur Elitekompanie der Bürgerwehr ernannt worden.

»Das sollten wir feiern!«, schlug Kaspar vor. Julian und Mathes hatten keine Einwände.

Im Wirtshaus vom *Götschel* ging es bereits hoch her, als sie die Wirtsstube betraten.

24

Sein Vater hatte ihn früher Feierabend machen lassen. Mathes fasste sich ein Herz und wählte auf dem Weg zum Amphitheater den kleinen Umweg über den Breitenstein. Bevor er in das Geschäft ging, schaute er in Richtung Hosengasse, hoffend, dass Pitter ausgerechnet jetzt nicht unterwegs war.

Während Mathes genüsslich das Aroma von Kaffee durch die Nase aufsog, schaute er sich in dem menschenleeren Laden um. Die Säcke mit der Schüttware standen ordentlich nebeneinander an der Wand aufgereiht, jeweils obenauf die Schaufeln, alle im gleichen Winkel ausgerichtet. Die Gewichte neben der Waage waren penibel nach der Größe sortiert. Der Vorhang in der Tür zum Nebenraum wurde zur Seite geschoben und Kathi kam gemessenen Schrittes herein und verlieh dem Raum – wie es Mathes schien – auf einmal einen ganz besonderen Glanz.

»Mathes.« Ihr freundliches Lächeln schien ihm noch eine Spur herzlicher zu werden. Sie trug eine blütenweiße, geplättete Schürze, von der sie mit beiden Händen imaginäre Falten strich.

»Ich wollte mich für deinen guten Streuselkuchen bedanken«, sagte er, sich verlegen mit der linken Hand an einem der Regale abstützend. Er entschied sich, nicht zu erwähnen, dass er den Kuchen mit seinen Eltern geteilt hatte.

»Freut mich, geht es dir schon wieder besser?«, fragte sie.

»Noch nicht ganz gut, aber besser, ich wollte gleich mal im *Kaskeller* vorbeischauen.« Er blickte verstohlen durch den Spalt im Vorhang in den Nebenraum. Kathis Vater schien nicht früher als geplant zurückgekommen zu sein.

»Du willst schon wieder zum Schießen?« Es gelang ihr nicht, ihre Besorgnis zu verbergen.

»Ich bringe nur die Flinte, das Corpus Delicti, zurück, die mir den ganzen Schlamassel eingebracht hat.«

»Gut, und wenn du wieder beim Schießen teilnimmst, versprich mir, auf dich aufzupassen!«

Er nickte.

Sie trat einen Schritt zurück und betrachtete seinen Mantel. »Was trägst du denn da für ein seltsames Ding?«

»Hab' ich auf dem Speicher gefunden, der Mantel hat meinem Großvater gehört.«

»So sieht er auch aus.« Kathi lächelte. »Möchtest du eine Armbinde haben?«

»Was für eine Armbinde?«

»Eine revolutionäre natürlich.« Sie ging nach hinten und zog diesmal die Tür hinter sich zu. Mathes hörte, wie dort eine Schublade aufgezogen und wieder geschlossen wurde. Als sie zurückkam, hielt sie ein Stoffknäuel in der Hand.

»Streck mir mal deinen Arm entgegen«, forderte sie ihn auf.

Da sein rechter Arm in der Schlinge steckte, war es der linke, mit dem er ihr Folge leistete. Mit beiden Händen streifte sie ihm eine Armbinde über den Ärmel des Mantels und zog sie hoch bis zum Oberarm. Dabei streifte seine Hand ihren Rücken in Höhe der Taille. Der Reflex, sie an sich zu drücken, löste bei Mathes heftiges Herzklopfen aus.

»Vielen ...«, sein Mund war auf einmal ganz trocken. »Dank.«

Es dauerte vielleicht eine Sekunde, aber sie ließ die Umarmung zu. Dann entwand sie sich ihm. »Der Mantel riecht auch nicht mehr gut.«

»Einen Moment«, Mathes drehte sich um. »Bin gleich wieder da.« Vor lauter Aufregung wollte er mit der rechten Hand die Tür öffnen, wurde aber von der Schlinge daran gehindert, was seinen Abgang nicht so elegant erscheinen ließ, wie er es geplant hatte.

Zuhause tauschte er flugs den Frack gegen eine Jacke, besann sich aber erst, als er wieder auf der Straße war, dass er die an die Garderobe gelehnte Flinte vergessen hatte. Dort fiel ihm der Halbzylinder von Kaspar ins Auge, den er sich spontan aufsetzte. Dann endlich eilte er zurück zum Kolonialwarenladen. Die Dämmerung hatte eingesetzt. Drinnen flackerte bereits ein Kerzenlicht.

»Ich hab' mich schnell umgezogen«, sagte Mathes, ohne sich umzusehen, ob vielleicht zwischenzeitlich ein Kunde gekommen war. Er hatte Glück, Kathi war alleine im Laden.

»Ist besser«, kommentierte sie mit Blick auf seine Jacke. »Lustiger Hut, ist der auch vom Speicher?«

»Nein, eine neue Sonderanfertigung von Kaspar. Kannst du mir noch einmal helfen?« Mäthi zog die Armbinde aus der Tasche. »Ich kann ja nicht, wegen der Schulter, du weißt ja.«

Sie nahm das Knäuel entgegen und rollte es auf der Theke auf. Mathes hätte ihr den Arm über die Theke entgegenstrecken können, stellte sich aber daneben. Und als sie ihm die Binde abermals überstreifte, legte er den Arm wieder um sie.

»Es könnt' doch jemand reinkommen«, sagte sie, als sie sich ihm schließlich entwand.

Über diese Worte dachte Mathes nach, während er frohen Mutes, ein Lied pfeifend, an der Stadtmauer und den Kaiserthermen entlang zum Amphitheater unterwegs war. Ihm wurde dabei gar nicht bewusst, dass es die Marseillaise war. Als der Hügel des Amphitheaters auftauchte, waren die ersten Schüsse zu hören. An der höchsten Stelle wandte sich Mathes um. Die Kirchtürme und Häuser zeichneten sich nur noch als schwarze Konturen gegen das schwindende Licht des Abendhimmels ab.

»Bist du in diesem Aufzug durch die Stadt marschiert?« Julians Stimme riss Mathes aus seinen Träumereien. Aus dem Gewehr seines ehemaligen Klassenkameraden stieg noch Rauch auf. Julian hatte ihn wohl vom Schießplatz aus gesehen und war ihm ein paar Schritte den Hang hinauf entgegengekommen.

»Ich konnt' nicht früher«, antwortete Mathes.

»Bist du wirklich so durch die Stadt marschiert?«, wiederholte Julian. »Willst du dich mit den Preußen anlegen?«

Fast hätte Mathes ihm von seinem Glück erzählt, dass er die schwarz-rot-goldene Binde von einer jungen Frau hatte, die er heute zum ersten Mal im Arm gehalten hatte.

»Sag jetzt nur, du hättest obendrein die Marseillaise gepfiffen, als du durchs Mustor stolziert bist, das Gewehr geschultert, die Insignien der Aufrührer auf dem Arm?«, regte sich Julian weiter auf.

»Es ist ja schon ziemlich dunkel und da habe ich natürlich nicht gepfiffen«, antwortete Mathes. »Das ist die Flinte, mit der ich fast in die Luft geflogen wäre.« Mathes überreichte Julian das alte Gewehr.

»Gestern Abend haben die Preußen einen von uns erschossen!« Julian nahm das Gewehr entgegen und klang wieder etwas versöhnlicher. »Wir sollten vorerst auf alle Provokationen verzichten!«

»Das war keine Absicht«, versuchte sich Mathes zu verteidigen.

»Unkenntnis schützt nicht vor Strafe.Bei den Preußen sollen nur das Militär und die Polizei Waffen tragen.«

»Ich merk es mir.«

»Du kannst von Glück reden, dass dich die Torwächter nicht behelligt haben.«

»Kann sein.« Mathes wurde es langsam zu bunt.

»Das muss so gewesen sein, sonst hätten sie dich eingesperrt oder womöglich gleich an die Wand gestellt. Vielleicht haben sie dir auch einen Spitzel hinterhergeschickt.« Julian ließ seinen Blick an Mathes vorbei oben am Rand des Hügels entlangschweifen. »Es kam dir wohl zugute, dass die Preußen heute das ganze Militär in Alarmbereitschaft versetzt haben. Von denen darf abends keiner aus der Kaserne raus.«

»Was ist denn los?«

»Die haben Angst, die Revolution würde von Frankreich zu uns herüberschwappen.«

»Wird sie das?«, fragte Mathes.

»Das werden wir sehen.«

Später plagte Mathes ein wenig das schlechte Gewissen. Er hatte wirklich unbesonnen gehandelt.

Im Hang oberhalb der Stelle, von der die Schützen auf die Scheibe auf der gegenüberliegenden Seite zielten, nahm Mathes Platz. Fast alle Quader, die einst rundum auf den Rängen als Sitzplätze dienten, waren verschwunden. Die Trierer hatten das Amphitheater ebenso wie die anderen römischen Bauwerke jahrhundertelang als Steinbruch genutzt.

Mathes beobachtete, wie die Primaner einer nach dem anderen die Treppe hochkamen und mit oder ohne Zuhilfenahme der Gabel ihr Gewehr abschossen. Dabei nahmen sie die unterschiedlichsten Haltungen ein. Kaum eine davon ähnelte der, die ihm Linsenwöllm gezeigt hatte. Bald hielt es Mathes nicht mehr auf seinem Platz. Er ging hinunter und zeigte jedem, der es wollte, wie er eine bessere Position beim Zielen und Schießen einnehmen konnten. Denjenigen, denen es gelang, gab er obendrein Tipps, wie sie sich beim Zielen verbessern konnten.

Nach einer Weile hatten sich Mathes' Anweisungen bis zu Meurin herumgesprochen, der von seiner Position unten in der Arena die Schützen nicht im Blick hatte.

Ein Student, der mit einem Gewehr die Treppe hochkam, richtete Mathes aus, Feldwebel Meurin wolle ihn sprechen.

Mathes korrigierte erst die Beinstellung des jungen Mannes, bevor er die Treppe hinunterging.

»Fischer, was geht hier vor?«

»Nix, Herr Feldwebel, es scheint nichts vorzugehen.« Er deutete auf die Schlange der in Zweierreihen wartenden Kameraden, von wo die ersten Lacher zu hören waren.

»Stell' dich nicht blöd. Du hast da oben keine Anweisungen zu erteilen.«

»Ich habe den Kameraden nur ein paar Ratschläge gegeben.«

»Mir war bisher nicht bekannt, dass du gedient hast«, schnarrte Meurin.

»Außer in Liebfrauen habe ich das auch nicht.«

Das Gelächter unter den Wartenden wurde lauter.

»Wie kommt es denn, dass du glaubst, hier Anweisungen geben zu können?«

»Das mache ich auch nicht«, entgegnete Mathes. »Wer sich was sagen lassen will, dem erzähle ich was.«

»Du meinst wohl, weil du mit Anfängerglück ein paar Treffer gelandet hast, könntest du hier große Töne spucken?«

»Mit den Tönen kennst du dich bestimmt besser aus, Herr Feldwebel.«

Die Kameraden feixten.

Meurin war schlau genug, auf diese Anspielung nicht einzugehen.

»Männer«, rief er im Befehlston. »Das Schießen ist für heute beendet! Bringt die Waffen zur Kammer!« Er stapfte quer über die Arena zu der mit einer schweren Tür und dicken Ketten gesicherten Kammer. Feldwebel Meurin bezog neben dem Eingang Stellung und achtete darauf, dass alle Mitglieder der Primanerkompanie ihre Gewehre und das Pulver zurückbrachten.

Unter Aufsicht des Scheibenwartes suchten Kameraden mit Schaufeln in dem Sandhügel hinter der Zielscheibe nach Bleikugeln.

Aus einem der anderen an die Arena angrenzenden Räume zogen dicke Rauchschwaden. Drinnen standen ein paar Pfeife rauchende Kameraden.

»Mathes, darauf ein Zielwasser!« Bernhard hielt ihm ein Gläschen mit Henkel entgegen.

»Prost!« Mathes hob das Glas und trank es in einem Zug leer. »Nicht von schlechten Eltern«, sprach er seinen Respekt aus, als das Brennen in der Kehle nachließ und er wieder zu Atem gekommen war.

»Was macht ihr denn hier?«

»Der Meurin sieht nicht so gern, wenn wir bei der Schießübung Schnaps trinken und rauchen.«

»Das kann ich auch verstehen«, sagte Mathes. »Beim Schießen ist mit Feuer und auch mit Feuerwasser nicht zu spaßen, und einen klaren Kopf sollte man auch haben.«

»Hältst du jetzt dem Meurin bei?«, fragte Kaspar.

Mathes stopfte sich seine Pfeife: »Wo er recht hat, hat er recht.«

»Das hat sich vorhin aber anders angehört«, bemerkte Julian.

»Da hatte er ja auch nicht recht«, sagte Mathes und zündete seine Pfeife an. »Da ging es auch eher darum, wer hier die Autorität besitzt.«

»Die hast du ihm streitig gemacht.«

»Quatsch, ich wollte den Kameraden nur ein paar Tipps geben, wie sie vielleicht noch etwas besser schießen können.«

»Bei mir hat das auf jeden Fall funktioniert«, meinte Bernhard.

»Bei mir auch«, pflichtete ihm der lange Kaspar bei.

Mathes hielt Bernhard sein Schnapsglas entgegen. »Dann hab' ich mir noch eine Belohnung verdient!«

Ihr Gelächter hallte von den Wänden.

25

Mathes hatte keine Ahnung, warum sein Vater sich in der letzten Woche von Linsenwöllm die vielen Bretter hatte in den Hof liefern lassen.

Jetzt boten auch die Palliener Sandjungen Bretter auf ihrem Wagen an. Diese hatten offensichtlich bisher andernorts als Verbarrikadierung leer stehender Häuser gedient. Längst schützte kein Polizist mehr diese Ruinen. Spätestens nach Einbruch der Dunkelheit war nicht mehr daran zu denken, die Ordnung auf den Straßen in der Stadt aufrecht zu erhalten. Da konnte jeder froh sein, nicht selbst Opfer eines Wurfgeschosses zu werden oder in einen Hinterhalt zu geraten. Auch die Bürgerwehr konnte nicht überall sein.

Bretter fanden in diesen unruhigen Tagen starken Absatz und brachten den Jungen deutlich mehr Gewinn ein als der Scheuersand.

Von der Brotstraße her waren Hammerschläge zu hören, während der Vater das erste Fenster ausmaß. Mathes übernahm das Sägen der angezeichneten Bretter. Mit zwei Querlatten wurden die Bretter vernagelt. Bei den überstehenden Nägeln haute Mathes die Spitzen um, und bald konnte das erste Fenster eingeschalt werden.

Obwohl Mathes zwischendurch etliche krumme Nägel wieder in Form hämmern musste, waren sie bald mit den drei Fenstern zur Brotstraße fertig.

Die restlichen Bretter lud Mathes mit der Erlaubnis des Vaters auf den Handkarren, packte Werkzeug dazu und bugsierte die sperrige Ladung durch die schmale Hosengasse zum Breitenstein.

Im Kolonialwarenladen tarierte Kathis Vater gerade die Waage aus. Wie immer saß eine kleine Brille vorn auf seiner Nasenspitze. Eine elegant gekleidete Kundin mit ausladendem Hut grüßte nur knapp zurück, als Mathes seinen roten Hut lupfte und einen guten Tag wünschte.

»Habt ihr schon Bretter?«, platzte es aus Mathes heraus, obwohl er spürte, dass er hätten warten sollen, bis die Kundin fertig bedient worden war.

»Mathes, einen kleinen Moment bitte.« Franz Meckel lächelte ihn freundlich an. Nachdem er kassiert und der Dame den Einkauf in den Korb gelegt hatte, ging er mit ihr zum Eingang und hielt ihr die Ladentür auf.

»Wir haben auch schon überlegt, welche zu kaufen«, sagte er, als er sich an Mathes wendete.

»Das solltet ihr tun, jedenfalls haben wir unsere Fenster schon verbarrikadiert. Bei uns geht es nur drum, dass sie nicht eingeworfen werden. Aber ihr habt ja auch Schnaps und Kaffee und so, was Plünderer ganz besonders anlockt.«

»Meinst du?«

Mathes nickte. »Ich hab' Bretter dabei, die bei uns übrig geblieben sind.«

Kathis Vater wirkte nachdenklich. »Wir haben den Laden noch auf und meine Tochter ist nicht da.«

»Werkzeug und Nägel hab' ich auch dabei. Ich könnte schon mal alleine anfangen«, bot Mathes an.

Nebenan in der Hosengasse wäre es für Passanten zu eng geworden, so lud Mathes die Bretter neben dem Eingang am Breitenstein ab. Wie er beim Ausmessen feststellte, waren alle vier Ladenfenster etwa gleich groß. Und da er noch in Übung war, hatte er die Verkleidung des ersten Fensters bald fertiggestellt.

Als er Franz Meckel zur Begutachtung aus dem Laden bat, war dieser von Mathes' Leistung sehr angetan und lud ihn zu einem Tee ein. Er servierte ihn in einem Nebenraum, der als Lager diente, aber auch Platz für eine kleine Couch, einen Tisch und einen Stuhl bot. Mathes nahm auf dem Stuhl Platz, nachdem er sich die Sägespäne vom Hosenboden gewischt hatte.

»Wie sollen wir denn noch was verkaufen, wenn wir keine Schaufenster mehr haben?« Franz Meckel nippte an der feinen Porzellantasse.

»Die Leute wissen doch, was es bei euch zu kaufen gibt.« Mathes schnupperte das feine Aroma des Tees, bevor er ebenfalls vorsichtig probierte.

»Das ist bei den Stammkunden so, aber die anderen, die zum ersten Mal hier vorbeikommen, die wissen das nicht«, gab Kathis Vater zu bedenken.

Der Tee war viel milder, als Mathes erwartet hatte. »Das kann schon sein, aber das ist immer noch besser, als nachher gar nichts mehr zu haben.«

»Was meinst du mit nachher?«

»Wenn alles wieder zur Ruhe gekommen ist und wir gewonnen haben.«

Als Erstes hatte Mathes das Schaufenster neben der Tür zum Breitenstein verbrettert. Beim Sägen der Verkleidung für das zweite der drei Fenster, die an der Front zur Hosengasse lagen, schmerzte Mathes, der diese Arbeit nicht gewohnt war, der Muskel im rechten Oberarm, nun meldete sich auch ein leichtes Ziehen in der vor ein paar Wochen geprellten Schulter.

Zu allem Überfluss stand auf einmal Pitter neben ihm. Er hatte wohl mitbekommen, was am Kolonialwarenladen, direkt neben der Fleischerei seines Vaters, vorging.

»Was machst du hier?«, fragte Pitter energisch.

»Ich baue ein Aquarium, das siehst du doch.«

»Willst du auch noch frech werden?«

»Ich denke, du siehst, was hier los ist. Was soll die Frage?« Es war heller Nachmittag. Vermutlich würde Pitter nicht mitten auf der Straße und obendrein neben der Metzgerei der Familie handgreiflich werden.

»Was hast du mit den Meckels zu tun oder bist du zu den Schreinern gegangen?«

»Die Bretter waren übrig.« Mathes hielt es nicht für angebracht, Pitter weiter zu provozieren.

»Und dann kommst du hierher?«

»Ja, warum nicht? Wenn was übrig bleibt, kannst du auch noch welche haben.«

»Ein Blasius braucht sich nicht zu verbarrikadieren.« Pitters Stimme wurde lauter. »Und der Laden von der Kathi geht dich auch nichts an!« Er stand breitbeinig und mit verschränkten Armen da. Unter seiner Schürze wölbte sich ein leichter Bauchansatz.

»Du kannst doch nicht einfach so über die Kathi bestimmen.«

»Ich hab' gesagt, du sollst die Finger hier von dem Laden und von der Kathi lassen. Und um sie rumscharwenzeln, das hört ebenfalls auf!«

Mathes schaute sich um, ob jemand in der Nähe war, der ihm beistehen könnte, sah aber niemanden. »Lass doch die Kathi entscheiden, wer sie was angeht und wer nicht.«

»Du willst dich doch bloß rausreden, wie immer. Schwätzen, das kannst du, ich sollte dir besser direkt mal eine reinhauen, die hättest du dann schon mal.« Er stellte einen Stiefel auf die beiden kleinen Bretter, vor denen Mathes in die Hocke gegangen war, um sie als Verbindung auf die längeren Latten zu nageln.

»Lässt du mich bitte weiterschaffen.« Mathes hatte den Hammer in der Hand. Am liebsten hätte er ihm eins damit auf die Zehen gegeben. Er musste daran denken, wie Kathi ihm erzählt hatte, sie fände blau schöner als rot. Weiter kam er nicht, denn Pitter hatte ihn hinten am Kragen gepackt und zog ihn unsanft nach oben.

»Du packst jetzt deinen Kram und machst, dass du so schnell wie möglich Land gewinnst!«

»Was habt ihr denn?«, rief Kathi, stellte den voll beladenen Korb auf das Pflaster und schlug beiden mit flachen Händen auf den Rücken.

»Was will der hier?«, fragte Pitter aufgebracht und hielt Mathes weiter gepackt.

»Das siehst du doch!«, sagte sie. »Lass den Mäthi in Ruhe!« In ihrer Aufregung benutzte sie seinen Namen aus der Kindheit.

Pitter löste den Griff und stieß Mathes so fest von sich, dass dieser ein paar Schritte torkelte und um ein Haar gestürzt wäre.

»Das hat noch ein Nachspiel!« Er stapfte zurück zur Metzgerei.

Erst jetzt sah Mathes, dass die Rangelei einige Zuschauer angelockt hatte, die sich nun wieder verliefen. Auch ein paar Mitglieder der Bürgerwehr waren darunter. Keiner von ihnen hatte den Mut gefunden, einzuschreiten.

»Ich glaub', ich mache das letzte Fenster nachher, spätestens morgen.« Mathes hob seine Kappe vom Pflaster auf.

»Kann ich dir helfen?«, bot Kathi an.

Er schämte sich, nicht in der Lage gewesen zu sein, sich gegen Pitter zu wehren. Mit bloßen Fäusten hatte er keine Chance. Wenn er etwas gegen seinen alten Freund ausrichten wollte, musste er zur Waffe greifen und sich damit zwangsläufig ins Unglück stürzen. Aber wenn er jetzt abzog, würde er unweigerlich seine Niederlage eingestehen.

»Danke, ich glaub', ich mache das letzte Fenster doch noch fertig.« Bis er die restlichen Bretter und das Handwerkszeug nach Hause gekarrt hätte, wäre es obendrein zu spät für das tägliche Treffen der Bürgerwehr auf dem Kornmarkt. Heute mussten die Kameraden ohne ihn auskommen.

26

Am nächsten Tag trug Mathes den rechten Arm wieder in der Schlinge. In der Nacht hatte er vor Schmerzen in der Schulter nur wenig Schlaf gefunden. Die Erinnerung an die Auseinandersetzung mit Pitter hatte ihr Übriges getan, ihn wachzuhalten. Entsprechend griesgrämig saß er am Morgen hinter der Ladentheke. Weil durch die verbretterten Fenster kein Lichtstrahl drang, ließ er die Tür offen.

Der Ansturm neugieriger Kunden infolge seines Unfalles am Schießstand hatte sich längst wieder gelegt. Da der Vater keine Aufgabe für ihn hatte oder ihm heute etwas Ruhe gönnen wollte, hatte Mathes viel Muße, die *Trierische Zeitung* und das *Trierische Volksblatt* zu lesen. In beiden Blättern wurde ausführlich darüber berichtet, dass seit Tagen in den Wäldern ringsum ein ungeordneter Holzeinschlag durch Hunderte von Bauern und Städtern zugange war. Die Trierer Bürgerwehr sei nun mit dem Schutz der stadtnahen Wälder betraut worden. An anderer Stelle wurde die Besetzung aller Ämter und Gerichte durch Altpreußen beklagt, lokale Personen würden bei den wichtigen Posten systematisch ignoriert.

Als Kathi zur Tür hereinkam und er das erste Mal an diesem Tag lächelte, fragte sie ihn, was in der Zeitung seine Zustimmung gefunden habe. Mathes hatte gar nicht bemerkt, dass er scheinbar zustimmend genickt hatte, als er den kritischen Artikel las.

»Es geht darum, dass viel zu viele Preußen über uns bestimmen«, antwortete er.

»Das ist doch allgemein bekannt.«

»Aber vorher hat sich keiner getraut, das in der Zeitung zu schreiben.«

»Hast du deinen Arm gestern überanstrengt?« Sie deutete auf die Schlinge.

»Nichts Schlimmes, kein Problem, die Schulter sollte nur ein wenig geschont werden!«

»Und wenn du mal zum Arzt gehst?«

»Das mache ich, wenn es nicht besser wird.«

»Ich hab' eine gute Salbe.«

»Da komme ich gerne drauf zurück.« Mathes war es unangenehm, dass so viel Aufhebens um seine Person gemacht wurde. »Wo man eure Schaufenster nun nicht mehr sieht, kommen wahrscheinlich auch weniger Kunden.« Damit wollte er das Thema wechseln.

»Die Stammkundschaft kommt wie eh und je und manche Laufkundschaft wird durch die Auslagen auf uns auf-

merksam, die ich neben dem Eingang drapiert habe.« Sie
schaute schmunzelnd zur Tür. »Und wie bei euch steht nun
auch unsere Ladentür offen. Nochmals vielen Dank für deine Hilfe von gestern. Was schulden wir dir für das Holz?«,
fragte sie.

»Nichts. Das war übrig.«

27

Mathes war überrascht, als Bernhard, Kaspar und Julian am
späten Nachmittag im Eingang des Ladens erschienen. Sie
waren auf dem Weg zum *Kaskeller*, wo sie auf die Scheibe
schießen wollten.

Mathes trug immer noch den Arm in der Schlinge und
hatte bereits mit dem Gedanken gespielt, auf Kathis Angebot zurückzukommen und vielleicht später wegen der ange-
botenen Salbe zu ihr zu gehen. Dabei hatte er sich in einem
Tagtraum vorgestellt, wie sie ganz behutsam und zärtlich
die Salbe auf seiner Schulter verteilte.

So nahm er beim Vater früher frei, legte die schwarz-
rot-goldene Armbinde um, schulterte links die Flinte – alle
Mitglieder der Bürgerwehr durften selbstverständlich in der
Öffentlichkeit Waffen tragen – und setzte die runde Kappe
aus rotem Filz mit der schwarzen Quaste auf. Die Schlinge
wanderte in seine Manteltasche. Er wollte bei seinen Kameraden nicht wehleidig wirken.

Auf dem Weg durchs Mustor an der Stadtmauer entlang
diskutierten die vier lebhaft über die Ereignisse des vorigen
Abends. Keiner von ihnen hatte auf die zwei Männer ge-
achtet, die ihnen nun in Höhe der Kaiserthermen entgegen-

traten. Mathes bekam einen Schreck. Beide hielten schwere Hämmer mit langen Stielen in den Händen. Es waren Pitter und sein Kumpel Schersach, ein Schneider aus der Hosengasse, der schon durch Messerstechereien aufgefallen war. Das lange Heft eines Dolches ragte aus einer ledernen Scheide am Bund seiner Hose.

»Kameraden, wohin des Wegs?« Pitter schaute nur Mathes an, während sein Kumpel Mathes' Begleiter anstarrte.

Sie waren zu viert, alle mit Flinten bewaffnet, gegen zwei Mann, die lediglich schwere Hämmer aufboten. Auf der kurzen Distanz nützten ihnen die Flinten recht wenig.

Mathes empfand seinen Einfall weder originell noch besonders schlau, aber er hatte, als sie Kinder waren, bei Pitter immer funktioniert.

»Pitter, dein Hosenstall steht auf!«

Pitters nur Bruchteile einer Sekunde dauernden Blick nach unten nutzend, lief Mathes los und hechtete durch das Tor im Bretterzaun der Kaiserthermen. An den verdutzten Aufsehern vorbei, flitzte er durch das von gewaltigen Ruinen gesäumte ehemalige römische Bad.

»Halt! Stehenbleiben!«, hörte er hinter sich die Stimmen der beiden überraschten Aufseher.

Als Mathes sich beim Laufen umdrehte, sah er, dass die beiden Männer sich Pitter in den Weg stellten. Die Geräusche von Schlägen und die Schreie der Männer sagten ihm, dass er gut daran tat, nicht darauf zu hoffen, sein Verfolger könne aufgehalten werden.

Mathes wäre lieber in Richtung Amphitheater getürmt, aber dann hätte er an Pitter vorbeimüssen. Mit einem Ausbruch in Richtung der Thermen schien dieser nicht gerechnet zu haben. Aber die Thermen konnten für Mathes leicht zur Falle werden.

Er überlegte, ob er zwischen den Ruinen hinaus zur Palästra laufen sollte. Von dort könnte er wieder zur Weberbach gelangen. Würde der Vorsprung reichen, um über den Zaun zu klettern? Stattdessen wendete sich Mathes den unterirdischen Gängen zu. Er nahm das Gewehr ab, um nicht an der niedrigen Deckenwölbung hängenzubleiben. Hier kannte er sich aus. Als Kind hatte er oft in den Ruinen Verstecken gespielt. Leider verfügte Pitter über die gleiche Ortskenntnis, denn er war meist dabei gewesen. Aber es hatte sich in den letzten Jahren auch einiges hier unten verändert.

Mathes rannte in einen Seitengang. Es war eine Sackgasse. Dorthin würde ihm Pitter nicht folgen. Oder doch? Mathes brauchte darin nur zu warten, bis sein Widersacher vorbei war. Dann konnte er leise wieder den Rückweg antreten. Sollte Pitter ihm auf die Schliche kommen, saß er womöglich in der Falle. Über vielen Öffnungen waren inzwischen Gitter und Balken angebracht worden. Hoffentlich nicht auch am Ende dieses Ganges. Dort hatte es früher ein schmales Schlupfloch gegeben.

Pitter war gewiss zu betrunken und wohl mittlerweile auch kräftig, um durch das enge Schlupfloch zu passen.

Durch den immer finsterer werdenden Gang, mit der Hand an den Ziegelsteinen der Wand entlang tastend, schlich sich Mathes voran.

Er hörte schwere Tritte. Das musste Pitter sein. Mathes blieb stehen und versuchte, sich nicht durch seinen keuchenden Atem zu verraten. Die Schritte wurden lauter.

Sollte der Ausgang versperrt sein, müsste er versuchen, Pitter den Kolben seines Gewehrs in die Rippen zu stoßen. Wenn ihm das nicht gelang, wer weiß, zu was der wütende Kerl fähig wäre. Der Hall der Schritte schien sich zu entfernen. Mathes schlich weiter. Er sah kaum mehr die Hand vor Augen.

Ein fahler Lichtschein gab ihm Hoffnung. Am Ende des Gangs lag der altbekannte Schutthaufen. Auf allen vieren kraxelte er dem schmalen Spalt entgegen.

Er konnte nur hoffen, dass es darüber kein Gitter gab. Und selbst wenn nicht, passte er überhaupt noch durch? Er wand sich aus dem Mantel und hielt ihn und das Gewehr mit gestreckten Armen über sich. Mühsam, immer wieder abrutschend, kämpfte er sich nach oben. Endlich war er bis zu dem dicken Mauergewölbe gelangt. Den Kopf schräg haltend, schob er die Brust hindurch. Über ihm sah er den Himmel. Kein Gitter. Die Erleichterung wich augenblicklich. Seine Hüfte steckte fest. Er hielt inne und lauschte. Gleich würde sein Verfolger unten nach seinen Füßen schnappen. Mathes warf den Mantel und die Flinte neben sich, stützte sich mit den Händen an dem porösen Mauerwerk ab, wand sich und spürte, dass sich seine Hüfte Zentimeter um Zentimeter immer weiter nach oben schieben ließ. Endlich konnte er die Beine nachziehen.

Nebenan lehnten Holzbohlen hochkant an der Mauer. Mathes hob den Mantel und die Flinte auf und stieß mehrere Bohlen über die Öffnung.

Deren Rumpeln ließ ihn die auf den Steinsplittern knirschenden Schritte nicht hören. Er sah Pitter, der auf ihn zustürmte, erst, als dieser nur noch wenige Schritte entfernt war.

Mathes konnte das restliche Gebälk im letzten Moment zum Umstürzen bringen, sodass es vor die Füße des Angreifers fiel. Pitter, der den Stiel des Hammer schwang, kam ins Straucheln.

Mathes rannte so schnell er konnte. Von den Torwächtern war keiner zu sehen. Dafür lauerte Schersach im Eingang. Mathes lief auf ihn zu, sah, wie er sich anspannte und den Hammer drohend anhob.

Gleichzeitig mit dem Knall des Schusses splitterte das Holz in der Toreinfassung neben Schersach. Der ließ sich zu Boden fallen und drehte sich nach dem Schützen um.

»Der nächste sitzt!«, schrie Julian. Er stand kaum zwanzig Meter weiter mit angelegtem und noch rauchenden Lauf. Neben ihm hatten Kaspar und Bernhard ihre Gewehre ebenfalls angelegt.

Über den sich duckenden Schneider hinwegspringend, strebte Mathes mit letzter Kraft seinen Freunden entgegen.

Sollten Pitter und Schersach ihnen folgen, würde das nicht gut für die beiden ausgehen. Als sich keiner der beiden im Tor blicken ließ, zogen sich die vier langsam zurück.

Auf dem restlichen Weg zum Amphitheater, auf dem sie immer wieder zurückblickten, bedankte sich Mathes bei seinen drei Begleitern, die inzwischen zu seinen Freunden geworden waren.

Als er die letzten Meter über den Hügel neben Julian ging, fragte Mathes: »Hast du auf Schersach oder auf die Toreinfassung gezielt?«

»Was glaubst du?«, antwortete Julian süffisant. »Du weißt doch, dass ich kein so guter Schütze bin.«

»Du hast es also drauf angelegt?«, fragte Mathes erschrocken.

Julian zuckte nur mit den Schultern.

Auf den letzten Metern, wo ihnen im Schutz der Primanerkompanie nichts mehr geschehen konnte, dachte Mathes, wie viel Glück er hatte, vorhin nicht von der Kugel
seines Freundes getroffen worden zu sein.

28

Das Rumpeln eines Karrens verstummte vor der Tür. Mathes
hatte sich gerade seine erste Pfeife für den Tag angesteckt
und schaute nun hoch, als Linsenwöllm hereinkam. »Haste
gehört, wat gestern los war?«

»Nein?«

»Ich muss gleich weiter. Mir können grad im Hof üben.«

Mathes hatte keine Lust dazu, war aber gespannt zu erfahren, was sein Besucher zu erzählen hatte. So folgte er
Linsenwöllm in den Hof. Als Mathes sich anschickte, das
Gewehr oben aus der Wohnung zu holen, meinte sein militärischer Lehrmeister, ein Besenstiel reiche für die Übungen
aus.

»Was ist denn passiert?«, fragte Mathes, nachdem das
hauptsächlich aus Atemübungen bestehende Schießtrai-
ning schon eine Zeitlang im Gange war.

»Beim ... also in der Kneip da unnen.« Linsenwöllm zeigte in Richtung Marktplatz und schloss die Augen, während
er versuchte, sich auf den Namen zu besinnen.

»In der Simeonstraße?«, versuchte es Mathes. Auch beim
Markt und Zurlauben erntete er ein Kopfschütteln. »Hier in
der Brotstraße?«

Linsenwöllm nickte.

»Beim *Götschel*?«

»Genau, da waren e paar hunnert Leut, auch fein Leut waren dabei. Mir hann Freiheit und Gleichheit geruf.« Er ballte dazu die rechte Faust in die Höhe. »Danach sinn alle mit dem *General* ... wie heißt den noch?«

»Recking«, half Mathes aus. »Anführer der Bürgerwehr.«

»Die sinn dann all zum Palais gezogen. Da hat der Recking vor der Wache en Ansprach gehalten. Die hann blöd geguckt. Dat hätt auch anners ausgehen können.«

»Wie ist es denn ausgegangen?«, fragte Mathes.

»Die ganz Hord iss durch die Stadt gezogen. Sie hann dat französisch Lied ...«

»Die Marseillaise?«

»Genau, die hann se gesung, also ich net, ich kann ja net singe. Haste nix gehört?«

»Ich war müde«, antwortete Mathes. Er wollte dem alten Klatschmaul nichts von seiner Begegnung mit Pitter erzählen. Außerdem wollte Mathes es mit seinen Kneipenbesuchen eigentlich ruhiger angehen lassen. Kathi sollte merken, dass er kein Hallodri war und sich vom Viez fernhalten konnte.

»Ich hann et scho gehört«, sagte sein Besucher prompt. »De Pitter unn den komische Schneider, die solln danach de ganz Kaiserthermen kraus unn klein gehaun hann.«

Als Mathes nichts dazu sagte, wandte sich Linsenwöllm zum Gehen. In der Tür drehte er sich nochmals um. »Es dauert net mehr lang, dann gett et los.«

»Mit was?«

»De Bauern kommen mit de Körb nach Trier zum Plündern.«

»Wie kommst du darauf?«, fragte Mathes.

»Die dumm Bauern glauwen, wat de Grün und den Simon denen erzählen, dat de Reichen bald alles hergewen müsse und so.«

Das Angebot einer gemeinsamen Marschierübung konnte Mathes mit dem Hinweis auf seine Schulterverletzung ablehnen, von der er in Wahrheit, trotz der gestrigen Anstrengung, kaum mehr etwas spürte. So brachte er Linsenwöllm nur bis zur Tür, wo er verwundert ein paar junge Burschen vorbeigehen sah, die schwarz-rot-goldene Kokarden an den Mützen trugen.

Kaum hatte er es sich wieder auf dem Stuhl hinter der Theke bequem gemacht, ließ das Stampfen von schweren Stiefeln Mathes von der Zeitung aufblicken. In der Ladentür tauchten die dunklen Konturen von uniformierten Männern auf. Polizeikommissar Müller stürmte mit gezogener Pistole, gefolgt von zwei Polizisten, in den Laden.

»Mathias Fischer, Sie sind verhaftet«, rief er. »Widerstand ist zwecklos, das Haus ist umstellt.«

Mathes schaute in den auf ihn gerichteten glänzenden Doppellauf und war erst einmal sprachlos vor Schreck.

»Keine falsche Bewegung!«, schnarrte einer der beiden Polizisten.

»Gehört Ihnen diese Kopfbedeckung?« Der Kommissar hielt Mathes einen runden roten Filzhut mit schwarzer Quaste vors Gesicht.

»Das könnte ...«, Mathes räusperte sich, »mein Hut sein.« Er musste ihn auf der Flucht vor Pitter verloren haben. Wo genau, das wusste er nicht, wahrscheinlich in einem unterirdischen Gang der Kaiserthermen. »Kann ich ihn wiederhaben?«

»Das ist ein Corpus Delicti!«, herrschte ihn der Polizist an.

»Was wirft man mir vor?«

»Körperverletzung und schwere Sachbeschädigung.«

Fischer Senior kam nebenan aus der Werkstatt. »Was machen denn die Polizisten da hinten am ...« Er stockte, als die beiden Polizisten ihre Waffen auf ihn richteten. Eigentlich wollte er Mathes mitteilen, dass zwei Schutzmänner am hinteren Fenster Stellung bezogen hatten. Sie sollten wohl seine Flucht über den Hinterhof verhindern.

»Ich hab' nichts gemacht.« Mathes' Worte waren nicht nur an die Polizisten, sondern auch an seinen Vater gerichtet.

»Das sagen sie alle.« Polizeikommissar Müller war nicht dazu bereit, sich auf eine Diskussion einzulassen. »Abführen!«, befahl er.

Einer seiner beiden Begleiter legte Mathes eine Handfessel mit einer schweren Kette an den linken Arm.

»Vater, sag dem Julian Bescheid«, rief Mathes, als er grob an den Oberarmen gepackt und zur Tür geführt wurde.

»Der war eigentlich die ganze Zeit hier«, rief sein Vater ihnen hinterher. »Das kann ich bezeugen.«

Wie ein Schwerverbrecher stolperte Mathes zwischen den Polizisten, die ihn an einer Kette führten, die Brotstraße hinunter. Er starrte den neugierig glotzenden Passanten trotzig entgegen. Manche senkten tatsächlich den Blick. Andere tuschelten bei seinem Anblick miteinander. Er hatte damit gerechnet, dass er zum Kornmarkt ins Präsidium neben dem Rathaus gebracht würde, aber weiter ging es über die Brotstraße. Auf dem Markt wurde es für ihn zu einem Spießrutenlauf. Da reckten Marktleute und Kunden die

Hälse, als er mit seiner Eskorte in die Sternstraße geführt wurde.

Mathes wurde auf die Wache im Palais am Domfreihof gebracht. In dem ausladenden Foyer herrschte reges Treiben. Die Luft war erfüllt von Gesprächen, Rufen und dem Getrappel von Stiefeln auf den Treppen und Fluren. Darin mischte sich das Rumpeln der vor der Tür ankommenden und abfahrenden Pferdewagen.

Sie mussten einer Schar aneinander geketteten zerlumpten Männern ausweichen, die, von Polizisten begleitet, dem Ausgang zustrebten.

Mathes wurde die Treppe hinauf in einen kleinen überfüllten Raum geführt. Ringsum auf den Holzbänken saßen etwa ein Dutzend Männer. Einigen davon hätte Mathes nicht allein in einer dunklen Seitengasse begegnen wollen.

Auf der Bank hinter der Tür war noch ein Platz frei. Mathes nickte den beiden Banknachbarn zu, bevor er sich setzte. Sein Gruß wurde nicht erwidert.

Links und rechts der Tür standen zwei Uniformierte. Beide hatten die Hand an den Pistolenhalftern.

»Jetzt hätte ich gerne was zu rauchen«, murmelte Mathes, der bereute, dass er nicht seine Pfeife und den Tabak mitgenommen hatte.

»Ruhe!«, brüllte einer der Polizisten von der Tür. »Reden könnt ihr gleich, wenn ihr befragt werdet.«

Außer Husten und dem Rasseln der Ketten, die alle hier im Raum trugen, waren nur die Geräusche aus dem Innenhof der Wache zu hören. Obwohl das Fenster offenstand, waberten üble Gerüche durch den Raum. Die Handschellen schnitten Mathes ins linke Handgelenk. Am Schlagen der

Domuhr hörte er, wie es später und später wurde. Hin und wieder öffnete sich die Tür und einer seiner Spießgesellen wurde abgeholt oder ein neuer musste Platz nehmen.

Etliche Stunden waren vergangen, als Mathes endlich an die Reihe kam.

Zwei jüngere Polizisten führten ihn in schnellem Schritt die Treppe hoch. Durch eine hohe Doppeltür ging es in einen langen Flur. Kurz vor dem Fenster am Ende des Gangs wurde ihm befohlen, stehenzubleiben. Einer seiner Begleiter klopfte an eine doppelflügelige Tür und wartete, bis er Antwort erhielt. Erst dann wurde Mathes in einen Raum geführt, der um ein Vielfaches größer war als der von vorhin.

Hinter einem ausladenden Schreibtisch saß Polizeikommissar Müller in einem mit rotem Samt ausgeschlagenen Sessel. Hinter einem hohen Schreibpult saß ein Mann in Zivil auf einem Hocker. Mathes wurde über den dicken Teppich zu einem Stuhl vor dem Schreibtisch geführt. Endlich wurden ihm die Ketten abgenommen.

»Soll das ein Zufall sein, dass wir uns innerhalb von ein paar Tagen zwei Mal begegnen?« Der Polizeikommissar beantwortete die Frage selbst. »Ganz gewiss nicht. Ich habe beim ersten Mal ein Registerblatt über Sie angelegt.«

Mathes rieb sich das schmerzende Handgelenk, während er den Blick durch den Raum schweifen ließ. Links neben ihm zeigten die beiden Fenster zur Sternstraße. Somit musste die Fensterfront hinter ihm zum Dom weisen.

Auf den gemusterten Tapeten ringsum an den Wänden hingen Ölbilder. Ein Büro in besserer Lage gab es, wie Mathes vermutete, in Trier höchstens im ehemaligen Kurfürstlichen Palais.

»Hören Sie mir überhaupt zu?«, schnauzte ihn der Kommissar an.

»Ich hab' mich bisher mit der philosophischen Betrachtung des Zufalls noch nicht beschäftigt.«

»Ach, wen haben wir denn da? Noch einer von den revolutionären Klugschwätzern.« Die nasale Stimme des Kommissars nahm einen noch unangenehmeren Ton an.

»Herr Müller, ich habe ...«

»Herr Kommissar«, fuhr ihn der Polizist an.

»Herr Kommissar, ich hab' doch gar nicht mit den Fragen nach dem Zufall angefangen.«

»Auch noch frech werden?«

»Keineswegs.«

»Sie haben zwei Menschen verletzt, haben sich Zugang zu den Kaiserthermen verschafft und diese schwer beschädigt.«

Nebenan kratzte die Feder des Schreibers über das Papier.

Nun wurde es ernst.

»Ich habe niemanden verletzt und auch keine Beschädigungen an den Thermen verursacht.« Mathes überlegte, ob er den Holzstapel erwähnen sollte, den er umgestoßen hatte.

»Wie kommt es denn, dass wir dort Ihren Hut gefunden haben?«

»Ich bin da gestern Abend kurz gewesen.«

»Aha!«

»Ich bin quasi durchgelaufen und dann wieder raus.«

»Das Eindringen in die Kaiserthermen geben Sie also zu. Und dabei haben Sie die beiden Aufpasser mit dem Stiel eines Hammers traktiert!«

»Nein, das habe ich nicht.«

»Dann erklären Sie mal, warum Sie einfach so nur mal kurz in den Kaiserthermen waren.«

»Ich wollte eigentlich zum *Kaskeller* ...«

»Amphitheater«, sagte der Kommissar, zum Schreiber gewandt. Er sah wieder zu dem Befragten hin. »Was wollten Sie da?«

»Erst mal schießen mit der Primanerkompanie und dann sollte es da auch noch eine Versammlung geben.«

»Sie sind doch, soviel ich weiß, nie ein Primaner gewesen.«

»Ich bin ehrenhalber aufgenommen worden. Da können Sie den Herrn Direktor im Ruhestand, Wyttenbach, fragen.«

»Das werden wir beizeiten tun. Aber wie kam es, dass Sie stattdessen in den Kaiserthermen waren?«

»Ich bin bedroht worden, musste flüchten, man hat mich verfolgt.«

»Wer hat Sie verfolgt?«

Mathes atmete tief ein und aus. »Das kann ich Ihnen nicht mehr so genau sagen.«

»Wie bitte?«

»Ich hab' mich sehr erschreckt und ich ... ich kann mich nicht mehr so genau erinnern.«

»Dann könnte es also doch sein, dass Sie die beiden Wachmänner angegriffen und die Balustraden in den Kaiserthermen zerstört haben?«

»Nein, das ganz gewiss nicht.«

»Gut, dann gebe ich Ihnen die Gelegenheit, über alles genau nachzudenken.«

»Warum befragen Sie nicht die beiden Aufseher?«, erwiderte Mathes.

»Das wird geschehen. Alles zu seiner Zeit.« Kommissar Felix Müller zog an einer Kordel, worauf vom Flur her eine Glocke zu hören war. Die beiden Polizisten führten Mathes in das Zimmer von vorhin zurück.

29

Gegen Abend wurde Mathes endlich wieder aus dem Raum geführt. Erst wunderte er sich, dass man ihm wieder die Kette anlegte. Doch statt zur Vernehmung hoch zum Polizeikommissar ging es durch das Tor hinaus über den Domfreihof zur Windstraße. Als er die hohe Mauer sah, hinter der die Wand mit den vergitterten Fenstern des Stadtgefängnisses aufragte, wurde ihm mit Schrecken bewusst, wohin man ihn brachte.

»Das ist eine Verwechslung!«, versuchte er seine beiden Begleiter auf den Irrtum aufmerksam zu machen. »Ich soll zum Kommissar Müller zum Verhör.«

»Du kommst dahin, wo du hingehörst«, zischte einer der beiden.

Als er etwas entgegnen wollte, hob der Begleiter drohend die Hand.

»Klappe jetzt, sonst ziehen wir dir die Kette über.«

Kurz darauf wurde er im Hoftor in der Mauer des Gefängnisses abgeliefert.

Die Aufnahmeprozedur war schnell abgehandelt. Entgegen seiner Befürchtung, in Sträflingskluft gesteckt zu werden, durfte er seine Kleidung anbehalten. Lediglich seine Tasche musste er leeren und eine Aufnahmebescheinigung quittieren.

Ein Wärter mit einem Bund Schlüssel am Gürtel führte ihn eine Treppe hoch und durch einen langen Flur mit niedrigen Holztüren auf beiden Seiten. In jeder Tür befand sich ein rundes Guckloch. Der Wärter machte vor einer von ihnen Halt, drehte den Schlüssel in dem schweren Schloss und schubste Mathes, als es ihm nicht schnell genug ging, in die Zelle.

Noch in der Tür stehend, hörte Mathes, wie hinter ihm energisch abgeschlossen wurde.

Vier bärtige Gesichter waren ihm stumm zugewandt. Die Männer saßen auf den rechts an der Wand angebrachten Pritschen. In dem dämmrigen Licht erkannte er keinen aus dem Raum in der Polizeiwache wieder. Einen Moment fragte er sich, was die wild aussehenden Männer auf dem Kerbholz hatten und wie sie ihm gegenüber gesinnt waren.

»Ich bin der Mathias Fischer aus der Brotstraße«, stellte er sich vor. »Man nennt mich Mathes.«

Von seinen Zellengenossen nannte niemand seinen Namen. Einer deutete zu einem freien Schlafplatz. Dieser befand sich auf der oberen Pritsche am Fenster. Dahin gelangte er durch einen schmalen Gang, in dem ein niedriger Holzschemel, ein Bottich mit Wasser und ein Blecheimer als Klo standen.

Erst als er sich anschickte, hochzuklettern, bemerkte er den Mann, der im unteren Bett zusammengerollt auf der Strohmatte lag und die Decke über den Kopf gezogen hatte.

Mathes' Pritsche bestand aus grob gezimmerten Brettern, die keinen Deut besser waren als die, die er vor ein paar Tagen bearbeitet hatte. An der Wand stand hochkant ein Strohsack und davor lag eine kratzig aussehende Militärdecke.

Die Zellentür wurde aufgesperrt. Für einen Moment glaubte Mathes, man würde ihn wieder holen, ihm erklären, alles sei ein Missverständnis gewesen, der wahre Täter dingfest gemacht, und man würde sich anschließend in Entschuldigungen für die erlittenen Umstände ergehen. Aber ein dicker Mann in gestreifter Jacke schob einen großen dampfenden Topf draußen vor die Tür. Die Männer erhoben sich von ihren Pritschen und schnappten sich tönerne Krüge von dem schmalen Regal neben der Tür.

Der Ausspeiser schöpfte jedem den Becher randvoll. Dazu gab es einen Kanten Brot. Mathes war als Letzter an der Reihe.

»Da liegt noch einer hinten auf der Pritsche«, sagte er.

»Wenn er noch lebt, dann steht ihm auch ein Napf voll Suppe zu«, sagte der Mann mit der Schöpfkelle.

Mathes ließ sich noch einen weiteren Napf füllen und Brot dazu geben. Das Essen stellte er vor dem Bett ab. Die Suppe war dünn und schmeckte Mathes wahrscheinlich nur deshalb, weil er seit dem Frühstück nichts mehr gegessen hatte.

Unter ihm hatte sich derweil nichts geregt. Mathes stieg hinunter und tippte den Mann unter der Decke leicht an. Als es keine Reaktion gab, lupfte er vorsichtig das Ende der Decke. Ein dicker Kopfverband kam zum Vorschein, am Hinterkopf war er von Blut dunkel gefärbt.

»Der hat was mit dem Schwert über den Schädel gekriegt«, sagte der Mann von der Pritsche nebenan, während er mit seinem Brot die letzten Reste aus dem Napf wischte.

»Wo ist das passiert?«, fragte Mathes.

»Im Kordeler Wald, da haben sie uns gestern geschnappt.« Der Mann redete in einem Eifeler Dialekt, der eher weiter nördlich gesprochen wurde. »Und heute haben wir dafür alle vier Wochen Knast gekriegt.«

»Wegen Holzfrevel?«, fragte Mathes und bekam ein Nicken als Antwort.

»Der arme Kerl bekam eine mit dem flachen Säbel übergebraten, und das aus dem Sattel in vollem Galopp.«

Inzwischen hatte sich der Verletzte geregt. Er versuchte, sich hinten an der Wand am Kopfende aufzusetzen. Mathes nahm den Strohsack von der oberen Pritsche und stützte ihm damit den Rücken.

Der Mann wirkte apathisch, konnte kaum die Augen offenhalten. Mathes musste ihn füttern. Weil der Holzlöffel sehr grob geformt war, dauerte es eine Weile, bis er ihm die Suppe mit dem einbrockten Brot eingeflößt hatte. Als Mathes fertig war und der Kranke sich wieder auf seinem Lager eingerollt hatte, waren die übrigen Mitgefangenen bereits eingeschlafen.

Mathes wälzte sich schlaflos auf seiner Pritsche. Wenn der Mond zwischen den Wolken hervorkam, fiel ein fahler Lichtschein durch das vergitterte Fenster in die Zelle. Das gleichmäßige Atmen und Schnarchen seiner Zellengenossen wurde ab und zu übertönt von der Glocke der Turmuhr am nahen Dom.

Vielleicht war es besser so, nicht wieder zum Verhör gebracht worden zu sein. Vor die Wahl gestellt, den Namen preiszugeben oder im Gefängnis zu landen, wäre er möglicherweise nicht standhaft geblieben und hätte Pitter, seinen Freund aus Kindertagen, verraten. Aber diesem arroganten preußischen Kommissar behilflich zu sein, kam für Mathes eigentlich auch nicht infrage.

Und nun saß er hier, wer weiß wie lange. Hätte er Kaspar, Julian und Bernhard als Entlastungszeugen erwähnen sollen? Die Polizei würde die Sache aufklären. Es sei denn, sie ließ sich von Pitters Vater bestechen. Zuzutrauen wäre es ihm. Dann bliebe er selbst im Knast und stünde Pitters Werben um Kathi nicht mehr im Weg.

Nach dem Schlagen der Lumpenglocke von St. Gangolf bestand ab zehn Uhr abends Ausgangssperre. Es war deutlich ruhiger geworden, aber nicht alle schienen sich daran zu halten. Irgendwo in der Stadt ging schon länger etwas vor sich. Mathes hörte Sprechchöre und Gesänge, begleitet von einzelnen Schreien und Scheppern wie von zersplitterndem Glas, Getrappel von Pferdehufen auf Pflaster. War gerade ein Schuss gefallen?

Mathes sorgte sich um den Laden. Hoffentlich wurde nicht geplündert. Und hoffentlich ging es Kathi gut.

Für kurze Zeit war nur der Glockenschlag der Domuhr zu hören.

Dann war die Randale wieder zu vernehmen. Der Lärm schwoll rasch an und wuchs sich zu vielchorigem Rufen aus.

Unten im Hof tat sich was. Das Getrappel von Stiefeln ertönte. Hatte man hier in Erwartung einer nächtlichen Aktion der Aufständischen etwa insgeheim Soldaten untergebracht?

Auch die anderen in der Zelle waren aufgewacht. Nun drängten sie sich, bis auf den Verletzten, ans Fenster. Vor der Gefängnismauer war eine große Menschenmenge mit brennenden Fackeln aufgezogen.

»Die holen uns hier raus!«, rief einer seiner Mitgefangenen.

»Besser nicht«, sagte Mathes. »Guckt mal, was da unten im Hof los ist.«

Nacheinander stiegen die vier auf die Pritsche und machten große Augen, als sie die Soldaten im Hof sahen.

Dumpfe Schläge waren zu vernehmen. Sie schienen gegen das Gefängnistor gerichtet zu sein.

Mathes beobachtete, wie die Soldaten im Halbkreis Stellung bezogen und mit ihren Gewehren auf das Tor zielten. Draußen wurde es ruhig. Eine donnernde Stimme ertönte. Die Worte konnte er trotz des geöffneten Fensters nicht verstehen, aber Mathes wusste, wer da sprach. Es war die Stimme von *General* Jupp Recking, dem Chef der Feuerwehr und Anführer der Bürgerwehr. Als der Jubel seiner Anhänger verklungen war, folgte eine zweite Rede. Dieser Mann hatte eine etwas weniger laute, dafür aber sehr melodische Stimme. Unverkennbar war es Andreas Tont, der einen mindestens so lauten Beifall wie sein Vorredner erntete.

Anschließend verlief sich die Menge und auch im Hof entspannte sich die Lage.

30

Nach dem Frühstück, das aus Brot und Wasser bestand und das auch der verletzte Mitgefangene selbst an der Tür abholen konnte, wurden die Holzfrevler aus der Zelle geholt.

Mathes beobachtete von seiner Pritsche oben am Fenster aus, wie sie mit vielen anderen über den Hof zum Tor geführt wurden.

Dann war er selbst an der Reihe. Als ihn der Schließer aus der Zelle holte, stieg Mathes' Stimmung, aber umso enttäuschter war er, dass er in einen anderen Trakt des Gefängnisses geführt wurde.

Dort erwartete Julian ihn in einem Raum.

»Heute Nacht hat der Regierungspräsident den Demonstranten versprochen, die Holzfrevler zu entlassen.«

»Das war auch gut so.« Mathes erzählte ihm von den Soldaten im Hof.

»Das wäre ein Blutbad geworden, nicht auszudenken«, seufzte Julian. »Aber ich bin ja deinetwegen gekommen.«

Er berichtete, dass die wichtigsten Zeugen, die beiden Wachleute, verletzt seien und zu Hause von der Polizei aufgesucht würden.

Er, Bernhard und Kaspar hätten bereits ihre Aussagen gemacht und bezeugt, dass Mathes weder an der Sachbeschädigung, noch an der Körperverletzung in den Kaiserthermen beteiligt gewesen sei. Sobald die Formalitäten erledigt wären, würde Mathes wahrscheinlich noch heute entlassen werden.

Mathes war gerührt und dankbar. Zurück in seiner Zelle schlief er augenblicklich auf seiner Pritsche ein. Der Schließer, der ihm gegen Mittag die freudige Nachricht der Entlassung überbringen wollte, hatte große Schwierigkeiten, ihn zu wecken.

Auf dem Heimweg überlegte Mathes, ob er, unrasiert und ungewaschen wie er war, bei Kathi reinschauen sollte. Er tat es dennoch.

Kathi kam um die Theke herum auf ihn zu gerannt und nahm ihn vor den Augen des Vaters und zweier Kundinnen fest in den Arm und küsste ihn auf den Mund. Sie hielt ihn lange umarmt, ohne ein Wort zu sagen. Alle im Laden starrten sie an.

»Ich komme nachher nochmal vorbei«, sagte er verlegen.

»Nein, erzähle mir das jetzt.« Sie zog ihn an der Hand durch die Ladentür auf die Straße, wo er ihr einen kurzen Bericht über die Ereignisse der letzten beiden Tage gab.

Als sie nochmals den Arm um ihn legte, schaute er sich verstohlen nach den Passanten um, auch weil er befürchtete, Pitter könnte in der Nähe sein.

Sie schien seine Besorgnis bemerkt zu haben. »Pitter soll gestern in aller Frühe zum Viehmarkt nach Prüm aufgebrochen sein. Es kann noch eine Weile dauern, bis er wieder zurückkommt. Sein Vater wird sich in der Zwischenzeit darum kümmern, den Schaden zu regulieren.« Als Mathes nichts dazu sagte, fügte sie an: »Und der Pitter und ich ... das ist längst vorbei.«

»Was wollte er denn dann?«

»Er macht sich immer noch Hoffnungen, und wenn der Pitter Schnaps getrunken hat, dann kann er ziemlich wild werden. Besonders bei Männern wie dir, gegen die er mit Worten nicht ankommt.«

Eine Woche später

»Guten Tag!«, grüßte die junge Frau, die in den Laden kam. Mathes konnte nur ihre schlanke Figur und den Hut erkennen.

Er faltete die Beilage des *Trierischen Volksblatt* zusammen, in der er bei Kerzenschein einen Artikel von Karl Grün las. Erst als die Besucherin näher kam und ins Licht der beiden Kerzen trat, glaubte er sie zu erkennen.

»Jenny?«, fragte er zögernd.

»Habe ich mich so sehr verändert?«

»Ganz im Gegenteil ... nein ... das Licht und ...«, Mathes war schon wieder so verlegen wie früher, als er ihr in seiner Jugendzeit begegnet war. »Wir haben uns schon lange nicht mehr gesehen.«

»Dich hätte ich auch nicht gleich wiedererkannt«, sagte sie. »Es ist auch schon ein paar Jahre her, seit ich zuletzt in Trier war.«

»War das nicht zur Heiligrockwallfahrt vor vier Jahren?«

»Stimmt, da war hier in der Stadt ganz schön was los. Ich brauchte gar nicht viel aus dem Haus zu gehen. Außerdem war meine Tochter damals sehr krank.« Sie schaute sich im dunklen Laden um. »Die meisten Leute kamen zu uns nach Hause gepilgert.«

»Wohl gleich, nachdem sie zum Heiligen Rock waren.«

»Diesen Humbug hat sich kaum einer entgehen lassen.«

»Man erzählt sich, du wärst auch im Dom gesehen worden.«

»Wenn man das in Trier erzählt, dann wird es auch so gewesen sein«, sagte sie ohne eine Spur von Verlegenheit. »Ich habe den Trubel mit Interesse beobachtet, dazu musste ich natürlich auch den Dom besuchen, um das Spektakel mit eigenen Augen zu sehen.«

»Auch am Rhein soll ja einiges los sein.« Mathes tippte auf die Zeitung.

»Karl ist schon nach Köln vorausgefahren. Unser Trier erweist sich aber ebenfalls als ziemlich unbeugsam.«

Mathes war geschmeichelt, dass sie von Trier noch von ihrer Stadt sprach.

»Von manchen Trierer Revolutionären werden wahre Heldentaten berichtet«, fuhr sie schmunzelnd fort. »Sie hätten Explosionen im Amphitheater überlebt, seien in den Kaiserthermen mit Vorschlaghämmern attackiert worden, und auch als sie von den Preußen in Ketten geschlagen und ins Gefängnis geworfen wurden, wären sie tapfer geblieben. Oder ist das nur Klatsch?«

»Im Kern stimmt das meiste zwar«, gab Mathes zu, ohne verlegen zu werden, »aber hier wird alles immer viel dramatischer geschildert, als es in Wirklichkeit war. Aber das alles ist nichts gegenüber dem Glanz, den du bei deinem letzten Besuch vor vier Jahren hier verbreitet hast.«

»Meine Mutter meint, ich hätte ein wenig arrogant gewirkt. Dabei wollte ich damit eigentlich nur kaschieren, dass es mir gar nicht so gut ging.«

Mathes war von ihrem Eingeständnis überrascht.

»Es scheint mir eine deutsche Eigenart zu sein«, fuhr sie fort, »sich mehr dafür zu interessieren, wenn es jemandem schlecht geht, als wenn es ihm gut geht.«

»Da fehlt mir leider die Erfahrung«, sagte Mathes.

»Wie geht es dir und was planst du?«, erkundigte sie sich.

»Wenn alles überstanden ist und wir gewonnen haben, dann würde ich gerne einen eigenen Laden eröffnen.«

Sie nickte. »Bevor ich es vergesse, ich möchte Grüße von Helena an Frieda ausrichten.«

»Danke, werde ich weiterleiten, wenn ich meine Schwester wieder sehe. Sie hat einen Winzer aus Mehring geheiratet«, sagte er. »Übrigens habe ich den Artikel zur Lage der Moselwinzer von Karl noch, in dem er über die Weinkrise an der Mosel berichtet. Schade, dass die *Rheinische Zeitung* verboten wurde.«

»Das wird sich bald ändern. Wie erwähnt, Karl ist schon in Köln.« Sie schaute zu dem Regal, in dem Hefte in verschiedenen Größen lagen. »Ich benötige eine Kladde.«

Mathes nahm den Kerzenhalter und leuchtete ihr, bis sie eine gefunden hatte.

»Kannst du mir sagen, wo ich den Karl Grün finde?«

»Am besten kommst du heute Abend ins Amphitheater. Da wird er ganz sicher bei der Volksversammlung sein.«

»Das scheint mir nicht diskret genug. Ich habe einen vertraulichen Brief für ihn.«

»Wenn du willst, kann ich ihn übergeben«, bot Mathes an.

Nachdem Jenny gegangen war, kam der Vater nach vorn in den Laden.

»War das eben wirklich die Baronin von Westphalen?«

»Jenny ist, seitdem sie den Karl Marx geheiratet hat, keine Baronesse mehr, sondern nur noch eine Bürgerliche.«

»Sie wirkt aber noch sehr nobel. Woher kennst du sie?«

»Ich bin früher ab und an mal mit ihr in der Kutsche ausgefahren.«

»Kann ich von dir keine vernünftige Antwort mehr kriegen?«, schimpfte der Vater.

»Ehrlich, das ist lange her. Jenny war mit Betty, der Schwester von Heinrich Rosbach, befreundet. Die beiden sind manchmal mitgekommen, wenn Heinrich eine Kutsche geliehen hatte. Das hab' ich dir damals bestimmt erzählt.«

Sein Vater schlurfte kopfschüttelnd in die Werkstatt zurück.

Die Versammlung war ins Amphitheater verlegt worden, weil der Helffersche Saal viel zu klein gewesen wäre für die weit mehr als tausend Besucher, die heute Abend die gesamte Arena des Amphitheaters füllten. Viele Frauen waren darunter, obwohl nur Männer ab 24 Jahren bei der Wahl zur Preußischen Nationalversammlung am 1. Mai Wahlrecht hatten.

Eine Abordnung der Bürgerwehr, zu der auch die Primanerkompanie gehörte, hatte vor dem Rednerpult Aufstellung genommen. Vor Beginn der Versammlung spielte die kleine Militärkapelle unter der Leitung von Feldwebel Meurin einen Marsch, zu der die übrige Schar im Takt auf der Stelle marschierte.

Im Anschluss bedankte sich Anwalt Schily bei der Bürgerwehr.

»Lauter«, ertönte es von den Rängen links und rechts.

»Liebe Landsleute und Kameraden! Kommt doch näher heran.« Dabei deutete er auf die Arena. »Hier ist noch Platz für euch alle.«

Und tatsächlich strömten, als die Ersten sich erhoben hatten, auch die anderen von den Rängen herbei. Schily wartete, bis wieder Ruhe eingetreten war, um die Zuhörer zu begrüßen und zum nächsten Redner überzuleiten. Es war Ludwig Simon vom Trierer Demokratischen Verein. Mit lauter Stimme, dass auch die andächtig lauschenden Besucher in den letzten Reihen ihn verstehen konnten, erklärte er die Bedeutung der Revolution in Deutschland. »Die Demokraten sind die einzigen wahren Patrioten, die einen geeinten deutschen Nationalstaat herstellen können. Der preußische Einfluss wird zurückgedrängt werden. Dafür werden wir sorgen, liebe Landsleute. Mit der Durchsetzung der Grund- und Verfassungsrechte, der politischen Freiheiten sowie der Einigung Deutschlands ist die Lösung der drückendsten sozialen Fragen eng verbunden.«

Seine Worte wurden immer wieder von frenetischem Jubel unterbrochen.

Simon wartete jedes Mal, bis dieser verklungen war, bevor er weitersprach. Eine ganze Weile musste er sich gedulden, als er die Abschaffung der Schlacht- und Mahlsteuer und der Steuerlast für Winzer und Bauern forderte.

Karl Grün, der als nächstes sprach, merkte man an, dass er ein erfahrener Redner war. »Nach jahrelanger Not und Unterdrückung ist die Frage nach Leben und Existenz die Frage der menschlichen Bestimmung, in der alles andere erbleicht und erlischt«, hob er an. »Ihr entscheidet über die Frage, ob ein Teil der Menschheit weiter unwiderruflich dazu verdammt ist, in Arbeitslosigkeit und Qual zu enden und den Reichen den Vollgenuss des Daseins zu verschaffen. Wenn ihr all das nicht wollt, so müsst ihr die Demokraten wählen. Wir werden die Fürsten vertreiben und ein starkes und soziales Deutschland schaffen.«

Auch die Mitglieder der Bürgerwehr hatten den Rednern zugejubelt. Nach dem Ende der Versammlung machten sich nur wenige Zuschauer auf den Heimweg. Überall bildeten sich Gruppen, die über das Gesagte debattierten.

Immer wieder waren nach den letzten Versammlungen aufgebrachte Besucher losgezogen und hatten sich meist gewalttätig gegen Ziele in der Stadt gewandt, sei es eine Polizeiwache, das Gefängnis oder Anwesen von Personen, die den Volkszorn erregt hatten. Heute, kurz vor den Wahlen, schien die Stimmung deutlich ruhiger zu sein.

Neben dem Rednerpult hatten sich zu Schily, Simon und Grün einige Leute gesellt, unter ihnen auch etliche Honoratioren der Stadt. Mathes erkannte seinen alten Gymnasiallehrer Steininger, der sich mit Heinrich Rosbach unterhielt. Beim Näherkommen vernahm er, dass sich das Gespräch der beiden um die Suppenküche in der Dietrichstraße drehte. »Wir müssen einfach mehr Sicherheit gewinnen«, sagte Heinrich, während er Mathes zur Begrüßung auf die Schulter schlug und sich erst dann bekümmert an seine Verletzung zu erinnern schien.

»Ist alles wieder in Ordnung«, beruhigte ihn Mathes. »Lass dich nicht stören.«

»Was ich sagen wollte«, hob der Arzt von Neuem an. »Es ist schön und lobenswert, wenn reiche Bürger aus freien Stücken zum Gemeinwohl beitragen. Das geht aber nur so lange gut, wie deren Geschäfte florieren. Gibt es eine Flaute, dann lässt die caritative Unterstützung nach und die Ärmsten haben nichts zu beißen.«

»Genau, da ist auch die Stadt gefordert«, stimmte ihm aus der nebenan stehenden Gruppe Wilhelm von Haw, der ehemalige Trierer Oberbürgermeister, zu.

»Die öffentliche Hand muss Verantwortung zeigen. Das Großbürgertum hat bald abgewirtschaftet«, kommentierte Ludwig Simon das Gesagte. »Dann sind wir nicht mehr auf Gnade und Gedeih der Reichen angewiesen.«

»Ich hab' da was für Karl Grün«, nutzte Mathes die Gelegenheit. Er hatte das versiegelte Schreiben aus seiner Jackentasche gezogen und hielt es Ludwig Simon hin. »Das ist von Karl Marx.«

»Wo hast du es her?«, fragte dieser, während er mit der Hand über die roten Schnüre fuhr.

»Seine Frau, die Jenny, hat mir das Schreiben gebracht.«

»Ich kenne sie«, wiegelte Simon die Erklärung ab. »Warum ist sie nicht selbst gekommen?«

»Sie wollte vielleicht kein Aufsehen erregen. Der Kommissar Müller hat doch bestimmt wieder Spitzel geschickt.«

»Da hast du recht.«

»Ihr Mann ist schon in Köln und gibt wieder eine Zeitung heraus.«

»Was höre ich, ein Brief von Karl Marx?« Karl Grün war nun ebenfalls hinzugekommen.

Er riss das Siegel auf und faltete den Brief auseinander. Während er las, wandte sich Simon an Mathes: »Was hältst du davon, bei unserer nächsten Versammlung ein paar Worte zu sprechen?«

»Ich?«, fragte Mathes überrascht. »Was soll ich denn schon groß zu sagen haben?«

»Eine ganze Menge, denke ich.« Karl Grün gab den Brief an Simon weiter. »Du repräsentierst die junge Generation,

die bisher kein Wahlrecht hatte und sich nun Gehör verschaffen kann.«

»Die mehr Bildung einfordern kann«, ergänzte Heinrich.
»Die auch dir aus wirtschaftlichen Gründen versagt blieb.
Ich halte das für eine gute Idee.«

Mathes hätte zu gerne gewusst, was in dem Brief von
Karl Marx stand. Aber dann hatte ihn der Gedanke an seine
Rede wieder davon abgebracht.

31

Jemand näherte sich schnellen Schrittes der Ladentür. Mathes erwartete Linsenwöllm mit Neuigkeiten. Stattdessen
kam Julian in den Laden gestürmt und rief, aufgeregt nach
Atem ringend: »Dem Blattau geht es an den Kragen!«

»Das wird auch Zeit«, kommentierte Mathes seelenruhig.
»Dieser Dreckskerl will mit der Not der Leute noch Geschäfte machen.«

»Komm', mach schnell, sonst ist es zu spät. Die Bürgerwehr wurde alarmiert.«

»Haben wir keine Polizei mehr?«

»Es sind zu viele, da können ein paar Polizisten nichts
ausrichten.«

Julian rückte sein zur Seite gerutschtes zweiläufiges Gewehr wieder gerade über die Schulter seines dunkelblauen
Zweireihers mit großen goldfarbenen Knöpfen. Es war seine
persönliche Uniform, so wie jeder der 587 Mann starken
Truppe der Bürgerwehr sich mal mehr, mal weniger nach
seinem persönlichen Geschmack kleidete. Zuweilen waren
bunte Phantasieuniformen darunter, die nach Mathes' Mei-

nung eher in einen Zirkus als auf einen Exerzierplatz gehörten.

Gemeinsam war allen das rote Halstuch und die schwarz-
rot-goldene Kokarde am Hut. Natürlich durfte unter Julians
Jacke das obligartorische weiße Rüschenhemd nicht fehlen.

»Mathes, mach' hinne«, trieb ihn sein ehemaliger Klassenkamerad an, »sonst kommen wir zu spät.«

In der Weberbach hatten sich bereits einige Kameraden der
Bürgerwehr versammelt. Julian und Mathes gesellten sich zu
den anderen Primanern. Außerdem waren zum Einsatz der
Bürgerwehr Angestellte, Beamte und Handwerker gekommen. Manche von ihnen hatten bei den Preußen gedient.
Gerüchten zufolge sollten sogar noch Veteranen dabei sein,
die Napoleon auf seinen Eroberungszügen begleitet hatten.
Die ehemaligen Soldaten waren an ihrer strammen Haltung
leicht von den Zivilisten zu unterscheiden.

In Abwesenheit von *General* Recking hatte Adjutant
Ludwig Simon das Kommando. Sein erster Befehl lautete,
dass sich die Truppe sammeln sollte. Noch waren es zu wenige, um dem Treiben Einhalt zu gebieten, das sich ein paar
Häuser weiter abspielte und dessen Lärmen das Schlimmste
ahnen ließ.

Die meisten Männer, die aus der Stadt herbeikamen,
reihten sich nicht bei der Bürgerwehr ein, sondern zogen
weiter in Richtung des Ladens von Blattau, dem *Botterphi-
lipp*, wie er auch genannt wurde. Viele führten Äxte, Pi-
ckel, Knüppel und andere Gerätschaften mit sich, was keine
friedlichen Absichten erahnen ließ.

»Kameraden, wir müssen warten, bis Verstärkung
kommt.« Ludwig Simon, der sonst so begnadete Redner,

schien seine Überzeugungskraft einzubüßen. Die Truppe scharte sich zwar enger zusammen, was aus Mathes' Sicht aber eher den Grund hatte, sich im Notfall selbst verteidigen zu können.

Zu allem Überfluss näherte sich nun auch die *Knüppelgarde* Napoleon aus der Palaststraße. Frech grinsend marschierte sie an der Bürgerwehr vorbei in Richtung des Anwesens von Blattau.

»Die schlagen den tot, wenn sie ihn erwischen«, war Bernhard zu hören. »In Paris wäre dieser Wucherer schon längst einen Kopf kürzer gemacht worden.«

»Was man Blattau nachsagt, das sind doch nur Gerüchte«, entgegnete Julian, als Jurist die Unschuldsvermutung nie außer Acht lassend. »Es kann doch nicht sein, dass nur einer dafür verantwortlich sein kann, dass die Butter teurer wurde.«

»Der soll Engroskäufe getätigt haben«, mischte sich Kaspar ein. »Das wurde bei uns auch erzählt.«

»Was soll der denn mit der ganzen Butter?«, fragte Julian.

»Geschäfte machen«, ließ sich ein Mann aus der Gruppe nebenan vernehmen. »Der macht doch aus allem Geld.«

Mathes fragte sich, wie man eine Truppe, deren Mitglieder überwiegend davon überzeugt waren, Blattau sei ein Halunke, dazu bewegen sollte, dessen Hab und Gut zu verteidigen.

Während von Nahem die Schläge von Äxten und das Splittern von Holz zu hören waren, stopfte Mathes sich seelenruhig eine Pfeife. Kaum hatte er die ersten Züge getan, war das Klirren von Glas und der Aufprall von schweren Gegenständen auf dem Pflaster zu hören.

»Die hauen alles kurz und klein«, rief ihnen aufgeregt ein Mann in Stiefeln und Schürze zu, der mit wirr blickenden Augen herbeigeeilt kam. »Aus dem Haus fliegen die Möbel und im Keller zerschlagen sie die Fässer.« Es schien sich um einen Küfer in Diensten von Blattau zu handeln. Von seinem linken Ohrläppchen tropfte Blut auf den Kragen seiner dünnen Arbeitsjacke.

Derweil zogen die Randalierer, einen mit Weinfässern beladenen Wagen im Schlepptau, lärmend in Richtung Palaststraße.

Das nahm Ludwig Simon zum Anlass, seine Truppe zum Ort der Verwüstung zu führen. Vor dem Haus lagen zwischen zerbrochenen Möbeln und Regalen zerschmetterte Behälter aus dem Laden, Hausgeschirr, Glas- und Porzellanscherben, außerdem zerrissene Wäsche und triefnasse Säcke mit Resten von Waren, über die Wein, Öl und Essig gekippt worden waren.

Die Haustür, Läden und Fenster waren zertrümmert. Im Chaos des Ladens suchten letzte Plünderer nach Brauchbarem. Diese flüchteten nun mit dem, was sie zusammengeklaubt hatten.

In den Wohnräumen waren die Innentüren aus den Angeln gerissen, Tapeten beschmiert und zerkratzt, Regale mit Büchern umgeworfen und zertrampelt.

Vom Besitzer Blattau war nichts zu sehen. Entweder hatte man ihn verschleppt oder seine Leiche in den Keller gebracht. Als Mathes die ausgetretenen Steinstufen hinunterstieg, kamen ihm Kameraden entgegen. Sie schüttelten die Köpfe. Nun roch auch Mathes, was ihn unten erwartete. Kein Fass war heil geblieben. Dauben und Fassringe türmten sich über einer riesigen Lache Wein, die den gesamten Kellerboden bedeckte.

Ludwig Simon hatte vor dem Haus Stellung bezogen.

»Von Philipp Blattau keine Spur«, gab Mathes Meldung, in dem er Haltung annahm und die Hand an die Mütze legte. »Der scheint nochmal Glück gehabt zu haben.«

Mathes schlug die Hacken zusammen. »Ich muss so schnell wie möglich in unseren Laden und nach dem Rechten sehen.«

Auf dem Heimweg hörte er schon nach wenigen Schritten Geschrei und Gelächter. Es ließ auf ein Trinkgelage in der Nähe von Liebfrauen schließen.

Zuhause überzeugte er sich zuerst davon, dass alle Fenster und die Ladentür gesichert waren. Seinem Vater berichtete er, was sich gerade bei Blattau zugetragen hatte und womit in der Nacht gerechnet werden konnte.

»Du weißt, wo du mich findest«, verabschiedete sich Mathes. Mit geschultertem Gewehr und mit einer in einen Sack gewickelten Axt verließ er das Haus durch die Tür zum Hof des Gymnasiums.

32

Erst gab es keine Reaktion, als Mathes an Kathis Haustür läutete. Nach erneutem Klingeln der Hausglocke wurde in der zweiten Etage ein Fenster geöffnet. Hinaus beugte sich die Ehefrau seines Freundes, des Geodät Schmal. Als sie Mathes erkannte, rief sie: »Karl ist gerade zur *Höll* gegangen. Wenn du dich beeilst, triffst du ihn noch.«

Seit Schmals Ehefrau schwanger war, sah man ihn seltener in der *Höll*. Bei Mathes verhielt es sich nicht anders, seit er Kathi zuliebe mehr und mehr Abstand zu seinem Junggesellenleben nahm. Die Schießübungen der Primanerkompanie und die Mitgliedschaft in der Bürgerwehr ließen ihm zudem wenig Zeit für Kneipenbesuche.

»Danke.« Ihm fiel spontan nicht ein, wie er ihr erklären sollte, dass er eigentlich zu Kathi wollte. Sie wohnte mit ihrem Vater in der ersten Etage, direkt über dem Laden. So zog er seine Kappe und machte ein paar Schritte zur Seite, während Frau Schmal das Fenster schloss.

Ein drittes Mal würde er die Hausglocke nun nicht mehr betätigen können. Vielleicht schlief Kathi auch schon. Als er noch darüber nachdachte, wurde die Haustür einen Spalt weit geöffnet.

»Was ist los?« Nur Kathis Stimme war zu hören.

»Ich komme nur deshalb, weil ... du bist ja allein.« Augenblicklich wurde Mathes bewusst, dass der Grund seines Besuches auch anders gedeutet werden konnte als beabsichtigt. Kathis Vater war am Morgen Richtung Luxemburg gereist und sollte erst am nächsten Tag wiederkommen.

»Du hörst doch, was los ist, und da wollte ich dich nicht allein lassen.«

»Das schickt sich nicht«, erwiderte sie. »Alle wissen, dass Vater nicht zu Hause ist.«

»Je länger ich hier vor der Tür stehe, umso mehr Leute werden hinter den Gardinen gucken.« Und dann fügte er an: »Ich bleib unten im Laden.«

»Dann komm' rein.«

Als er sie hinter der Haustür küssen wollte, wich sie erst zurück, bevor sie ihm dann doch die Arme auf die Schultern

182

legte und ihm einen flüchtigen Kuss auf die Lippen drückte.

»Ich hab' mir gedacht, es wäre vielleicht besser, wenn heute Nacht jemand auf den Laden aufpasst. Man weiß ja nicht, was noch passiert«, flüsterte Mathes, schaute nach oben ins Treppenhaus und dann wieder zu seiner Freundin. Sie trug ein einfaches Kleid aus hellem Leinen.

»Mir ist angst und bange geworden, als ich gehört habe, was bei Philipp geschehen ist.«

Mathes wusste, dass ihr Vater mit Blattau befreundet war. »Die Bürgerwehr konnte wirklich nichts gegen die Horde ausrichten.«

»Und wer soll unseren Laden schützen?«

»Deshalb bin ich gekommen.« Er deutete neben sich auf die Tür, die vom Treppenhaus in das Lager neben dem Laden führte.

»Ich hole den Schlüssel.«

Er schaute ihr nach, wie sie geschwind barfuß die Holztreppe hinauflief und dabei ihr offenes Haar über den Schultern wippte. Er schloss die bisher nur angelehnte Haustür.

Kurz darauf kam Kathi zurück. Obwohl es im Treppenhaus nicht stockdunkel war, trug sie einen Leuchter mit zwei brennenden Kerzen, den sie ihm reichte, bevor sie den großen dunklen Schlüssel im Schloss drehte. Dabei sah er, dass sie ihr Haar mit einem dünnen Band aus roter Seide im Nacken zusammengebunden hatte.

Der Raum, den sie als Lager bezeichnete, unterschied sich im Kerzenschein auf den ersten Blick kaum vom Geschäft selbst. Die Waren waren akkurat in den Regalen gestapelt. Wenn es Beschriftungen gab, waren diese nach vorn ausgerichtet. Lediglich die größeren Säcke waren übereinandergestapelt. Das Licht, das zwischen den Ritzen der Bretter hereinfiel, ließ das Fenster hinter dem Sofa erkennen. Schon der Duft, der im Raum hing und nebenan im Laden noch intensiver wurde, weckte in Mathes die Erinnerung an seinen ersten Besuch vor ein paar Monaten, an die Aufgeregtheit und das Glücksgefühl. Jetzt hatte er wieder Herzklopfen, weil eine ganz neue, aufregende Situation entstanden war. Zum einen gab es die bedrohliche Situation in der Stadt, zum anderen das prickelnde Gefühl, ganz allein mit Kathi zu sein.

»Hast du überhaupt schon was gegessen?« Mathes lehnte das Gewehr an einen Stuhl, den er gegenüber der Eingangstür aufgestellt hatte. Er schüttelte den Kopf.

»Bin gleich wieder zurück.« Sie ließ ihm den Leuchter.

Mathes überlegte, wie er die Tür zusätzlich von innen besser sichern könnte. Er legte die eingewickelte Axt neben den Stuhl auf den Holzboden. Kathi hatte die Tür zum Lager offengelassen. Im Schein der Kerzen schaute er sich um, was er möglicherweise noch von hier verwenden könnte.

Das kleine Pult war ihm vorhin nicht aufgefallen. Darauf lag neben dem Tintenfässchen ein Kassenbuch. Er nahm den dahinterstehenden Stuhl und platzierte ihn neben dem anderen im Laden, worauf er die Axt und den dicken hölzernen Hebelarm legte, den er von der Buchbinderpresse aus der Werkstatt mitgebracht hatte.

Es dauerte eine Weile, bis Kathi wieder zurückkam. Sie stellte ein großes Tablett auf der Theke ab. Darauf lagen Brote mit Käse und Wurst, mit Gürkchen, Radieschen und Zwiebeln garniert, daneben standen eine Schale mit Quark, ein kleiner Senftopf und ein Krug mit Viez und zwei Steinkrügen.

»Alle Achtung! Das sieht sehr lecker aus.« Mathes lief augenblicklich das Wasser im Mund zusammen, aber er hielt sich zurück. »Was meinst du, sollen wir noch die Tür von innen blockieren? Mit Säcken oder einem der Regale von nebenan?«

Kathi folgte ihm mit dem Kerzenleuchter ins Lager. Als sie sich im Raum umsah, fiel ihm auf, dass sie ein anderes Kleid trug. Er glaubte, den Duft eines leichten Parfüms an ihr wahrzunehmen.

»Ein Regal fällt wahrscheinlich um, wenn die Tür dagegenstößt«, sagte sie. »Das Sofa wäre besser.«

»Und wenn noch ein paar Säcke darauf lägen, wäre es noch schwerer wegzuschieben.«

Zusammen trugen sie das Sofa nach vorn in den Laden, wo sie es mit der Rückenlehne zur Eingangstür stellten. Kathi hatte die Idee, die beiden Stühle davor als Tischersatz zu nehmen und platzierte darauf das Abendessen. Als Erstes stießen sie mit dem Viez an. Eine Weile schwiegen beide. Nach ihrem Appetit zu urteilen, schien Kathi ebenfalls noch nicht zu Abend gegessen zu haben.

Mathes war noch ganz in den Genuss der Köstlichkeiten vertieft, als Kathi sagte: »Dumm, dass die Sache mit Blattau ausgerechnet heute passiert ist. Wenn Vater das gewusst hätte, wäre er bestimmt zu Hause geblieben. Was bin ich so froh, dass wir die Fenster verbrettert haben.«

»Wenn die Horden unbedingt hereinwollen, hält die das auch nicht auf.«

»Und was macht dein Vater? Braucht er dich nicht auch, um den Laden zu bewachen?«

»Die Kerle wollen doch keine Tinte trinken.« Mathes wies mit dem Daumen hinter sich zur dunklen Ladentür. »Die wollen eure edlen Schnäpse.« Er griff zu seinem Krug und trank einen großen Schluck.

»Aber wir haben ja auch noch die Polizei.«

»Die hatten sich schon verkrümelt, bevor der Mob beim Blattau gewütet hat.«

Beide aßen schweigend weiter, bis die Platte geputzt war.

»Und was soll ich machen?«, fragte Kathi. Sie hatte das Tablett auf die Theke gestellt und sich wieder auf die Couch gesetzt. Ihre Füße ruhten auf der Sitzfläche des Stuhls.

»Was meinst du?« Mathes stopfte Tabak in den Pfeifenkopf.

»Wenn die«, sie deutete ebenfalls mit dem Daumen hinter sich, »den Laden stürmen.«

»Das werde ich verhindern. Meine Flinte ist geladen. Und man weiß in der Stadt, dass ich ein guter Schütze bin.«

»Wie willst du die mit einem Schuss aufhalten?«

»Der ist für den Ersten, der sich durch die Tür traut. Der Ärmste sollte sich gut überlegen, ob er sich für einen Schluck Schnaps ein Loch ins Fell brennen lässt. Der Nächste wird dann wahlweise Freundschaft mit meiner Axt oder dem Knüppel schließen«, Mathes wies auf beide Waffen, die nun neben ihm auf dem Boden lagen. »Und du lädst in der Zeit die Flinte nach.«

»Ich weiß doch gar nicht, wie das geht.«

»Falls du willst, zeig ich's dir nachher.« Er zündete die Pfeife an und nahm ein paar Züge. Spontan traute er sich, den Arm um Kathis Schulter zu legen. Sie schmiegte sich überraschenderweise gleich an ihn. Dabei hoffte er, sie würde sein pochendes Herz nicht hören. Es schlug noch heftiger, als sie seine Hand nahm und sie sich so lange küssten, wie sie es bisher noch nie getan hatten.

Später, die Kerzen waren niedergebrannt und auch kein Licht drang mehr durch die Ritzen der Bretter, wurde Mathes von dem vertrauten Hornsignal des Nachtwächters geweckt: Tut-Tuuut, erst kurz, dann etwas länger. Es erklang aus nicht allzu weiter Entfernung. Er fragte sich, wie der Nachtwächter zu einer Zeit, in der Randalierer die Stadt für sich reklamierten und sich keine Polizei auf die Straße traute, unterwegs sein konnte und in sein Horn stieß, als sei alles in bester Ordnung.

Doch dann war es das Getrappel von vielen schweren Schuhen, die einen dumpf, die mit Pinnen beschlagenen hell und scharf klingend, die Mathes auf einen Schlag hellwach werden ließen. Ein schauriges Gegröle erhob sich in nächster Nähe. Davon wurde auch Kathi wach.

Sie sprangen beide auf und versuchten in der Dunkelheit ihre Kleider in Ordnung zu bringen. Mathes versicherte sich, dass seine Waffen griffbereit lagen.

»Mach kein Licht«, flüsterte er und legte beide Arme um Kathi.

Nebenan wurde Glas zerschmettert, krachten Äxte in Holz, erklangen heiser grölende Stimmen. Es dauerte eine Ewigkeit, bis sich die Menge ausgetobt zu haben schien.

Die darauffolgende Stille wirkte bedrohlicher als der Lärm. Gleich würden sie an der Reihe sein. Sollte ihr Leben enden, wo es gerade erst begonnen hatte? Mathes und Kathi hielten sich die ganze Zeit über fest umschlungen und wagten kaum mehr zu atmen.

33

In der Nacht hatte Mathes keinen Gedanken an seine Rede verschwenden können. Den schweren Kopf in die Hand gestützt, saß er nun dösend über dem Blatt auf der Theke gebeugt, auf dem lediglich die zwei Worte ‚Liebe Kameraden‘ standen. Er schaute auf, als Linsenwöllm mit üblichem Elan in den Laden kam.

»Sie hann dem Dings all Scheiben zerdeppert!«, verkündete er, ohne einen guten Morgen zu wünschen.

»Dem Bischof?«, fragte Mathes ins Blaue hinein.

»Nä, dem Kerl vom Kornmarkt.«

»Der wohnt am Kornmarkt?«

»Nä, der schafft da.«

»Der Kommissar Felix Müller?«

»Dem Müller hann sie nur ein Fenster zerdeppert. Ich mein den anneren, den hat gar kein Scheiben mehr.«

»Görtz?«, versuchte es Mathes erneut.

»Genau! Den hat sich aus dem Staub gemacht.«

»Und woher weißt du das vom Bürgermeister?«

»Ich war och da ...« Nach kurzer Überlegung fügte Linsenwöllm hinzu: »Aber Stein hann ich kein geworf. Der iss hinnen raus durch den Garten getürmt.«

»Und woher weißt du das nun wieder?«, fragte Mathes.

»Ich hann ihn mit eigenen Augen abhauen sehn.« Linsenwöllm nickte heftig, um den Wahrheitsgehalt seiner Worte zu betonen.

»Dann musst du im Haus gewesen sein?«

»Ja, aber ich hann bloß geguckt. Nix geklaut. Ich schwör!« Sein Besucher wich Mathes' skeptischem Blick aus.

»Und was war damit?« Linsenwöllm zeigte auf den an die Theke gelehnten Schlegel der Holzpresse.

»Und beim Kommissar Müller, warst du da auch im Haus?«, kam Mathes' Gegenfrage.

»Der hat geruf, dat er den Ersten abknallt, der reinkäm.« Linsenwöllm grinste. »Da wollt keinen den Vortritt.«

»Und was war beim Blasius los?« Mathes tat gelassen, dabei spürte er wie die Erinnerung sein Herz höherschlagen ließ.

»Die Knüppeltruppe hat denen en Denkzettel dagelass für die zwei Wächter aus den Thermen, die Pitter verhaun hat. Unn de Wurst han se mitgenomm.«

»Aha!«

»Mehr weiß ich net. Frag ihn doch selbst. Du kennst ihn doch besser als ich.« In Linsenwöllms Ton schien ein wenig Empörung mitzuklingen. »En iss doch dein Freund.«

»Wie kommst du denn darauf?«, fragte Mathes etwas zu laut.

»Für den biste doch sogar hinner Gitter gegang.«

»Dich hätte ich auch nicht verraten.«

»Ich hann' dich ja auch net versucht zu erschlagen.«

Als kurze Zeit später die Tür zum Treppenhaus aufging, hatte Mathes seinen Vater erwartet. Das sonderbare Rascheln der Kleider ließ ihn von der Zeitung aufblicken. Damit hatte er nicht gerechnet. Frieda kam herein. Sie trug ihren kleinen Sohn auf dem Arm.

»Das ist aber mal eine Überraschung«, sagte Mathes und stand auf. Der Kleine reckte ihm die Arme entgegen. Er nahm ihn und drückte seine Schwester. »Ist Theo auch dabei?«

»Du hast ihn doch auf dem Arm«, entgegnete sie schmunzelnd.

»Ich meine den großen Theodor, deinen Mann, den Weinpanscher.«

»Der ist in Mehring geblieben«, sagte seine Schwester ernst.

»Die Arbeit im Weinberg geht ja auch schon los«, meinte Mathes.

»Er weiß nicht, ob er dieses Jahr überhaupt noch in den Weinberg gehen soll.« Sie erzählte ihm von der hoffnungslosen Situation im Dorf, von der Weinsteuer, die sie für den neuen Wein zahlen sollten, für den es kaum Aussicht auf Verkauf gab. Von der Konkurrenz aus anderen preußischen Gebieten und aus Frankreich, die ihnen schwer zu schaffen machte, von den Wucherern, die die Winzer zum Verkauf der Weinberge zwangen und der mangelnden Solidarität untereinander. Wie ein Wasserfall quollen die Worte aus ihrem Mund.

Mathes hatte derweil wieder den Schlegel an die Buchbinderpresse montiert. Der kleine Theodor war begeistert, als er daran drehen durfte.

»Ähnlich funktioniert ja auch die Kelter«, meinte Mathes. »Dann hoffe ich, der Junge wird das später noch machen können.«

»Solange der Wein kaum mehr wert ist als das Wasser, sieht es schlecht aus«, seufzte Frieda, »wir haben zum Glück noch ein paar Kühe und ein bisschen Landwirtschaft. Theo hat im letzten Herbst einige Fuder Viez gekeltert. Das ist das Einzige, was uns noch über die Runden bringt. Den Reichen wird bei den Steuern Aufschub gewährt. Unseren Wein müssen wir zwangsversteigern lassen.« Frieda unterdrückte die Tränen. Die Traurigkeit der Mutter schien ihren Sohn anzustecken. Er begann zu quengeln.

»Der kleine Theo keltert schon Viez.« Mathes ließ ihn wieder an der Presse drehen, um in aufzumuntern. »Wann hast du denn Geburtstag?«

»Der kleine Theo hat wie sein Vater im August Geburtstag.«

»Dann wirst du schon ein Jahr alt.« Mathes kam dem Jungen so nah, dass er dem Onkel in die Nase zwicken konnte. Dieser jaulte übertrieben auf.

Darauf konnte sich Frieda, trotz des Ernstes ihrer Lage, ein Lachen nicht verkneifen.

34

In der Nacht hatte Mathes in der Werkstatt seines Vaters Plakate auf Deckel von alten Foliantenumschlägen geklebt, die er dem Vater hatte abschwatzen konnen. Sie waren vor nehmlich für Laternen- und Fahnenmasten gedacht, an denen sie in einer Höhe festgebunden wurden, wo nicht gleich jeder Gegner herankam, um sie abzureißen, wie es in den letzten Tagen mit vielen Plakaten geschah. Immer wieder waren Kameraden gekommen und hatten sich mit frischem Leim und Plakaten eingedeckt und die Spezialanfertigungen mitgenommen, die Mathes wieder neu gefertigt hatte. Seit der Verhaftung seines Sohnes hatte Vater Fischer seine bis dahin recht distanzierte Haltung zu politischen Angelegenheiten aufgegeben. Er war nicht nur äußerst großzügig beim Überlassen von Materialien zur Befestigung der Plakate geworden, sondern kümmerte sich nunmehr persönlich darum, die gedruckten Bulletins mit den Namen der Kandidaten der revolutionären Bewegung an die Boten zu übergeben, die sie bei den abendlichen Versammlungen und später von Haus zu Haus verteilten.

Nach nur wenigen Stunden Schlaf hatte Mathes am nächsten Tag erst nach dem Mittagessen seiner Rede den letzten Schliff gegeben. Zeitig genug, sich in Ruhe für den Auftritt im Amphitheater ankleiden zu können, ging er nach oben in sein Zimmer. Um das Lampenfieber zu mildern, rief er sich immer wieder die Worte von Julian ins Gedächtnis, dass er nur einer von vielen Rednern des Abends sein sollte, die vor dem Auftritt von Grün und Simon die Menge in die rechte Stimmung versetzen sollten. Einen Tag vor dem Wahltag zur Preußischen Nationalversammlung herrschte eine erwartungsvolle Atmosphäre.

Als er sich nochmals im Spiegel vom richtigen Sitz seines Halstuches überzeugt hatte, nahm Mathes die Rede aus der Tasche und las sie laut vor. Anschließend setzte er sich auf den Stuhl, schloss die Augen und ging sie im Geiste noch einmal durch. Besser war es, die Rede frei zu halten, so wie es Grün und Simon taten.

Mathes wurde vom Weinen des kleinen Theo unten in der Wohnung geweckt. Er zählte die Schläge der Domuhr. Sie endeten erst bei acht. Er schaute sich im Dämmerlicht des Zimmers um. Der Lärm der Wagenräder draußen auf der Straße hatte deutlich nachgelassen. Die Versammlung hatte schon vor zwei Stunden begonnen!

Schnellen Schrittes eilte Mathes durch die Straßen. Je näher er dem Amphitheater kam, umso mehr Menschen strömten ihm entgegen. Die Versammlung schien bereits beendet zu sein.

»Wo warst du denn?« Die vorwurfsvoll klingende Frage stellte Geodät Schmal, an dem Mathes vorbeigelaufen war. »Ich bin deinetwegen im Amphitheater gewesen.« Sein Freund war stehengeblieben.

»Ich bin eingenickt.« Mathes hielt ebenfalls an und war sogleich Teil des in entgegengesetzter Richtung laufenden Menschenstroms. Vom Amphitheater wehten mal lauter, mal leiser die Trompetentöne der Musiker von der Bürgerwehr herüber.

Der Geodät hakte sich bei Mathes unter. »Lass uns zum Trost in die *Höll* gehen. Da warst du schon lange nicht mehr. Ich gebe dir einen aus.«

Die Kneipe füllte sich schnell mit Gästen, die im *Kaskeller* gewesen waren. Die politische Lage wurde diskutiert und dabei reichlich Viez getrunken.

»Du kannst deine Rede bei der nächsten Versammlung immer noch halten«, versuchte Geodät Schmal seinen niedergeschlagen wirkenden Freund zu trösten.

»Aber ich habe für heute zugesagt, und die denken bestimmt, ich wollte mich drücken.« Mathes versuchte, bei der Wirtin den zweiten Viez zu bestellen. Dabei bemerkte er die Unruhe, die unter einem Teil der Gäste entstanden war. Es handelte sich, soweit er das sehen konnte, um Leute aus dem Umland. Seit Wochen strömten immer mehr Männer aus den umliegenden Dörfern in die Stadt. Es war inzwischen zu etlichen Zwischenfällen mit ihnen gekommen. Schon der kleinste Anlass genügte, und sie zogen randalierend durch die Straßen.

Die Männer bedrängten die übrigen Gäste mit Bitten um Getränke und Essen. Elli, die Wirtin, schien sich ihrer kaum mehr erwehren zu können.

»Nein, nein, nein, nein!«, rief sie kopfschüttelnd einem Mann entgegen, der gerade ins Lokal kam. »Sofort raus mit dir!« Sie schob den Mann hinterrücks zur Tür. Der geriet dabei ins Stolpern und langte, nach Halt suchend, einem anderen Gast an die Schulter. Daraufhin entwickelte sich zwischen den beiden eine Rauferei.

»Wären die vom 30. Regiment noch in der Stadt, würde es das nicht geben«, kommentierte Schmal das Geschehen.

»Raus jetzt!« Einer vom Tisch der Färber sprang von seinem Stuhl auf, packte die Streithähne hinten an den Kragen und bugsierte sie zur Tür.

Der ein oder andere Blick folgte ihnen. Aber niemand wagte es einzugreifen. Das hätte die übrigen Färber auf den Plan gerufen, und die Weber vom Tisch daneben wären ebenfalls dabei gewesen.

1. Mai 1848

Wahl zur Preußischen Nationalversammlung

35

Für einen Montag war es erstaunlich still auf den Straßen. Die Arbeit ruhte, Geschäfte, Büros und der Markt waren geschlossen. Wie sonst an Feiertagen gab es auch kein Geläut zu den Gottesdiensten. Mathes hatte ausschlafen können und war erst spät und immer noch leicht verkatert zur Wahl gegangen.

Zum Mittagessen gab es Wein, den Frieda mitgebracht hatte. Zwei Gläser halfen, Mathes' Kopfschmerzen zu lindern. Am Nachmittag war er mit Kathi verabredet. Darauf freute er sich und wollte in keinem zu elenden Zustand bei ihr auftauchen. Schlimm genug, ihr erklären zu müssen, warum er keine Rede im Amphitheater gehalten hatte und obendrein in der *Höll* versackt war.

Kurze Zeit später kam Lenchen Demuth zu Besuch. Es gab eine herzliche Begrüßung mit ihrer alten Freundin Frieda. Die beiden hatten sich seit Jahren nicht mehr gesehen.

Als Mathes sich verabschiedete, um Kathi zum Spaziergang abzuholen, beschlossen die beiden, ihn zu begleiten.

In der Stadt herrschte eine ausgelassene Stimmung. Obwohl der Wahlausgang noch offen war, schienen die Menschen zu spüren, dass eine neue Zeit angebrochen war.

Den ganzen Tag genoss Mathes das erhebende Gefühl, sich als Gleicher unter Gleichen zu fühlen. Unabhängig von

Besitz und Bildung durfte endlich jeder Mann ab 24 Jahren über die zukünftige Politik mitbestimmen.

Zum Neutor hinaus ging es in Richtung St. Matthias. Lenchen berichtete Frieda ausführlich von ihrer Zeit mit der Familie Marx in Brüssel.

Mathes und Kathi spazierten hinter den beiden und trugen abwechselnd den kleinen Theo auf dem Arm. Der Junge schien sie an die gemeinsame Zukunft denken zu lassen, wenn sie verheiratet wären und ihr eigenes erstes Kind hätten.

Unterwegs konnte Mathes sich davon überzeugen, wie fleißig die Kameraden in der Nacht gewesen waren. Wenn er eines der von ihm gefertigten Schilder oben an einem Laternenmast entdeckte, machte er Kathi jedes Mal darauf aufmerksam.

»Die Preußen hätten längst merken müssen, dass eine soziale Reform überfällig ist«, sagte Kathi.

»Wer sagt das?«, fragte Mäthi.

»Ich sage das«, entgegnete sie. »Ich sehe doch, was um uns herum passiert.«

In einer der vielen Brachen in der Saarstraße bückte sich Mathes zu einer Pflanze hinunter, riss einen Stängel ab und zeigte ihn dem kleinen Jungen.

»Wenn du groß bist, gehen wir zusammen auf Exkursion. Vielleicht findest du dann auch mal so eine schöne Pflanze. Das ist Eiblättriges Tännelkraut, ein Wegerichgewächs, lateinisch Wickxia spuria ...«

Der kleine Theo riss ein Blatt ab und stopfte es sich blitzschnell in den Mund. Kathi versuchte, es ihm wieder aus dem Mund zu pulen, wobei das Kind zu weinen begann.

»Ist das giftig?«, rief die zurückgeeilte Frieda.

»Wegerich wird als Heilkraut verwendet. Man kann Tee daraus kochen, ob es für Kleinkinder gefährlich ist, weiß ich nicht.«

»Hauptsache, der Herr kann mit dem lateinischen Namen angeben.«

Mutter und Kind beruhigten sich bald wieder. Beim Kaffee im Biergarten in St. Matthias schlief der kleine Theo auf Kathis Schoß. Mathes saß neben ihr und versuchte sich zu erinnern, ob es bisher einen glücklicheren Tag in seinem Leben gegeben hatte.

36

»Die *Polacken* kommen!« Die Nachricht rief ihm einer der beiden Männer zu, die an ihm vorbeiliefen, als er die Ladentür für die Nacht sicherte. Die Stimme gehörte unverkennbar Andreas Tont. Er blickte den Brüdern Andreas und Sebastian Tont nach, die in Richtung Hauptmarkt unterwegs waren. Beide hatten die Gewehre geschultert. Ihnen folgte ein Trupp von einigen Dutzend Männern. Sie schienen keineswegs auf der Flucht zu sein, sondern machten eher den Eindruck, sich den Eindringlingen entgegenstellen zu wollen.

Bis Mathes alles zusammengesucht hatte, was er mitnehmen wollte, dauerte es eine Weile.

»Was hast du vor?«, fragte sein Vater, der damit beschäftigt war, die Werkstatt aufzuräumen. Mathes hantierte derweil mit der Pfeife in der einen und dem Gewehr in der anderen Hand.

»Die *Polacken* kommen!«, gab er in genauso aufgeregtem Ton zur Antwort, wie es die Tonts ihm gerade zugerufen hatten.

»Und was soll das heißen?«, fragte sein Vater in einem gelassenen Ton, als ginge es ums Wetter.

»Verstehst du denn nicht?«, regte sich Mathes auf, ohne in Wahrheit genau zu wissen, was das hieß: »Die *Polacken* kommen!«

Bevor ihm weitere Fragen gestellt werden konnten, verließ Mathes den Laden und eilte die Brotstraße hinunter. Sämtliche Geschäfte, die er passierte, waren bereits verbarrikadiert. Nur an *Götschels* Gasthaus waren die Fenster frei. Hier hatte der Trupp der Brüder Tont Halt gemacht.

»Leute, die *Polacken* kommen!« Andreas Tonts Stimme war bis auf die Straße zu hören. »Wir müssen zur Langgasse, bevor die *Polacken* da sind!«

Mathes war überrascht, wie viele Menschen sich im Gasthaus aufhielten. Anders als bei ihm, der am Abend vor dem Wahltag über die Stränge geschlagen hatte, war für die meisten erst heute mit der Verkündung des Wahlergebnisses der Grund zum Feiern gekommen.

»Kameraden, wir haben in allen Bezirken gewonnen«, fuhr Tont mit seiner Ansprache fort, worauf die Anwesenden in tosenden Jubel ausbrachen. »Und was in Maximin geschehen ist, das wollen und können wir nicht auf uns sitzen lassen!«

Wieder wurden rundherum Fäuste in die Luft gereckt und Zustimmung gegrölt. Ein hoher Zylinder zog Mathes' Blick an. Julian und Kaspar saßen, die Arme einander um die Schultern gelegt, an einem Ecktisch.

»Trink einen mit uns!«, forderten ihn die beiden im Chor auf, als er sich ihrem Tisch näherte. Kaspar war kaum zu verstehen, Julian hatte seine Artikulation noch im Griff. »Auf Bernhard, wir haben gerade seinen Abschied gefeiert, er müsste jetzt schon nach Paris unterwegs sein.« Beim Einschenken aus der hohen Weinkaraffe in die beiden Gläser zeigte der Jurist weniger Geschick. Einiges schwappte auf den Tisch, der bereits klebrige Spuren aufwies.

Mathes trank aus Höflichkeit einen Schluck aus Julians Glas.

»Die Republik wird kommen, das Rheinland von der Preußischen Knechtschaft befreit werden! Ludwig Simon wird für uns ins neue Parlament nach Frankfurt ziehen«, hörte er Andreas Tont die Anwesenden beschwören. »Aber wir können nicht akzeptieren, dass ein Soldat aus unserer Stadt von Kameraden an seinem Wahlrecht gehindert und zu allem Übel auch noch ins Militärgefängnis geworfen wird. Wenn ihr das wollt, dann bleibt hier und feiert weiter.«

Tont schaute sich schweigend unter seinen Zuhörern um. Er ließ sich Zeit, bevor er seine Frage stellte: »Wenn ihr euch das aber nicht bieten lassen wollt, dann folgt mir!«

Damit ging er, begleitet von seinem Bruder, zum Ausgang. Kurzentschlossen folgte ihnen die gesamte Gästeschar.

An den Kneipen um den Hauptmarkt genügte es lediglich hineinzurufen, die *Polacken* kämen. Allein die große Versammlung vor der Tür trug das Ihre zur Überzeugung der Gäste bei.

Mathes schätzte die Schar auf zweihundert Leute, die bald darauf den Tontbrüdern die Dietrichstraße hinunter folgten. Er selbst war mittendrin. An seiner Linken stolperte Julian neben ihm her. Der lange Kaspar hatte eine Hand auf Mathes' rechte Schulter gelegt. Dennoch drohte er immer wieder hinzufallen. Obwohl allen aus der Primanerkompanie immer wieder eingeschärft worden war, beim Mitführen der Waffe nicht zu trinken, baumelten bei beiden die Gewehre über dem Rücken.

Tagsüber wäre es Mathes peinlich gewesen, zwischen den beiden unterwegs zu sein. Ganz besonders, wenn er Kathi begegnet wäre. Eigentlich wollte er heute Abend zu ihr, aber die Umstände ließen es wieder mal nicht zu.

37

Als er die mit Blech verblendeten Fenster an der Front des Militärgefängnisses in der Langgasse erblickte, schauderte ihn bei der Erinnerung an seine Nacht in der Zelle im Stadtgefängnis in der Windstraße. Mit blanken Fäusten und mit den Kolben der Gewehre wurde an das geschlossene Holztor in der Umgrenzungsmauer geklopft. Es dauerte nicht lange, und eine kleine Luke in Kopfhöhe wurde im Tor geöffnet.

»Lasst unseren Soldaten von der Dreißigsten frei, sonst kommen wir sie holen!«, forderte Andreas Tont, bevor der Wachsoldat etwas sagen konnte. Es war bereits zu dunkel, um sein Gesicht zu erkennen.

»Wir geben euch eine Viertelstunde, dann kommen wir rein.«

Die Lade wurde augenblicklich zugeschlagen. Schnelle Schritte entfernten sich über den Hof. Ein schweres Türschloss war zu hören. Riegel wurden auf- und wieder zugeschoben. Jetzt würde drinnen hektisch verhandelt werden. Dem Aufseher war im Schein der Laterne wahrscheinlich nicht die große Anzahl bewaffneter Männer vor dem Tor entgangen.

»Die *Polacken* haben unseren Soldaten von den Dreißigern die deutschen Kokarden abgerissen und fünf von ihnen hier eingekerkert«, echauffierte sich Minuten später einer der Redner, zu denen Mathes die Sicht versperrt war. »Nun, wo wir gewählt haben, wollen die Preußen unsere freiheitliche Bewegung unterdrücken. Das werden wir nicht zulassen!«

Die Menge brach zum wiederholten Mal in Jubelgeheul aus, das den Aufsehern im Gefängnis, wie Mathes es sich wünschte, hoffentlich durch Mark und Bein ging.

Hinter der Mauer wurde erneut ein Schlüssel im Schloss gedreht. Schritte waren zu hören und gleich darauf ging die Klappe im Tor auf.

»Wer hat hier das Sagen?« Die Stimme dahinter klang fest und autoritär.

»Wer fragt das?« Andreas Tont war an das Tor getreten.

»Leutnant von Maltitz, Kommandant der Wachmannschaft.«

»Andreas Tont, Prinz der Heuschrecken und Offizier der Bürgerwehr«, stellte sich der Zigarrenhersteller vor und erntete Gelächter aus der Menge.

»Ich habe Ihr Anliegen vernommen«, sagte der Leutnant. »In diesen Mauern befindet sich zur Zeit kein Soldat des 30. Regiments. Ich schlage vor, Sie entsenden eine Abordnung aus zwei bis drei Personen, die sich in allen Arresträumen umsehen darf. Selbstverständlich bei freiem Geleit. Bei meinem Ehrenwort als Offizier!«

»Davon werden wir umgehend Gebrauch machen.« Tont drehte sich um. »Wer übernimmt die Aufgabe, den Arrest zu besichtigen. Wir brauchen drei Freiwillige.«

Nur zögerlich gingen ein paar Arme in die Höhe. Als Julian und Kaspar den Arm hoben, tat es ihnen Mathes nach, obwohl er insgeheim davor zurückschreckte, dieses bereits von außen recht bedrohlich wirkende Gebäude zu betreten.

»Bitte nur Männer, die im Vollbesitz ihrer Sinne sind, also heute noch keinen Tropfen getrunken haben«, forderte Tont.

Die meisten Arme wurden wieder gesenkt.

Mathes war erleichtert, als Tont nacheinander auf drei Männer zeigte, die in seiner Nähe standen.

Bevor die drei eingelassen wurden, hatte der Kommandant gefordert, dass die übrigen einen größeren Abstand zum Tor einnahmen. Er wollte nicht riskieren, dass die Gelegenheit zu einer spontanen Erstürmung ausgenutzt wurde.

Nachdem die drei Abgesandten durch das Tor verschwunden waren, spürte man die Anspannung. Niemand wollte mehr eine Rede halten. Hier und da bildeten sich Gruppen, in denen in zurückhaltender Lautstärke darüber diskutiert wurde, ob die Behauptung des Kommandanten der Wahrheit entsprach.

»Die drei kommen nicht mehr raus, die haben sie eingesperrt«, rief Julian. Er hatte, seitdem er das Gasthaus verlassen hatte, noch keinen Ton gesagt.

»Genau«, pflichtete ihm Kaspar bei.

»Seid mal ruhig!«, forderte sie Mathes auf, den Zeigefinger auf die Lippen gelegt. Zuerst hoffte er, seine Ohren würden ihn täuschen, doch das Getrappel von Stiefeln im

Gleichschritt wurde immer lauter. Um ihn herum ging ein Raunen durch die Menge. Einige nahmen die Gewehre von der Schulter, andere zogen die Säbel. Auch Mathes ergriff sein Gewehr. Es war nicht geladen.

»Blockiert das Tor!«, befahl Andreas Tont, davor Aufstellung nehmend. »Wir weichen keinen Schritt zurück.«

Alle Männer rückten näher zusammen. Mathes sah, wie rundherum hektisch die Flinten geladen wurden, ließ sein Pulverhorn aber am Gürtel.

Es war eine Hundertschaft, die da aus dem Dunkel heraus heranrückte.

»Es sind die Sechsundzwanziger«, wurde von hinten gemurmelt.

Je näher die Soldaten kamen, umso mehr steigerte sich Mathes‘ Anspannung. Die Gesichter der grimmig dreinblickenden Männer in den ersten Reihen waren im Schein der Laterne bereits zu erkennen. Mathes hoffte, es könnten vielleicht doch die Dreißiger sein, deren Angehörige niemals auf ihre eigenen Leute geschossen hätten. Aber die Gesichtszüge der Soldaten waren fremd, slawisch anmutend, aus dem Osten. Keiner schien von hier zu stammen. Das verhieß nichts Gutes. Endlich wurde das Kommando zum Anhalten gegeben.

Keine zwanzig Meter trennten die beiden Parteien voneinander.

Tont war währenddessen keinen Zentimeter von seiner Position vor den Gefährten gewichen. Direkt hinter ihm stand sein Bruder Sebastian.

Ihm gegenüber trat ein Offizier vor seine Männer.

Mit einem Mal wurde es heller. War das nicht manchmal so vor einem großen Unglück?, fragte sich Mathes.

Es war der Vollmond, der von den Wolken freigegeben worden war und für einen Moment die Szenerie in seinem fahlen Licht einzufrieren schien. Etwas flog über Mathes hinweg und schlug drüben zwischen den Soldaten ein.

»Hört sofort auf damit!« Andreas Tont drehte sich mit nach oben gestreckten Armen zu seinen Leuten um.

Drüben wurde ein Befehl erteilt. Die ersten beiden Reihen der Soldaten brachten ihre Gewehre in Anschlag.

Das Aufstoßen des Gefängnistores ließ Mathes zusammenzucken. Zum Glück hatten alle die Nerven behalten. Kommandant von Maltitz trat, gefolgt von der kleinen Abordnung der Protestler auf den Vorplatz. Unbeeindruckt von den aufmarschierten Soldaten richtete er sich an die versammelten Einheimischen. »Ihre Leute konnten sich davon überzeugen, dass sich vor Ort keine Soldaten des dreißigsten Regiments in Haft befinden. Dazu haben sie alle Haftzellen aufgesucht. Stimmen Sie mir zu?«

Die drei nickten stumm.

»Hauptmann von Hanfstengel«, stellte sich der Anführer der Soldaten mit militärischer Ehrerweisung dem Gefängniskommandanten vor. »Wir räumen das Gelände.«

»Hier wird nicht geräumt.« Sebastian Tont, Gastronom in St. Matthias, kniete mit angelegtem Gewehr neben seinem Bruder Andreas. Noch bevor dieser eingreifen konnte, löste sich der Schuss.

Mathes war geschockt. Der Hauptmann wendete sich den Aufständischen zu. Er schien unverletzt zu sein. Mündungsfeuer blitzte neben ihm auf. Einige seiner Soldaten hatten das Feuer eröffnet.

Mathes wurde von den in Panik flüchtenden Menschen um ihn herum mitgerissen und dann zur Seite gedrängt, bis die meisten an ihm vorbeigestürmt waren. Zurückblickend sah er mehrere Männer, die am Boden lagen. Erst jetzt spürte er die Angst vor den Gewehren der preußischen Soldaten im Rücken, die ihn zur Flucht antrieb. Wahrscheinlich war er in seinem Leben noch nie so schnell gelaufen, selbst als Pitter mit dem Hammer hinter ihm her gewesen war.

Hinter der ersten Ecke war er zwar aus der Schusslinie, rannte aber weiter, weil er befürchtete, die Soldaten könnten die Flüchtenden verfolgen.

Im oberen Teil der Dietrichstraße hatte sich eine Menschenmenge angesammelt, sodass es nur noch langsam voranging.

Begleitet von Krachen und Gepolter schallten zwischen den Häusern immer wieder die Rufe, bei denen sich Andreas Tonts Stimme am Lautesten hervortat: »Bürgerblut ist geflossen, Bürgerblut wurde vergossen! Herbei alle Mann! Zu den Barrikaden, zu den Barrikaden!«

Über den Ablaufkanälen waren die Bohlen herausgerissen, die sich zwischen dem Frankenturm und dem Warsberger Hof quer über die Straße türmten. Mathes, Julian und Kaspar kletterten darüber.

Andreas Tont koordinierte, wo das von allen Seiten herbeigeschleppte Material, bestehend aus Karren, Fässern, Balken, Bänken, Möbeln und Scheiten von einem nahen Holzplatz aufgetürmt werden sollte. Sein Bruder war nirgends zu sehen.

Dahinter war das helle Klicken der aufeinanderstoßenden Pflastersteine zu hören, die aus der Straße gebrochen und zu kleinen Hügeln aufgeschichtet wurden.

Ebenso wie vorhin am Militärgefängnis war, erst leise und dann immer lauter werdend, das Getrappel der schnellen Schrittes herbeieilenden preußischen Hundertschaft zu hören.

Der Barrikadenbau wurde unterbrochen.

»Männer, an die Gewehre!«, brüllte Tont. »Jeder *Polack*, der über die Barrikade will, bekommt eine Kugel.«

Mathes hatte die Handgriffe so oft geübt, dass es ihm auch in der Dunkelheit gelang, seine Flinte zu laden. Auf der Barrikade hatten sich schon etliche Schützen der Bürgerwehr mit dem Gewehr im Anschlag auf die Lauer gelegt. Sein Ruf als guter Schütze ließ seine Kameraden im mittleren Teil der Barrikade näher zusammenrücken, um ihm eine gute Position zu verschaffen. Das konnte zur Folge haben, bei einem Schusswechsel mit den Soldaten voll in deren Feuerlinie zu liegen. Mathes hatte gerade erlebt, dass diese nicht lange fackelten.

Kaum hatte er sich bäuchlings zwischen Balken und Fässern ausgestreckt und seine Flinte auf die dunkle Straße gerichtet, waren bereits schemenhaft die ersten Helme der heranmarschierenden Truppe zu erkennen.

Oben auf der Barrikade stand wie ein Fels in der Brandung Andreas Tont, sich den schnell näherkommenden Soldaten entgegenstellend.

»Halt, keinen Schritt weiter.« Er reckte den Säbel in die Höhe. »Keinen Schritt weiter!«

Der Trupp kam unbeirrt näher.

»Pflanzt die Bajonette auf!«, befahl der Hauptmann.

»Dann los!« Tont tauchte ab, und über ihn flogen bereits die ersten Pflastersteine und landeten dicht wie ein Schwall riesiger Hagelkörner auf der Straße.

Ob die Truppe auf Befehl des Hauptmanns oder aufgrund der Attacke augenblicklich anhielt, konnte Mathes nicht ausmachen. Einzelne Steine rollten bis zu den Stiefeln der Soldaten in den ersten Reihen.

Tont richtete sich auf. »Das war nur der Vorgeschmack!«

Der erste Schuss würde Tont treffen, der zweite auf der Gegenseite den Hauptmann von Hanfstengel. Mathes hatte ihn ins Visier seiner Flinte genommen. Es war das erste Mal, dass er auf einen Menschen zielte, aber hier ging es um Leben und Tod. Für Sentimentalitäten war keine Zeit. Hinter der Barrikade standen weitere Männer mit geladenen Flinten, die sie nach vorn an die Schützen reichen oder, falls nötig, die Kameraden ersetzen konnten.

Hauptmann von Hanfstengel schien der Gedanke zu beschäftigen, dass nicht mehr als ein Dutzend Soldaten in der engen Gasse nebeneinander Platz fanden. Der Gegner hatte deutlich mehr Läufe auf sie gerichtet und obendrein Deckung.

»Wir kommen wieder und dann gnade euch Gott!«, schnarrte von Hanfstengel durch zusammengebissene Zähne. Dann gab er der Truppe den Befehl zum Rückzug.

Unter dem Siegesgeheul der Aufständischen zogen die preußischen Soldaten die Dietrichstraße hinunter.

Mathes wollte sich aufrichten, wurde jedoch an beiden Schultern niedergehalten. Julian und Kaspar hatten noch ihre Flinten im Anschlag.

»Auf so einen Trick fallen wir nicht rein.« Kaspar sprach wieder ohne zu lallen. »Die tun so, als würden sie abziehen, und dann überlegen sie es sich anders.«

»Aber das wäre doch unehrenhaft«, entrüstete sich Mathes.

»Was bedeutet die Ehre schon angesichts des Todes? Lieber unehrenhaft überlebt als angesehen gestorben.« Julian blieb ebenfalls liegen, und so musste sich Mathes gedulden, bis auch seine beiden Freunde als die letzten Verteidiger von der Barrikade stiegen.

38

Andreas Tont hatte sich für seinen Erfolg nicht feiern lassen wollen und war bereits weitergeeilt. Die Bürgerwehr sollte sich am Kornmarkt treffen und die Lage besprechen.

Auf dem Weg dorthin wurden Mathes, Kaspar und Julian bereits ausgangs der Dietrichstraße vom nächsten Barrikadenbau aufgehalten. Am Hauptmarkt und an den Zugängen zu allen Gassen und Straßen ringsum herrschte hektische Betriebsamkeit. Zudem erklangen nun die Glocken von St. Gangolf. Als Mathes zum Turm hinaufsah, wurde dort eine rote Fahne gehisst. Wenig später läuteten auch die Domglocken Sturm. Wer jetzt noch nicht in der Stadt Bescheid wusste, der schlief den Schlaf der Gerechten.

An der Fleischstraße hatten die Gäste des *Kleinen* und des *Großen Stern* Schulbänke requiriert. Diese türmten sich inzwischen bis zum Balkon eines Hauses in die Höhe. Wenige hundert Meter weiter waren vor der Poststation am Kornmarkt zwei Kutschen umgeworfen worden. Darüber lagen Regale aus der Post. Sogar volle Säcke mit Briefen und Paketen fanden beim Barrikadenbau Verwendung.

Eine stattliche Anzahl von Mitgliedern der Bürgerwehr hatte sich bereits vor dem Rathaus am Kornmarkt versammelt.

Als die Glocken verstummten, waren von überall Schläge von Äxten und Hämmern, das Spittern von Holz und Glas und das Grölen von Menschen zu hören. Es schien so, als würden in allen Straßen der Innenstadt Barrikaden errichtet.

Mathes war erst unschlüssig, ob er nicht noch vorher zu Hause nach dem Rechten sehen sollte, folgte dann aber Julian und Kaspar hinauf in den großen Rathaussaal zur Versammlung der Bürgerwehr.

Zwar schlugen einige Redner gemäßigte Töne an, aber die Mehrheit war hoch motiviert. Manche waren sogar der Ansicht, man müsse einen direkten Angriff auf das Militär führen. Nach und nach verließen die meisten der Besonnenen den Saal.

Tont hatte die Diskussion eine Zeitlang stumm verfolgt. Nun erhob er sich und verkündete: »Wir müssen als Erstes die Stadttore besetzen. Ich werde das Neutor übernehmen.«

»Sollen wir nicht lieber mit den Preußen verhandeln?«, meinte Friedrich Zell, der immer noch nicht die Hoffnung auf einen friedlichen Ausgang aufgegeben hatte. »General von Schreckenstein ist heute Abend aus Koblenz hier angekommen. Er ist im Roten Haus am Hauptmarkt abgestiegen. Wir könnten ...«

»Was gibt es da noch zu verhandeln? Bürgerblut ist geflossen«, unterbrach ihn Tont. »Zwei Kameraden ringen mit dem Tod, andere sind schwer verletzt.«

»Aber wir könnten weiteres Blutvergießen vermeiden«, wandte Zell ein.

»Wenn du vorhin dabei gewesen wärst, dann würdest du jetzt anders reden. Beim Brückentor hast du auch nicht erlebt, wie schnell die Preußen auf uns geschossen haben.« Tont zog seinen Säbel und schwang die Spitze nah vor dem Gesicht seines Widersachers. »Am besten ist es, Friedrich, du gehst nach Hause und schonst damit dein eigenes Blut.«

»Das ist unerhört für eine demokratische Versammlung ...« Friedrich Zell stürmte wutschnaubend aus dem Saal.

Bis auf eine Wache, die im Rathaussaal für alle Fälle verfügbar bleiben sollte, einigte man sich darauf, dass die gesamte Bürgerwehr erst einmal die Stadt gegen die Preußen sicherte. Da gab es noch viel zu tun.

Auf dem Weg nach Hause beschlich Mathes ein ungutes Gefühl. Er war froh, dass Kaspar und Julian ihn begleiteten. Erst einmal galt es, eine Barrikade an der Ecke zum Kornmarkt zu überwinden. Weiter ging es über die Brotstraße, wo an vielen Stellen das Kopfsteinpflaster herausgerissen worden war. Die Steine waren nach oben in die Häuser getragen worden, um damit die feindlichen Soldaten zu bombardieren. Fassreifen waren ausgestreut, um die Reiter zu behindern. An der Barrikade zur Jesuitenstraße erkannte Mathes die Schulbänke, Stühle und Pulte der Lehrer aus dem Königlichen Gymnasium wieder.

Erleichtert stellte er fest, dass zu Hause alles in Ordung zu sein schien. Die Verbretterung an der Front zur Brotstraße war unversehrt. Sie bahnten sich einen Weg über den Schulhof des Gymnasiums zwischen Heften, Büchern, Blättern, Stiften und Tintenfässern, die bei der Plünderung aus den Schulmöbeln gefallen sein mussten, bis zum Hinterhof der Fischers.

Nachdem Mathes' Vater, der in der dunklen Werkstatt ausharrte, ihn zum Hoffenster hereingelassen hatte, umarmte er seinen Sohn. Soweit Mathes sich erinnern konnte, hatte er das noch nie getan.

»Ich habe mir Sorgen gemacht, mein Junge«, sagte er. »Ich weiß nicht, was jetzt passiert.«

»Das wissen wir alle nicht«, antwortete Mathes. »Hauptsache, die Preußen machen keinen Quatsch. Wie geht es Mutter, Frieda und Theo?«

»Die sind oben in der Wohnung und beten den Rosenkranz.«

»Sag ihnen bitte Bescheid, dass ich hier war. Die Barrikade nebenan ist fertig. Die haben genug Möbel im Gymnasium gefunden, ihr braucht nichts zu befürchten.«

»Du willst wieder weg?«

»Julian und Kaspar warten draußen auf mich. Wir wollen auch mal nach dem Laden von den Meckels sehen.«

Schweigend gingen die drei zwischen den dunklen Häusern hindurch, wo hinter manchen Fenstern die Bewohner wie die Mäuschen im Loch hockten und angstvoll dem Treiben lauschten, das von überall her ertönte. Mitten in der Hosengasse, unterhalb der Metzgerei Blasius, ragte zwischen den Häusern eine dunkler Koloss auf. Als sie näher kamen, regte sich etwas im Inneren des Ungetüms. An ihren schwarzrot-goldenen Kokarden wurden Mathes und seine beiden Gefährten als Verbündete identifiziert und von den Wächtern durch ein Gewirr aus Hölzern, Bettgestellen, Bütten, Schränken, Truhen, Pfählen und Steinen geschleust. An der Ecke zum Breitenstein fuhr Mathes ein gehöriger Schreck in die Glieder. Die Tür zum Kolonialwarenladen war aufgebrochen. Mathes lief sofort los, gefolgt von Julian und Kaspar. Vor den Stufen lag ein Spaten, mit dem offensichtlich erst die Holzverkleidung und anschließend die Tür aufgebrochen worden war.

Von drinnen war ein Klirren und Schreie zu vernehmen. Mathes riss sich die Flinte von der Schulter. Sie war noch geladen.

»Alle Mann sofort raus!«, brüllte er durch die offene Ladentür. Erst als er einen Warnschuss abgab, war kein Laut mehr zu hören.

»Ihr kommt mit erhobenen Händen heraus! Sonst feuern wir in den Laden!«

»Mir wollten nur wat für die Barrikad hollen«, rief jemand von innen. Vom Akzent her stammte der Mann von der Mosel.

Kaspar und Julian hatten ihre Flinten abgenommen und die Läufe auf die Tür gerichtet.

»Eins«, begann Mathes zu zählen, während er sein Gewehr nachlud. »Zwei ...«

»Mir kommen.« Drei bärtige Männer in abgerissener Kleidung kamen mit erhobenen Händen aus der Tür.

»Haltet sie in Schach, ich gucke mal, was drinnen los ist.« Mathes betrat vorsichtig den Laden. Er wusste nicht, ob sich noch einer der Kerle dort versteckte.

»Ich bin es«, rief Mathes.

»Gott sei Dank«, war die schwache Stimme von Kathis Vater aus dem Nebenzimmer zu hören. Unter Mathes' Sohlen knirschten Scherben. Statt des üblichen Dufts umfing ihn ein säuerliches Aroma. Wenn die Kerle Kathi etwas angetan hatten, würde er sie eigenhändig umbringen.

Selbst im fahlen Schein der Kerze war zu sehen, dass Franz Meckel geschlagen worden war. An der Lippe klebte

Blut, an den Wangen waren Schürfwunden und Prellungen zu erkennen.

»Die Kerle wollten die Regale und das Sofa für die Barrikade am Mustor«, sagte Kathis Vater. »Und sie haben nach Schnaps verlangt.«

Auf der Treppe waren schnelle Schritte zu hören. Kathi kam durch die Tür zum Treppenhaus ins Zimmer gestürzt.

»Haben sie dir was getan?« Sie beugte sich zu ihrem Vater hinunter, der auf dem Sofa saß. »Sind sie weg?« Sie setzte sich neben ihn und sah die Spuren der Misshandlung in seinem Gesicht. »Tut's weh? Soll ich was zum Kühlen holen?«

»Die paar Ohrfeigen sind halb so schlimm gegenüber dem, was die Saubande im Laden angerichtet hat.«

»Ich bin so froh, dass du noch rechtzeitig gekommen bist.« Kathi stand auf und umarmte Mathes in Gegenwart ihres Vaters.

»Heute wollen mich alle drücken, ich weiß auch nicht, was los ist«, sagte Mathes verlegen. Dabei ließ er Kathi nicht los.

»Ich hatte so eine Angst um meinen Vater«, flüsterte sie.

Er spürte ihre Tränen, als er ihr tröstend mit der Hand über die Wange strich.

»Wo sind die Halunken?«, fragte Mathes, als er zu seinen beiden Freunden auf die Straße trat.

»Abgehauen«, antwortete Julian lapidar.

»Konntet ihr sie nicht aufhalten?«

»Hätte ich ihnen in den Rücken schießen sollen?«, fragte Kaspar.

»Als Jurist kann ich dir nur Folgendes sagen«, hob Julian zu einer Erklärung an. »Wir können die Räuber nicht der Polizei übergeben, weil diese in der jetzigen Situation nicht existent ist. Bei der Bürgerwehr würden sich die Strolche als Verteidiger der Stadt herausreden.« Er zeigte mit der Hand in Richtung Innenstadt. »Irgendwoher muss das Material für den Bau der Barrikaden ja kommen.«

»Das ist aber kein Grund, ehrbare Kaufleute zu schlagen, ihre Waren zu zerstören und sie zu erpressen und zu berauben.«

Julian zuckte mit den Schultern. »Das steht auf einem anderen Blatt, aber manchmal heiligt der Zweck die Mittel.« Auf Mathes' fragenden Blick hin ergänzte er: »Es spricht nur der unparteiische emotionslose Jurist.« Er grinste. »An deiner Stelle hätte ich ihnen eine Ladung Schrot in den Arsch gejagt.«

Mathes nahm Julian in den Arm und drückte ihn fest. »Ich hab dich gern.« Er klopfte ihm auf die Schulter. »Natürlich mit Einschränkungen.«

»Da bin ich beruhigt«, murmelte Julian.

»Und zu dir war ich hoffentlich nie ungerecht.« Mathes klopfte Kaspar auf die Schulter.

»Da reden wir ein andermal drüber.« Kaspar kratzte sich sein breites Kinn. »Was machen wir, wenn die gleich mit Verstärkung wiederkommen?«

»Dann werden wir sehen.«

Kaum hatten sie sich die Pfeifen angezündet, da donnerte eine Gewehrsalve. Alle drei zuckten zusammen und suchten augenblicklich neben der Eingangstür an der Hauswand zur Hosengasse Deckung. Die Schüsse schienen in nicht allzu weiter Entfernung gefallen zu sein. Wahrscheinlich dort, wo bis vorhin noch an einer Barrikade gebaut worden war.

Mathes glaubte, eine ähnliche Gewehrsalve gehört zu haben, wie sie zuvor am Militärgefängnis abgefeuert worden war. Er spürte erneut den Schauer und das Gefühl, womöglich selbst getroffen worden zu sein und den Schmerz noch nicht zu spüren. Die Freunde erschraken, als eine fette schwarze Katze um die Ecke schoss. Sie verschwand im Lüftungsloch eines Kellers.

Mathes und seine Kameraden lauschten stumm dem schnellen Fußgetrappel, das näher kam. Es schien sich nicht um die Stiefel von Soldaten zu handeln. Die Schritte entfernten sich. Wahrscheinlich hatten sich die Männer der Liebfrauenstraße zugewandt.

»Die Ballerei kam bestimmt von den *Polacken* unter dem Dreckskerl Hanfstengel«, vermutete Julian.

»Wenn ich den Hanfstengel hier hätte«, meinte Mathes, »würde ich ihn in meiner Pfeife rauchen.«

In einer anderen Situation hätten Kaspar und Julian losgeprustet, nun war ihnen nicht nach Lachen zumute.

Franz Meckel erschien mit einem Leuchter in der Tür. »Kommt doch bitte herein«, lud er die drei ein »und trinkt einen Schluck.«

»Danke, es ist spät geworden«, sagte Kaspar. »Ich mache mich mal nach Hause auf.«

Julian wollte sich ebenfalls verabschieden.

»Dann bringe ich euch aber vorher noch einen Schlummertrunk. Drinnen ist es gerade eh nicht so gemütlich.«

Kurz darauf erschien Kathi mit einem Tablett mit Gläsern, ihr Vater hatte eine Flasche in der Hand und schenkte in die fünf Gläser ein.

Sie stießen an. Es war ein ganz feiner Calvados, den er, wie er berichtete, aus der Normandie mitgebracht hatte.

Der Lärm in der Stadt hatte deutlich nachgelassen. Das Errichten der meisten Barrikaden schien beendet zu sein.

Ein Karren, von zwei Männern geschoben, rumpelte vom Mustor her über die Straße. Auf dem zweirädrigen Wagen lag, eingehüllt in eine Decke, ein Verletzter mit einem Kopfverband.

»Was machst du denn hier noch so spät?« Nur an der Stimme erkannte Mathes Heinrich Rosbach. Erst im Licht des Kerzenleuchters waren sein schweißglänzendes Gesicht und das eines Helfers zu erkennen. Der Verletzte war einer der drei Männer, die sich Zutritt zu dem Kolonialwarenladen verschafft und Kathis Vater verprügelt hatten.

»Guckt, wat die mir angetan hann, und den Martin, den hann de Preußen erschoss.«

»Das war mein dritter Toter für heute Abend«, stöhnte Heinrich.

»Darf ich Ihnen einen Calvados anbieten, Herr Dr. Rosbach«, bot Franz Meckel an.

»Danke, ich trinke nicht im Dienst«, lehnte dieser ab.

»Ich könnt' einen vertragen«, meinte der Mann auf der Bahre.

Der Besitzer des Kolonialwarenladens ignorierte ihn und wandte sich wieder an den Arzt. »Sind nicht auch Männer vor dem Militärgefängnis angeschossen worden?«

Heinrich nickte. »Für zwei von ihnen gab es leider keine Hilfe mehr.« Der Karren setzte sich wieder in Bewegung. »Heute ist ein schlimmer Tag für die Stadt.«

Kaspar und Julian verabschiedeten sich kurz darauf. Mathes schaute ihnen nach und überlegte, wie oft sie wohl auf dem Nachhauseweg von Hindernissen aufgehalten werden würden.

Vom Mustor näherten sich ein paar Gestalten. Mathes folgte Franz Meckel, der in die Tür seines Ladens zurückgewichen war. Dabei packte er sein Gewehr. Die Männer bogen in Richtung des Doms ab.

Nachdem sie die Tür und die Verkleidung wieder provisorisch in Ordnung gebracht hatten, schenkte ihm Kathis Vater im Nebenraum einen Calvados nach.

»Ich habe mich bisher noch nicht getraut«, sagte Mathes, als er seinem Gegenüber zuprostete. »Aber ich kann Ihnen versichern, dass ich bald einen eigenen Laden haben werde und dann auch über genügend Einnahmen verfüge, um für eine Familie zu sorgen.«

»Mathes, das glaube ich dir, und wenn auch meine Tochter das will, dann hast du meinen Segen.« Franz Meckel stellte sein Glas auf das Tablett neben dem Kerzenständer und nahm Mathes in den Arm.

Währenddessen hatte Kathi vorn im Laden mit dem Aufräumen begonnen. Zusammen stellten sie die umgestürzten Regale wieder auf und vereinbarten, am nächsten Morgen weiterzuarbeiten.

Mathes' Angebot, im Nebenraum auf dem Sofa zu übernachten, hatte Kathis Vater angenommen. Er schien nichts davon zu ahnen, dass Mathes schon einmal die Nacht hier verbracht hatte.

Wenig später brachte ihm Kathi ein Kissen und eine Decke und ließ die Tür zum Treppenhaus offen.

»Wo warst du in den letzten Tagen?«, fragte sie. »Ich hab'
mir auch um dich Sorgen gemacht.«

»Es ging sehr turbulent zu und dann ist mir auch noch
...«

»Alles gut.« Sie legte ihm den Zeigefinger auf die Lippen,
stellte sich auf die Zehenspitzen und küsste ihn. »Und vielen Dank nochmal für deine Hilfe, auch an deine Freunde.«

»Weißt du, woran ich gerade denke?«, fragte er und um-
fasste ihre Taille.

»Da denke ich auch dran«, antwortete sie. »Es war sehr
schön.«

Sie küssten sich noch einmal. Dann entwand sie sich
seiner Umarmung und zog die Tür hinter sich zu.

In der Nacht kehrte draußen nach und nach Ruhe ein –
eine gespenstische Ruhe. Das wäre der richtige Moment für
die Preußen, die Stadt zurückzuerobern, überlegte Mathes.
Er bildete sich schon ein, aus der Ferne die im Gleichschritt
vorrückenden Truppen zu hören, so wie er es noch im Ohr
hatte.

Viel Gegenwehr würden sie in der Nacht an den meisten
Barrikaden nicht zu befürchten haben. Und wenn es sein
musste, käme es hier und da zu blutigen Gemetzeln, bevor
die Straßensperren eingerissen würden. Bis dies geschah,
hatte das Gesindel auf den Straßen freie Bahn. Irgendwann
schlief Mathes ein und träumte, in eine Straßenschlacht
zwischen Militär und Aufständischen geraten zu sein. Als
er erwachte, presste er beide Hände auf seinen Bauch. Nur
zögerlich nahm er sie schließlich weg und spürte, dass ihn
keine preußische Gewehrkugel getroffen hatte.

Er nickte wieder ein und schreckte ein weiteres Mal auf.
Ganz in der Nähe knirschte es leise. Eine gebückte Gestalt

zeichnete sich gegen das durch die Ritzen der Bretter fallende Licht ab. Mathes' Gewehr lehnte an der gegenüberliegenden Wand.

»Bist du wach?«, flüsterte eine Stimme.

»Nein, ich träume noch von dir.«

»Entschuldige, dass ich dich geweckt habe, aber ich konnte nicht mehr schlafen bei dem Gedanken, wie schlimm es hier aussieht.«

»Und ich kann nicht schlafen bei dem Gedanken, wie schön du aussiehst.«

»Bist du frühmorgens immer so ein Charmeur?«

»Du kannst es ja ausprobieren. Dein Vater ist übrigens mit der Heirat einverstanden.«

»Aber erst, wenn du deinen Laden hast und genug verdienst, um eine Familie zu ernähren.«

»Hast du gelauscht?«

»Es ging schließlich um mich.«

Er bekam ihre Hand zu fassen und zog sie zu sich. »Um uns ...«

Der Kolonialwarenladen der Meckels würde heute und wahrscheinlich auch in den nächsten Tagen nicht geöffnet werden können. Erst mussten die Schäden beseitigt werden. Es war fraglich, ob überhaupt noch genügend brauchbare Ware vorhanden war. In der aktuellen Situation wäre das Geschäft wahrscheinlich sowieso geschlossen geblieben. Kathi und Mathes lauschten eine Weile hinter der Haustür, bevor sie sich noch einmal kurz umarmten und Mathes vorsichtig hinausschlüpfte.

»Pass auf dich auf!«, flüsterte Kathi hinter ihm her.

Um diese Zeit waren am Knotenpunkt vor der Basilika, wo mehrere Straßen aufeinandertrafen, für gewöhnlich bereits viele Menschen unterwegs. Färber, Weber, Handwerker und Arbeiter, Angestellte, Beamte und Verkäuferinnen gingen zur Arbeit, Soldatentrupps zur Wachablösung. Fuhrleute überholten mit ihren vollbepackten Wagen die Reisenden, die es womöglich verpasst hatten, vor zehn Uhr abends, wo alle vier Stadttore geschlossen wurden, zum Mustor zu gelangen und so die Nacht in den Anlagen vor der Stadtmauer hatten verbringen müssen. Dazu kamen Handelsvertreter mit Waren aller Art, Marktleute aus Olewig und Heiligkreuz, Kirchgänger auf dem Weg zu den ersten Gottesdiensten, Mütter, die mit ihren Kindern zu den Gärten und Feldern unterwegs waren, Bettler, Hausierer und Fremde, denen man im Dunkeln lieber nicht begegnen wollte, außerdem Leute, mit denen sich Mathes gerne unterhalten hätte und sicher war, von ihnen Interessantes zu erfahren – all diese Menschen zogen es heute Morgen vor, da zu bleiben, wo sie waren. Die Straßen waren so leer wie zwei Stunden vor der Frühmesse am Sonntagmorgen.

Dicht an der Wand entlang bewegte sich Mathes zur Hausecke.

Vom Mustor wehten dünne Rauchschwaden herüber. Der Brandgeruch schien überwiegend von Holz zu stammen. Er fragte sich, ob das Feuer von erzürnten Soldaten oder frustrierten Aufständischen gelegt worden war.

Zwischen dem aufgerissenen Pflaster in der Hosengasse lagen Kleidungsstücke, die wohl aus requirierten Schubladen, Kisten und Schränken gerutscht waren.

Lag es an seiner Übermüdung, dem geladenen Gewehr oder hatte er mehr Selbstvertrauen gewonnen? Wäre Pitter jetzt aus der nach der Plünderung nur notdürftig verbretterten Metzgerei Blasius gekommen, hätte das Mathes nicht sonderlich beeindruckt.

Das Gerümpel an der Barrikade inmitten der Straße schien sich noch höher zu türmen, als er es von der Nacht in Erinnerung hatte. Hier schien kein Durchkommen möglich. Die Wächter waren auf der anderen Seite versammelt, weil sie einen möglichen Angriff aus Richtung der Kaserne im Kurfürstlichen Palais erwarteten.

Er war schon dabei, sich auf den Rückzug zu machen und sein Glück in der Jesuitenstraße zu versuchen, als neben ihm eine Haustür geöffnet wurde. Ein Mann, den Mathes nur vom Sehen kannte, geleitete ihn durch eine verwinkelte Wohnung in einen schmalen Hinterhof zwischen zwei hoch aufragenden Häuserzeilen. Hier sah es ähnlich aus wie hinterm Haus von Mathes' Eltern: Hühner- und Kaninchenställe, ein kleiner mit Draht eingezäunter Kräutergarten, pickende Hühner zwischen einem hölzernen Regenwasserfass, Bretterstapel und Ofenscheite und ein vermooster Steinhaufen. Zwischen all dem stolperte Mathes hinter dem Mann her und gelangte schließlich durch ein weiteres Haus an der anderen Seite der Barrikade zurück auf die Straße und war kurze Zeit später zu Hause.

39

Kaum war Mathes im Laden und hatte seinem von der Nachtwache im Laden vollkommen übermüdet wirkenden Vater von den Ereignissen bei den Meckels berichtet, verabschiedete sich dieser nach oben in die Wohnung.

Mathes schlug die Zeitung auf und verwarf beim Lesen der Ereignisse, die angesichts des jüngsten Geschehens fast gänzlich an Bedeutung verloren hatten, den Gedanken, sich ebenfalls aufs Ohr zu legen.

Zur Pausenzeit öffnete er wie gewohnt das Fenster zum Schulhof, aber kein Schüler ließ sich blicken. Der Unterricht war heute ausgefallen. Wie hätte er auch ohne Tische und Bänke abgehalten werden sollen?

Die festen Tritte des ersten Besuchers am Morgen konnten nur einem gehören. Herein stapfte Linsenwöllm. Weil auf der Straße weder Wagen noch Passanten unterwegs waren, klangen seine Schritte noch lauter als gewöhnlich.

Auf den Gurt über der Schulter des Besuchers deutend fragte Mathes: »Wie willst du denn heute was durch die Stadt schleppen?«

»Ich hatt heut schon ne Menge am Haken.«

»Über die Barrikaden hinweg?«

»Nee, nur dran und drauf.« Linsenwöllm grinste. »Et solln schon über hunnert sin.«

»So viele? Ich glaube, du übertreibst.«

»Dann zähl se doch selberst.«

»Ich verzichte freiwillig.«

»Unn en paar Fässer hann ich auch schon gerollt. Aus der Brauerei vom ...«

»Caspary?«, versuchte Mathes auszuhelfen.

Linsenwöllm nickte.

»Der hat gutes Bier«, meinte Mathes.

»Ich trink liewer Viez.« Nach seiner Bierfahne zu urteilen, musste er heute eine Ausnahme gemacht haben.

»De Bürgerwehr is scho unterwegs. Warum hockste hier rum?«, fragte sein Besucher.

»Der Vater hat sich hingelegt.«

»Lass den Laden zu. De Leut hann heut anneres zu tun.«

»Kann schon sein, aber das von gestern hat mir gereicht«, sagte Mathes. »In der Langgasse haben die *Polacken* auf mich geschossen. Und auf alle Leute, die da waren. Und danach in der Dietrichstraße war es ganz nah dran.« Er schüttelte den Kopf. »Da hätte es zu einem Blutbad, einem richtigen Gemetzel kommen können.« Mathes versuchte, bedeutungsvoll zu schauen. »Ich weiß nicht, ob ich beim nächsten Mal wieder so viel Glück habe. Das will ich lieber nicht herausfordern.«

»Wenn geschoss wird, dann nehm ich auch de Bein in de Händ.«

»Recht hast du, die Mutigen liegen als Erste auf dem Friedhof.«

»Ich hann davon gehört, dat de *Polacken* in de Dietrichstraße komm sinn.«

»Wir haben den Hanfstengel mit seinen Leuten aufgehalten.«

»Du hass ihn in der Peif geraucht, dat hann ich scho gehört.«

»Woher ... das kann doch nicht sein«, wunderte sich Mathes.

»Dein Sprüch machen in letzter Zeit in der Stadt schneller de Rund, als du se geschwätzt hast.«

Zum Mittagessen war Mathes' Vater wieder aufgestanden. Mutter füllte die Teller. Am Tisch herrschte eine gedrückte Stimmung. Sie aßen schweigend. Jeder machte sich Gedanken darüber, was werden sollte. Nur der kleine Theo war unbekümmert wie immer. Frieda übernahm wie in früheren

Zeiten den Abwasch. Mathes trocknete ab und ließ zwischendurch seinen freudig quiekenden Neffen an seinem Geschirrtuch ziehen.

Anschließend ging der Vater runter in die Werkstatt und Mathes machte sich auf den Weg durch die Brotstraße.

An der Einmündung zum Kornmarkt hatte sich die Umgebung rund um die Barrikaden in ein Trümmerfeld verwandelt. Glasscherben knirschten unter seinen Schuhen. An vielen Häusern fehlten Türen und Fensterläden. Scheiben waren zerschlagen. Er stolperte über Pflastersteine, Hausrat, zertretene Körbe, Splitter und Lumpen.

Die großen Pfützen neben den vor der Barrikade stehenden Fässern zeugten von dem Saufgelage, das hier in der letzten Nacht stattgefunden haben musste.

Mathes grüßte die Wachposten, die teils noch von der Nacht übrig geblieben waren, und drückte sich durch einen schmalen Durchgang entlang der Hausmauer an der Barrikade vorbei.

Auf der anderen Seite bot sich ihm ebenfalls ein Bild der Zerstörung.

Weiter abwärts erkannte Mathes erst auf den zweiten Blick den jungen Mann, der da ohne Hut und mit zerzausten Haaren sich zur Erde hinunterbeugte. Unter der Jacke trug er statt des üblichen Rüschenhemdes nur ein leinenes Unterhemd. Es war Julian, der zusammen mit Angestellten der Kanzlei Papiere von der Straße klaubte.

»Die haben gehaust wie die Vandalen!«, schimpfte sein ehemaliger Klassenkamerad. »Die haben uns nicht nur alle Möbel gestohlen, sondern auch alle Akten geplündert.«

Ein kurzer Blick in Richtung seines zukünftigen Ladens genügte, um Mathes' Befürchtungen zu bestätigen. Die Ladentür fehlte. Es gab keine Theke mehr, von den Regalen waren nur noch wenige zerbrochene Bretter und Splitter übrig. Damit war für Mathes der Traum vom eigenen Laden vorerst geplatzt.

Auch die Palaststraße war von einer gewaltigen Barrikade blockiert. Hier gab es, wie in der Brotstraße, einen kleinen Durchlass an der Häuserwand entlang. Den ganzen Nachmittag half Mathes im Laden der Meckels. Was von den Waren auf dem Boden noch zu gebrauchen war, musste sorgfältig in verschiedene Behälter gesammelt werden. Lange suchte er die Ritzen des Holzbodens ab, wohin die Kaffeebohnen aus einem der umgestürzten Säcke gerollt waren. Auch bei den Meckels wurde kaum etwas gesprochen. Von draußen waren, im Unterschied zum Vortag, auch keine euphorischen Rufe oder das Lachen von Feiernden zu hören. Die gedrückte Stimmung schien sich über die ganze Stadt ausgebreitet zu haben.

Es war noch hell, als sich Mathes ohne Abendessen ins Bett legte und gleich tief und fest schlief. Am nächsten Morgen weckte ihn niemand. Und wäre der kleine Theo nicht im Haus gewesen, der mit einem Rührlöffel auf einen Topfdeckel schlug, hätte Mathes womöglich den ganzen Tag verschlafen.

»Es ist vorbei.« Aus diesem Satz seines Vaters wurde Mathes erst nicht schlau.

Dann hörte er zu, wie der Vater ihm berichtete, was er von Linsenwöllm und anderen Kunden erfahren hatte: Der General von Schreckenstein hätte am gestrigen Abend an der Porta Kanonen in Stellung bringen lassen und damit gedroht, die Stadt zu beschießen. Daraufhin hätte man allerorts damit begonnen, die Barrikaden wieder abzubauen. Gleichzeitig sei eine Verhaftungswelle gestartet worden. Viele Anführer der Aufständischen seien geflohen, darunter der Gastwirt Götschel, Zigarrenfabrikant Andreas Tont, Theodor Gassen und noch viele andere.

1849

Mitte Juli

40

Linsenwölm war der Erste, von dem Mathes von den Cholerafällen im Kranen erfuhr. In dem Schifferviertel lebten vornehmlich arme Familien. Es folgten Gerüchte von Kunden, dass wohlhabende Familien bereits aus der Stadt flohen.

Tage später berichtete die *Trierische Zeitung* darüber. Mathes, der wie so häufig, wenn keine Kunden im Laden waren, in den Zeitungen stöberte, machte seinen Vater auf den Artikel aufmerksam.

»Die Krankheit hat, abgesehen von einigen plötzlich auftretenden Fällen, vieles von ihrem Schrecken verloren«, las Mathes vor. »Und während einerseits alle notwendigen Anordnungen zur Beschränkung des Übels getroffen werden, dürfen wir uns andererseits der beruhigenden Hoffnung hingeben, dass die Krankheit eine bedeutende Ausbreitung nicht erlangen wird.«

»Diese Worte in Gottes Ohr«, seufzte sein Vater. »Uns scheint wirklich nichts erspart zu bleiben.«

Als ein paar Tage danach Heinrich Rosbach den Laden betrat, um sich mit Schreibmaterial für seine Arztpraxis einzudecken, berichtete dieser, dass er die Lage keineswegs so harmlos einschätzte. Es sei inzwischen ein Saal im Klarissengebäude in der Dietrichstraße eingerichtet worden, wo bereits an die hundert Erkrankte Aufnahme gefunden hätten.

»Im Kranen ist es ganz schlimm, da leben sie zu fünft und sechst in einem Raum. Da verbreitet sich die Krankheit schnell.«

»Stimmt es, dass die Kesselstadts und Reverchons, und wie sie alle heißen, aus der Stadt geflohen sind?«, fragte Mathes.

»Ich habe auch davon gehört, aber einige sind geblieben, und die Ersten von den begüterten Familien sind schon betroffen.«

»Also gibt es die Cholera nicht nur unten im Kranen?«

»Längst nicht mehr«, sagte der Arzt. »Manche Familien wollen ihre Kranken auch nicht zu den Klarissen bringen und lassen sie zu Hause behandeln.«

»Und was ist mit der Ansteckungsgefahr?«

»Die ist hochgradig vorhanden.« Heinrich stockte. »Ich will dir nichts vormachen. Meine Familie habe ich an die Saar nach Kanzem bringen lassen. Besser ist besser. Ich will die Krankheit nicht nach Hause schleppen.«

»Und was sollen wir machen?«, fragte Mathes besorgt.

»Hygiene ist wichtig, sauberes Wasser, sauberes Essen.«

»Und die Ansteckung?«, wiederholte Mathes seine Frage.

»Aufpassen. Hände waschen.« Heinrich zuckte mit den Schultern, während er die Hefte in seine Tasche steckte und grüßend den Laden verließ.

Gegen Mittag machte sich Mathes auf einen Rundgang durch die Stadt. Im letzten Jahr war er mit der Anmietung eines Ladens in der Brotstraße gescheitert. In der Zwischenzeit hatte er einen Grundstock für die Einrichtung und die

Erstausstattung an Waren ansparen können. Fast täglich schaute und hörte er sich nach einem freien Laden im Bereich der Hauptstraßen um. Bevorzugt sollte er in der Simeonstraße zwischen der Porta und dem Hauptmarkt oder in der Grabenstraße und der Brotstraße liegen.

Auf dem Markt wurden deutlich weniger Waren angeboten. Er fragte sich, ob vieles schon bei Hamsterkäufen weggangen war oder ob es daran lag, dass weniger Bauern in die Stadt kamen.

Als ein Totenkarren an ihm vorbeirollte, ging er ihm, wie er es bei allen anderen Passanten beobachten konnte, so weit wie möglich aus dem Weg. Über den Straßen lag eine andere Stimmung als sonst. Die meisten Leute waren alleine unterwegs. Das übliche Rufen und Lachen war kaum mehr zu hören. Auch waren weniger Kinder zu sehen, deren Mütter sie wohl aus Angst nicht aus dem Haus ließen.

Gegen Ende seiner Runde durch die Stadt schaute Mathes bei Kathi in den Kolonialwarenladen. Er wartete, bis eine Kundin den Laden verlassen hatte, bevor er Kathi mit einem Kuss begrüßte.

Während Mathes ihr von Heinrichs Besuch erzählte, packte sie verschiedene Teesorten und Spezereien* in einen Korb. Kathis Vater war am frühen Morgen mit dem Moseldampfer auf Geschäftsreise Richtung Koblenz gefahren.

»Habt ihr auch schon so eine Anweisung bekommen?«, fragte sie und gab ihm ein Blatt, auf dem ein Stadtwappen gedruckt war. Darin wurden alle Bewohner angewiesen, täglich das Trottoir vor dem Haus abzuspülen und zu reinigen.

---

* Gewürze

»Da wird jeden Tag die Schelle geläutet und dann soll das gemacht werden«, erläuterte sie, während sie immer mehr in den großen Korb packte.

»Wenn du willst, kann ich den gleich ausliefern«, bot Mathes an. »Dann brauchst du den Laden nicht allein zu lassen.«

»Das ist sehr lieb von dir«, freute sie sich. »Bringst du den bitte zu den Klarissen?«

»Den Orden gibt es doch gar nicht mehr«, antwortete Mathes. Kaum hatte er es gesagt, wurde ihm klar, wohin der Korb gehen sollte. »Soll der zu der Cholerastation? Haben die den bestellt?«

»Nicht direkt bestellt. Aber die brauchen Lebensmittel, und guter Tee kann sicher auch helfen.«

Mathes war stolz auf Kathi. Sie war eine herzensgute Frau. Die Vincentiner, die sich um die Cholerakranken kümmerten, waren auf Spenden angewiesen. Kathi hatte ihn nicht gefragt, sondern er hatte angeboten, den Korb wegzubringen. Hätte er gewusst, dass es zu dem Klarissenhaus ging, wäre er möglicherweise nicht so hilfsbereit gewesen. Darüber dachte er nach, als er mit gemischten Gefühlen über den Markt zur Dietrichstraße eilte. Für einen Moment kam ihm der Gedanke, den Korb Linsenwöllm anzuvertrauen. Der wohnte selbst im Kranen und hätte sich womöglich gefreut, seinen kranken Mitbewohnern eine Freude zu machen, aber da musste er nun selbst durch. Er wechselte den Korb in die andere Hand und ging die lange Straße hinunter, bis er die Krankenstation in dem ehemaligen Kloster erreichte.

Im Tor zum Innenhof lehnte im Schatten an der Wand ein Schutzmann. Er hatte sich ein weißes Tuch vor den

Mund gebunden. Unter dem Helm stand ihm Schweiß auf der Stirn, die Uniformjacke war aufgeknöpft. Als er Mathes sah, blieb er in der lässigen Haltung stehen. Auf dessen Frage, wo er die Lebensmittel abgeben könne, wies der Mann stumm zum Hof, aus dem das Geklapper von Hufen zu hören war.

Der Wagen bog in die Einfahrt unter dem Torhaus ein. Mathes musste sich an dem Pferd vorbeidrücken und den Korb dicht vor sich halten. Der Mann, der den klapprigen Gaul am Zaumzeug führte, hatte ebenfalls ein Tuch vor Mund und Nase. In dem offenen Wagen lagen in Leinentücher gehüllte Bündel.

»Die sind alle von heute Morgen«, raunte ihm ein Mann zu, der hinter dem Karren ging. »Das ist die zweite Fuhre für heute. Davor hab ich die von der Nacht zum Friedhof gekarrt.« Auch sein Mund war von einem Tuch bedeckt.

Im menschenleeren Hof sah Mathes auf der linken Seite einen großen Leiterwagen, auf dem Holzfässer aufrecht standen. Der fürchterliche Gestank war bereits in den Torbogen geweht. Mathes hoffte, er stamme von dem sich entfernenden Wagen und würde sich verflüchtigen, aber er hielt sich weiter hartnäckig.

Mathes fragte, wohin er sich wenden sollte. Er fürchtete, falls er das große Eingangsportal nahm, gleich im Krankensaal zu landen.

Gut hätte er es gefunden, wenn hier nach dem Beispiel der früheren Leprastation bei St. Jost in Biewer ein etwas abseits gelegener Platz eingerichtet wäre, wo die Spenden deponiert werden konnten, ohne dass man Gefahr lief, mit den Kranken in Kontakt zu treten.

Am rechten Seitentrakt wurde ein Fenster geöffnet.

»Wen möchtest du besuchen?« Der Mann hatte ein rundliches, glatt rasiertes Gesicht und trug keinen Mundschutz.

»Ich will nur was abgeben.« Mathes zeigte auf den Korb.

»Dann komm' rüber, durch den Haupteingang und dann durch den Flur nach rechts und dann ...«

»Ich kann ihn ja auch durchs Fenster reichen«, unterbrach ihn Mathes.

Auf dem Rückweg dachte er darüber nach, wie er Kathi erklären sollte, dass er auch den Korb dagelassen hatte. Ihr wäre das wahrscheinlich nicht passiert. Dabei sah er, wie sich von Ferne zwei im Gleichschritt eine Bahre tragende Männer näherten. Obwohl er nicht hinsehen wollte, starrte er auf das Antlitz des jungen Mannes, fast noch ein Junge. Über fahlweißen Wangenknochen stierten die von dunklen Ringen gerahmten Augen mit nach oben gerichteten Pupillen ins Leere, die Lippen leicht geöffnet, das Kinn von leichtem Bartwuchs dunkelgrau schimmernd. Ein Mensch auf der Schwelle zum Tod, vielleicht schon darüber, dachte Mathes.

An der Ecke des Frankenturms blieb er stehen und fasste sich an den Hals. Der Kragen nahm ihm den Atem, doch er war aufgeknöpft. Seine Haut war schweißnass. Mit der Hand stützte er sich an der Hauswand ab. Seine Knie konnten ihn kaum mehr tragen. Sein Herz pochte. Sollte er es nicht mehr nach Hause schaffen, würde man ihn womöglich zu den Klarissen bringen. Hatte er sich so schnell angesteckt oder war es Panik, die ihn in diesen Zustand versetzte?

»Wie siehst du denn aus?«, fragte sein Vater besorgt, als Mathes wieder in den Laden kam, verkniff sich aber nicht, in vorwurfsvollem Ton anzufügen: »Und wo warst du überhaupt so lang?«

»Ich hab' noch was für Kathi weggebracht. Sie ist allein.«

»Ist der alte Meckel wieder auf Tour?«

»Der alte Meckel ist jünger als du«, bemerkte Mathes und ließ sich schwer auf seinem Stuhl hinter der Theke nieder. »Er ist Richtung Koblenz unterwegs.«

»Mit dem Schiff?«

»Meinst du, er wäre mit dem Zug gefahren?«, spöttelte Mathes, obwohl er sich immer noch schwach fühlte.

»Von den Schiffern sind viele krank geworden. Da würde ich an seiner Stelle aufpassen.«

»Aber es sind auch andere krank.«

»Das kannst du laut sagen. Stell dir mal vor, der Pastor von St. Gervasius ist gestorben.«

»Der Thewald?«, fragte Mathes betroffen.

Sein Vater nickte. »Gerade mal 32 Jahre alt ist er geworden.«

»Woran ist er denn gestorben?«

»Woran schon?« Sein Vater schüttelte den Kopf.

»An der Cholera?« Mathes spürte die Panik von vorhin in sich aufsteigen. »Der war doch noch vor ein paar Tagen bei uns im Laden.«

»So schnell kann das gehen.«

»Vielleicht war er da schon krank.«

»Der arme Mann wäre wohl besser im Saarland geblieben, wo er herkam.«

»Wir sollten den Laden besser eine Zeitlang zulassen«, schlug Mathes vor. »Bis alles vorbei ist. Die Kunden für die Buchbinderei können ja weiter kommen. Ich könnte ein Schild in die Tür hängen.«

»Es wird schon keiner kommen, der krank ist. Das sind doch hauptsächlich die Leute aus dem Kranen und dem Armenhaus.«

»Aber auch Leute, die mit den Kranken zu tun haben. Denk' an den Pastor und an Heinrich Rosbach, der hat vorsorglich seine Frau und die Kinder nach Kanzem geschickt.«

»Ich denk' drüber nach. Solange bleibt der Laden offen«, sagte sein Vater in energischem Ton.

»Du warst nicht bei den Klarissen, sonst würdest du anders darüber denken.« Mathes seufzte. »Als wir die Schaufenster verbrettert haben, warst du nachher auch froh, sonst wäre es uns wie dem Blasius ergangen.«

Die letzte Bemerkung hörte sein Vater nicht mehr, denn er war wieder in seine Werkstatt geschlurft. Im Hof schrubbte sich Mathes die Hände bis sich die Haut rötete.

41

Kaum hatte Mathes am nächsten Tag seinem Vater den neuesten Zeitungsbericht über die aktuelle Entwicklung der Cholera vorgelesen, machte er sich zu Kathi auf. Dort musste er warten, denn am Morgen herrschte im Kolonialwarenladen reger Betrieb.

»Guck dir mal an, was da steht!« Endlich legte er ihr den Artikel auf die Theke.

»Kannst du es mir bitte vorlesen?«, bat sie, während sie mit Aufräumen beschäftigt war.

»In den letzten Wochen sind 180 Personen an der Cholera erkrankt, davon 100 gestorben, 40 genesen und 40 noch in Behandlung«, las er vor. Er schaute ihr zu, während sie die Schütten oben auf den Säcken alle im gleichen Winkel ausrichtete. »In dem Dutzend Häuser im unteren Kranen soll es allein 70 Tote gegeben haben. Das hat mir Linsenwöllm erzählt.«

»Wann?«, fragte sie.

»Vor ein paar Tagen.«

»Man erzählt, er wäre gestern in der Jakobstraße zusammengebrochen und zu den Klarissen gebracht worden.«

»Was?«, fragte Mathes entsetzt. »Mein Gott.«

»Von den Marktleuten sollen in den letzten Tagen etliche krank geworden sein«, berichtete sie weiter. »Dr. Rosbach meint, es sei besonders bei Leuten, die viel Kontakt mit anderen Menschen haben, sehr wichtig, regelmäßig die Hände zu waschen und darauf zu achten, dass alles, was die Kunden berühren, stets sauber gehalten wird.« Sie hob den Zeigefinger. »Nicht zu vergessen die Türklinken.«

Mathes hatte nur mit einem Ohr zugehört, er dachte an das Gesicht des Todgeweihten auf der Bahre, der zur Cholerastation bei den Klarissen getragen worden war.

»Von meinem Vater habe ich immer noch nichts gehört«, murmelte sie. »Auch in Koblenz soll die Cholera ausgebrochen sein.«

Mathes wusste davon, hatte es ihr aber nicht erzählt, um sie nicht zu beunruhigen.

»Er wollte weiter nach Frankfurt. Ich hoffe, er kommt bald wieder zurück«, fuhr sie fort. »Er ist nun schon fast zwei Wochen lang unterwegs.«

Draußen ertönte die Glocke des Schellenmannes. Mathes half Kathi, die bereits mit Wasser gefüllte Eimer bereitgestellt hatte, das Trottoir und die Straße vor dem Haus abzuspülen und zu reinigen. Dazu gehörte des Weiteren, stehendes und fauliges Wasser zu beseitigen, für den Abfluss bei Gossen und Wasserleitungen zu sorgen und Düngerhaufen und Mistgruben durch das Einstreuen von Gips unschädlich zu machen. Anschließend beeilte er sich, nach Hause zu kommen, um seinem Vater beim gleichen Prozedere vor dem Laden zu helfen.

42

Die Mutter hatte bereits einen ganzen Sack Kartoffeln geerntet. In einem Korb lagen Radieschen, Karotten und Schwarzwurzeln. Nun war sie damit beschäftigt, die Samen der roten Melde zu ernten, mit denen sie das Korn zum Brotbacken streckte.

Mathes nahm die beiden Wassereimer. Zum Brunnen war es noch ein gutes Stück weiter als bis zum Bach. Die Mühe war es ihm wert, da er die Warnungen von Heinrich Rosbach beherzigte. Für besonders gefährlich hielt sein Freund das Wasser in Bächen und Flüssen, das durch die Abwässer aus Kloaken verschmutzt war. Nach Einschätzung des Arztes lag einer der Gründe, warum so viele Schiffer an der Cholera erkrankt waren, darin, dass diese sich beim Reinigen des Decks mit Wasser aus dem Fluss infizierten.

Für den Haushalt holte Mathes jeden Tag frisches Wasser am Brunnen nebenan in der Hosengasse, der direkt aus dem Herrenbrünnchen gespeist wurde.

Das Wasser aus dem Brunnen unterhalb des Petrisbergs, zu dem Mathes nun unterwegs war, schien ihm sauber genug zum Gießen des Gartens zu sein. Der Tag war wieder heiß gewesen. Er musste zwei Mal zum Brunnen gehen, bis alle Pflanzen gegossen waren.

Seit Wochen ernährte sich die Familie überwiegend vom Ertrag aus dem heimischen Garten, ergänzt von Eiern aus der eigenen Haltung und selbst gebackenem Brot. Lediglich Käse, Milch und Butter ließen sie sich von einem Bauern aus Euren bringen. In dem Dorf westlich der Stadt hatte es wundersamerweise noch keinen Fall von Cholera gegeben.

Zur Feier des Tages, weil die Meckels zum ersten Mal bei den Fischers eingeladen waren, sollte es am Sonntag seit Langem wieder einmal Kaninchenbraten geben.

Mathes schaute nebenan in den Garten der Meckels, in dem hier und da zwischen den Beeten unübersehbar das Unkraut sprießte. So lange sie sich allein um den Kolonial-warenladen kümmerte, übernahm es Mathes, an trockenen Tagen die Pflanzen in Kathis Garten zu gießen.

Im Wasserfass war noch genug, um die Möhren, Erbsen, Gurken, den Salat und die Radieschen mit Wasser zu versorgen. Als er mit den beiden Eimern den Garten verließ, sah er Kathi herbeieilen. Sie hatte mit beiden Händen den Rock gerafft, um nicht darüber zu stolpern.

Von Weitem rief sie ihm etwas entgegen, das er erst verstand, als sie näher gekommen war.

»Er ist wieder da!«, rief sie mit strahlendem, von Freude, Hitze und Anstrengung geröteten Gesicht und wiederholte es immer wieder, bis auch Mathes' Mutter nebenan im Garten verstand, was sich ereignet hatte.

Auf dem Weg zum Brunnen, wohin sie Mathes begleitete, berichtete sie ihm, dass ihr Vater unterwegs mehrmals aufgehalten worden war und über Umwege Trier erreicht habe. Am schlimmsten habe sein Rücken auf der Fahrt mit der Kutsche über den Hunsrück gelitten. Aber Hauptsache, er sei wieder da und der Seuche entgangen.

43

Nur die sechs Männer, die den Sarg auf ihren Schultern trugen, hatten ihre Mützen auf dem Kopf. Ihnen folgten in Zweierreihen ein knappes Dutzend Männer mit gesenkten Köpfen, die Mützen in der linken, die Schellen in der rechten Hand, die sie in regelmäßigen Abständen gleichzeitig läuteten. Mathes erkannte den Eckensteher aus der Sternstraße und den aus der Glockenstraße.

Ohne Jacke und Hut stürzte er aus dem Laden und rannte der kleinen Trauergesellschaft hinterher, bis er sich ihr anschließen konnte. Jetzt sah er den quer über dem Sarg liegenden Tragegurt. Er tippte den Mann vor sich an, der sich umdrehte und dabei mit dem Hemdsärmel die Tränen aus dem Gesicht wischte. Mathes winkte ab. Er hatte leider nicht den Mut aufgebracht, Linsenwöllm zu besuchen und nun war es zu spät. Das würde er sich nie im Leben verzeihen. Er konnte nun ebenfalls die Tränen nicht mehr zurückhalten.

Bis zum Markt hatten sich immer mehr Menschen dem Trauerzug angeschlossen. Die Porta kam in Sicht, als Mathes direkt hinter dem Sarg angelangt war. Vor ihm hatten sich die Männer immer wieder zu sechst mit dem Tragen abgewechselt und hinter den Kollegen wieder eingereiht. So war er nun an der Reihe, den Sarg zu tragen. Er bekam die Position hinten rechts. Vor ihm baumelte der Gurt, den er so oft an seinem alten Freund gesehen hatte. Mit tränengetrübten Augen stolperte er durch das Simeonstor, durch das sie unbehelligt von den Wächtern gelassen wurden. In der Paulinstraße kam die Ablösung zum Tragen.

Mathes legte zum Abschied die Hand auf die Stickerei auf dem Tragegurt und sah den vertrauten Buchstaben. Es war ein großes ‚T'.

»Wem gehört der?« Alle Pietät vergessend tippte er dem vor ihm gehenden Mann auf die Schulter und zeigte auf den Gurt.

»Den kriegt der Thönnes mit ins Grab«, ließ sich der Träger an der hinteren linken Seite vernehmen, der nun gegen ihn stolperte und ihn mit der Schulter wegdrückte, weil Mathes ihm im Weg stand. Ohne sich vom Fleck zu rühren, blieb er wie angewurzelt stehen, bis ihn die gesamte Trauergesellschaft passiert hatte, die inzwischen mächtig angewachsen war.

Mitte Oktober 1849

44

Seit dem Ende der Frühmesse war die Mutter schon in der Küche zugange. Mathes hatte Wasser und Feuerholz geholt. Wenig später zog der Bratenduft durch das Haus, als er dabei half, den Tisch in der guten Stube zu decken. Den Raum mit den acht Stühlen um den ovalen Eichentisch, den bemalten Tellern und den geschliffenen Gläsern in der schmalen Glasvitrine, dem weißen Spitzendeckchen auf der Kommode, dem Ölgemälde vom Trierer Dom an der Wand und den gehäkelten Gardinen an den beiden Fenstern zur Brotstraße hatten sie seit Ostern nicht mehr genutzt.

Vater und Tochter Meckel waren pünktlich um zwölf Uhr erschienen. Herr Meckel hatte eine exquisite Flasche Wein mitgebracht, seine Tochter Kathi einen Nachtisch und einen Strauß Blumen. Zu Beginn des Essens waren alle noch etwas gehemmt. Nach der Vorsuppe kam der wunderbar zarte Kaninchenbraten auf den Tisch. Eine mehr als willkommene Abwechslung nach dem vielen Gemüse der letzten Wochen. Zum Essen tranken sie Mehringer Wein von Frieda. Zum Nachtisch gab es Rhabarberkompott, das Kathi am Morgen zu Hause bereitet hatte. Dazu genossen sie ein Gläschen von dem süßen Portwein aus dem Regal mit Spezialitäten des Kolonialwarenladens.

»Was können wir von Glück reden, dass Frau Fischer und meine liebe Kathi es verstehen, so vortrefflich zu kochen.« Meckel prostete den beiden Frauen am Tisch zu, die beide ebenfalls ihr Glas erhoben und sein Lächeln erwiderten. Seine eigene Frau war verstorben, als Kathi noch klein gewesen war. Seither hatte er sich alleine um sie gekümmert und nicht wieder geheiratet.

Kathi trug ein geblümtes Sommerkleid und war so schön anzuschauen, dass es Mathes die Sprache verschlug. Er fragte sich, wie er ihre Liebe verdient hatte. Sein Reichtum konnte jedenfalls nicht der Grund sein. Bevor sie heirateten, musste er einen Laden gefunden haben und die nötige Basis dafür bieten, die Familie ernähren zu können. Während Mathes' Gedanken abschweiften, erzählte Kathis Vater, wie auf seiner letzten Geschäftsreise das Dampfschiff auf der Fahrt nach Koblenz auf Grund gelaufen und, nachdem man vergeblich versucht hatte, es freizuschleppen, er in die Kutsche umgestiegen war. So hatte er Termine versäumt, und wichtige Geschäfte waren ihm durch die Lappen gegangen.

Mathes kannte bereits die Schilderung vom Ausbruch der Cholera in Koblenz, die dort anfangs, ebenso wie in Trier, zu wenig ernst genommen worden war. Nach der Kutschfahrt war es wieder per Schiff rheinaufwärts nach Mainz gegangen, von wo Meckel, trotz der schon vorhandenen Rückenprobleme, mit einem Pferdekarren quer über den Hunsrück geholpert war.

Solchen Erzählungen konnte Mathes' Vaters wenig entgegensetzen, war er doch in seinem bisherigen Leben kaum aus dem Moseltal hinausgekommen und entwickelte auch keine Ambitionen, dies jemals zu tun. Den Drang nach fernen Ländern hatten Mathes und sein Bruder jedenfalls nicht von ihm geerbt.

»Das Rezept für das Rhabarberkompott habe ich übrigens von meinem Vater«, bemühte sich Kathi das Gespräch in Gang zu halten. »Verraten Sie mir das Rezept von dem Kaninchenbraten?«

Früher hatten am Tisch der Fischers meist der Vater, der Geselle und Mathes' Bruder das Gespräch geführt. Mutter und den Schwestern war der passive Anteil zugekommen.

Mit Heinrichs Schwester Betty und Jenny von Westphalen hatte Mathes erstmals zwei junge Frauen erlebt, die nicht nur zuhörten, sondern ganz deutlich ihre Meinung vertraten. Kathi war ebenfalls freier erzogen worden. Das kam wahrscheinlich auch daher, dass sie nicht hatte hinter einer Mutter oder Brüdern zurückstehen müssen.

»Ich freue mich, dass wir hier so schön zusammensitzen«, sagte seine Mutter. »Vor ein paar Wochen hätte ich das noch nicht für möglich gehalten.«

»Sie haben recht, wir haben bisher viel Glück gehabt«, antwortete Kathi. »Vielleicht auch, weil wir uns über Wochen aus dem eigenen Garten ernähren konnten, sauberes Wasser hatten, das meiste abgekocht haben. Alles dank der Ratschläge von Heinrich.«

»Und wir sollten die nicht vergessen, denen es nicht so gut ergangen ist«, ergänzte der Vater.

Wieder entstand eine Pause im Gespräch.

»Heinrich hat mir gestern gesagt, dass es seit ein paar Tagen keine neuen Fälle mehr in der Stadt gibt«, sagte Mathes.

»Hoffentlich bleibt das so«, Kathi seufzte. »Es hat schon genug Opfer gegeben.«

»Über achthundert sollen es schon sein«, sagte Mathes. »Darunter die Hälfte der Marktleute, der Schiffer und der Eckensteher.«

»Hut ab vor Dr. Rosbach, der viel Mut gezeigt hat. Und Respekt auch vor den vielen, die ihre Hilfe mit dem Leben bezahlt haben«, sagte Mathes' Vater. Die anderen nickten stumm.

»Hast du eigentlich den Korb zurückbekommen, den ich damals bei den Klarissen abgegeben habe?«, fragte Mathes.

»Den habe ich bei meinem Besuch wieder zurückbekommen«, antwortete Kathi.

»Du warst auch da?«, wunderte sich Mathes. »Ich hätte das doch wieder machen können.«

»So viele Körbe habe ich nun auch wieder nicht.« Sie lächelte.

45

Wäre ihm der Bursche auf der Straße begegnet, hätte er ihn wahrscheinlich nicht erkannt. Aber hier konnte der hagere Mann, der die zwei schweren Folianten auf der Theke ablegte, nur einer sein. Mathes sprang von seinem Stuhl und stürzte auf ihn zu.

»Nä, lass mal«, wehrte der Besucher die Umarmung ab. »Mir sollten noch en Woch warten. So ganz trau ich dem Frieden noch net.«

»Ist mir gleich.« Mathes drückte den zur Abwehr nach vorn gestreckten Arm zur Seite, umarmte Linsenwöllm von Herzen froh und war überrascht, ihn in die Höhe heben zu können.

»Auf emal wolln mich alle of den Arm hollen.« Der Klang der Stimme von Linsenwöllm war nicht mehr so fest wie früher. »Sie hann mich gut aufgepeppelt bei den Vincenti-nern, dat muss ich denen und dem Dokter Rosbach lassen.«

Mathes konnte sich nicht erinnern, jemals von Linsen-wöllm einen Namen direkt ausgesprochen gehört zu haben. Nun waren es gleich zwei.

»Seit wann bist du denn wieder gesund?«

»Gesunn kann man dat noch net nennen. Guck mich doch emal an.«

»Es tut mir leid, dass ich dich nicht besucht ...«

»Net schlimm«, winkte Linsenwöllm ab. »Dafir wars de ja of mein Beerdigung.« Er hatte also von Mathes' Teilnahme am Trauerzug für seinen Kollegen Thönnes gehört. Sein Lä-cheln hatte sich nicht verändert, als er mit einem Daumen unter seinen Tragegurt fasste und das darauf gestickte gro-ße ,L' nach vorn wölbte.

Ende Oktober 1849

46

Das hatte er nun davon, dass er schwer Nein sagen konnte. Egal, ob es um die Rede bei einer Versammlung, um
Schießübungen der Primanerkompanie im *Kaskeller*, um die
lebensgefährliche Verteidigung einer Barrikade oder um die
Unterstützung von Plakatklebern ging. Bei vielen Aktionen
war Mathes dabei gewesen, und nun steckte er schon wieder in der Scheiße! Und das im wahrsten Sinne des Wortes
in der unterirdischen *Cloaca Maxima*. Im Schein der rußen-
den Petroleumlampe wirkten die schmalen Ziegel an der
Wand, aus deren Fugen der Mörtel über die Jahrhunderte
herausgespült worden war, als wären sie lose aufeinander-
geschichtet. Aus den dunklen Ritzen hingen weiße Fäden
herunter, die Mathes kalt und glitschig an Stirn, Wange und
Hals entlangstreiften. Die großen Quader im Gewölbe er-
weckten den Eindruck, jeden Moment herabzustürzen. Auf
dem weiteren Weg lagen immer wieder einzelne Steine im
Matsch und Kehricht des Gangs.

Der Tunnel war so eng, dass sich Mathes meist nur in
leicht schräger Haltung, eine Schulter nach vorn gereckt,
vorwärtsbewegen konnte. Sein dunkler Sonntagsrock und
besonders die neuen Gamaschen waren bereits vom Matsch
verschmutzt. Nun lagen viele Gesteinsbrocken auf dem Boden, zwischen denen die beiden Männer wie Störche hin-
durchstaksten und dabei riskierten, sich die Fußgelenke zu
verletzen.

Sein Begleiter, Edgar von Westphalen, der dicht hinter ihm folgte, war zwar von schmälerer Statur, dafür aber einen halben Kopf größer als Mathes. Leicht gebückt, den breitkrempigen Hut in der einen Hand, die zweite Petroleumlampe, die sie zur Sicherheit noch nicht angezündet hatten, in der anderen, stolperte er hinter Mathes her. Dabei war er gleich auf den ersten Metern zur unverhohlenen Belustigung seines Vordermanns in eine der widerlichen Vertiefungen getreten. Was sich darin gesammelt hatte, roch zu frisch, um von den Römern zu stammen, als der Abfluss noch *Cloaca Maxima* hieß. Seit dem Ende der Römerzeit flossen Triers Abwässer wieder weitgehend oberirdisch ab, mit allen damit verbundenen Unannehmlichkeiten. Wahrscheinlich lag auch darin der Grund, warum die Cholera so viele Opfer gefordert hatte. Falls es stärker regnete, würde es hier unten schnell sehr ungemütlich werden.

»Als ich von der Revolution in Deutschland erfahren habe, hat mich nichts mehr drüben gehalten«, berichtete Edgar. »Abgesehen davon, dass ich meine Bestimmung als Bauer nicht gesehen habe.«

Mathes versuchte sich vorzustellen, wie Edgar von Westphalen noch vor ein paar Monaten als texanischer Freiherr in edlen amerikanischen Stiefeln und im feinen Rock über seine Ranch stolziert war. Wo sollte ein studierter Jurist, der sein Leben auf der Schule und an der Universität verbracht hatte, auf einmal Kenntnisse über Ackerbau und Viehzucht hernehmen?

Im Frühling war Edgar nach Trier heimgekehrt und hatte sich den örtlichen Revolutionären angeschlossen. Aber da war die Sache schon verloren.

»Und dein Freund, der Geodät Schmal, ist sich sicher, dass der Tunnel außerhalb der Stadtmauern endet?«, fragte Edgar.

»Was heißt schon sicher? In den letzten hundert Jahren war keiner mehr hier unten.«

Mathes schien der Gestank von Fäulnis, Schimmel und Verwesung und der Ruß der Lampe wenig auszumachen. Doch nun, als er stehenblieb und eine Pfeife aus der Tasche zog, wurde es Edgar zu bunt. »Du willst doch jetzt nicht rauchen, wo hier sowieso kaum Luft zum Atmen ist?«

»Schon gut.« Mathes, der nur seine Nerven beruhigen wollte, steckte die Pfeife wieder ein, wobei sie scheppernd an die Botanisiertrommel mit dem brisanten Inhalt stieß.

Die Revolution war verloren. Wem nützten noch die Papiere mit den teils wirren Aufzeichnungen? Sie konnten eigentlich nur noch Schaden anrichten, viele aufrechte Kämpfer belasten und ihn selbst obendrein. Es drohten etliche Jahre Gefängnis oder gar der kurze Prozess, wenn sie es nicht ins Ausland schafften wie Karl Grün oder Ludwig Simon. Letzterer war in höchster Not in die Schweiz geflohen.

Gestern hatte ihm Edgar zur Begründung, warum die Papiere erhalten bleiben sollten, in feierlichem Ton den Appell seines Schwagers und Freundes Karl Marx vorgelesen, der eigentlich als Kommissär für die Rheinlande hätte fungieren sollen: »Deutschlands Söhne! Unsere Feinde, die kein Mittel, auch das entwürdigendste, zur Erreichung ihrer verächtlichen Zwecke scheuen, rühmen sich jetzt eines Sieges! Ja, Brüder in Deutschlands Gauen, wir können es uns nicht verhehlen, unsere heilige Sache scheint gefährdet ...« Die Worte klangen Mathes noch im Ohr. Was hieß gefährdet? Die Sache war verloren, und sollte die Revolution eines fernen Tages wieder aufleben, so konnten solche Worte, verfasst von einem Mann, der sich ins Londoner Exil retten musste, verheiratet mit Jenny, der Ballkönigin und schönsten Frau Triers, der Revolution wenig nützen.

Für so einen Tinnef riskierte er, in der Trierer Unterwelt verschüttet zu werden, und sollte er es schaffen, hier herauszukommen, drohte die Verhaftung. Und außerdem war es schade um die Botanisiertrommel, mit der Mathes viele schöne Erinnerungen verband.

»Sollen wir den Kram nicht hier in der Wand verstecken?« Mathes blieb stehen und hielt das Licht vor einen schmalen Schacht zwischen den Ziegeln.

Edgar ließ sich die Lampe geben und inspizierte die Öffnung.

»Nein, das scheint ein Zulauf zu sein. Wer weiß, ob da nicht wieder was durchkommt, wenn es regnet.« Er behielt die Lampe und schritt jetzt voran.

Die in der Botanisiertrommel versiegelten Papiere sollten aus der Stadt gebracht werden. Aber die Aufsicht an den Stadttoren war verdreifacht worden und jeder, der in die Stadt hinein- oder herauswollte, wurde gründlich überprüft. Hauptsächlich wurde nach verdächtigen Aufrührern gefahndet, derer die Behörden noch nicht habhaft geworden waren. Den meisten war die Flucht zum Glück längst gelungen.

Eine Gefahr spürend, schaute Mathes hinter sich, wo sich das Licht der Petroleumlampe nach wenigen Metern im Dunkeln des schnurgeraden Tunnels verlor.

Immer noch gaben Edgars Stiefel bei jedem zweiten Schritt ein schmatzendes Geräusch von sich, das von den Wänden widerhallte.

Ihr Plan konnte nur an einem Sonntagnachmittag funktionieren. Geodät Schmal hatte sie durch eine Ruine in der Neugasse in einen verlassenen Weinkeller geführt, der einen mit Brettern getarnten Durchschlupf in die *Cloaca Maxima* besaß. Der Kanal war in der Blütezeit der Stadt errichtet worden und sollte über eine weite Strecke bis zum Moselufer führen.

Mathes schätzte, dass sie bereits einige hundert Meter bewältigt hatten. Bald müssten sie den Hauptmarkt unterqueren, von dort aus war es nicht mehr weit bis zum Simeonstor, dem Stadttor neben der Porta Nigra, unter dem sie unbemerkt aus der Stadt gelangen wollten. Neben den losen Steinen im Gang mussten sie den Holzbalken ausweichen, die an manchen Stellen die Decke sicherten.

»Was ist denn da passiert?«

Mathes lief auf seinen Vordermann auf, weil dieser plötzlich stehen geblieben war. Als Edgar sich bückte, um seinen aus der Hand gerutschten Hut aufzuheben, sah Mathes die Bescherung. Der Gang war von Steinen und Erdreich verschüttet.

Als er zum Sprechen ansetzen wollte, streifte etwas mit großer Geschwindigkeit seine Kappe. »Was war das?«

»Der Gang ist eingestürzt.«

»Mir ist ein Tier gegen den Kopf geflogen.«

»Wie bitte?«

»Ein Tier ist mir an den Kopf gestoßen.«

»Das könnte eine Fledermaus gewesen sein, was ein gutes Zeichen wäre. Dann müsste es in der Tat auch einen Ausgang ins Freie geben.« Edgar reichte Mathes die Lampe und begann, die Gesteinsbrocken aus dem Schutt zu ziehen und nach hinten zu rollen.

»Halt die Lampe bitte etwas höher und geh' besser noch ein paar Schritte zurück!« Ein dicker Brocken kullerte an Edgar vorbei. »Pass auf deine Füße auf!«

Mathes schrie auf, die Lampe entglitt seiner Hand.

Im ersten Moment kam es Edgar vor, als habe die Dunkelheit den Geruch von Petroleum angenommen. Wenn die Augen nichts mehr sahen, waren die übrigen Sinne doppelt geschärft. Nicht nur seine Nase schien sensibler geworden zu sein, auch vermeinte er, neben dem Jammern seines Begleiters von oben dumpfe Geräusche zu hören, wie von eisenbeschlagenen Rädern, die über das Pflaster holperten. Um Hilfe zu rufen, hatte keinen Sinn. In den abenteuerlichen letzten Monaten hatte Edgar eines gelernt: Ruhe bewahren. Er holte so tief Luft, wie es der Gestank erlaubte, und schob die Hand durch das Revers seiner Jacke zur Weste, wo er die Streichhölzer aufbewahrte. Es waren weniger, als er gehofft hatte. Als er das erste anriss, sah er den jammernden Mathes auf dem Boden hocken. Beide Hände umklammerten den rechten Unterschenkel. Neben ihm lag die Lampe, um deren zerbrochenes Glas sich Erde und Steine vom ausgelaufenen Petroleum dunkel verfärbt hatten.

Bevor Edgar nach seiner Leuchte schauen konnte, versengte ihm die kleine Flamme die Fingerspitzen. Mit dem nächsten brennenden Streichholz fand er seine Lampe in bedrohlicher Schieflage. Es schien zum Glück nichts ausgelaufen zu sein. Mit dem letzten Hölzchen brachte er den Docht zum Brennen.

Mathes hatte sich inzwischen wieder aufgerichtet.

»Es ist, glaub' ich, nichts gebrochen«, stieß er zwischen zusammengebissenen Zähnen hervor. Die Gamaschen schienen Schlimmeres verhindert zu haben.

Edgar grub mit bloßen Händen weiter. Das Hindernis stellte sich als ein Hügel heraus, aus dem sich die Steine leicht lösen ließen. Die Decke war zusammen mit der darüberliegenden Erde eingebrochen. Seine Hände fassten etwas Rundes, das ihn innehalten ließ. Es war ein großer Knochen, wie man ihn beim menschlichen Skelett dem Oberschenkel zuordnen konnte. Dieser hier konnte aber auch von einem Pferd oder einer Kuh stammen.

»Ich hab' es gleich.« Edgar schob den Knochen zusammen mit lockerem Schutt angewidert zur Seite, um dann den Schädel zu entdecken.

»Was ist denn das?«, fragte Mathes in dem gleichen gelassenen Ton, in dem er meistens redete; ohne eine Spur von Erregung oder Überraschung.

»Der Bedauernswerte hat vielleicht versucht, da oben einen Stein zu lösen und ist erschlagen worden.«

»Oder man hat ihn hier unten verbuddelt«, vermutete Mathes.

»Das klingt mir zu aufwendig!« Edgar behielt seine Befürchtung für sich, dass der Ärmste vielleicht ausgerechnet zu dem Zeitpunkt hier entlangkam, als sich ein Stein aus der Decke löste. Das konnte ihnen auch jederzeit passieren. Er rieb sich die Handfläche an seiner Jacke ab, um das eklige gelbe Haar loszuwerden, das sich vom Schädel gelöst hatte.

»Soll ich mal, ich hab' einen Spaten dabei.«

»Was hast du?« Edgar hatte es die Sprache verschlagen.

»Einen Spaten ...« Mathes zog den Spaten aus seiner mantelähnlichen Jacke. Über dem rostigen Blatt war der Stiel auf halber Höhe abgesägt.

»Wir brauchen doch was zum Graben!«

Diesmal blieb Mathes vorsichtshalber weit genug zurück, während er dabei zusah, wie Edgar schnaufend Steine und Erde abtrug.

»Sollen wir nicht doch besser zurückgehen?« Die Frage stellte Mathes erst, als er bereits kriechend seinem Vordermann durch das freigegrabene Schlupfloch folgte.

Er beeilte sich, humpelnd zu Edgar aufzuschließen, der die Lampe in der rechten Hand etwas vom Körper entfernt hielt. Eine Zeitlang war nur das Klacken ihrer Stiefel zu hören. Mathes schwitzte. Der Schmerz im Schienbein hatte nachgelassen. Gerade knöpfte er sich die Jacke auf, als der Tunnel eine Biegung machte.

»Jetzt dürfte es nicht mehr weit sein bis zur Mosel.« Edgar wies mit dem Spaten in seiner linken Hand ins Dunkel.

Mathes kam durch die vielen Steine, die sich aus dem Mauerwerk gelöst hatten, immer wieder ins Straucheln. Als sie kurze Zeit später auf das erlösende Tageslicht zuschritten, stellte sich bei Mathes trotz des schier undurchdringlichen Gestrüpps aus Schwarzerle, Haselnuss und Weiden, das es zu überwinden galt, Erleichterung ein. Bis er die von der Decke bis zum Boden reichenden Gitterstäbe entdeckte. Die auf den ersten Blick darin eingelassene, kaum zu erkennende Gittertür war mit einer dicken Eisenkette und einem schweren Schloss verriegelt.

Edgar versuchte bereits, mit dem Spaten Druck auf das rostige Teil auszuüben. Als Nächstes warf er sich mit der Schulter gegen das Gitter. Vergeblich. Nun rüttelte er nacheinander an jedem der Stäbe.

»Edgar, geh' mal zur Seite!« Mathes hatte einen schweren Stein vom Boden aufgehoben und hielt ihn nun mit beiden Händen hoch über dem Kopf.

Begleitet von einem aus seinem tiefsten Inneren kommenden Urlaut wuchtete er den Brocken auf das Schloss. Edgar zuckte unter dem lauten Krachen zusammen, das sicher draußen im ganzen Moseltal zu hören war. Es folgte das Rasseln der Kette, die samt dem Schloss zu Boden fiel.

Beide verharrten stumm, den Blick auf das Pflanzengestrüpp gerichtet. Als sich dort eine Weile nichts regte, zog Mathes das quietschende Tor auf.

Indem er die Äste zur Seite bog und mit dem Spaten eine Bresche schlug, bahnte sich der hagere Edgar einen Weg durch das dichte Gestrüpp. Mathes hatte seine Jacke ausgezogen und musste seinen etwas fülligeren Körper an engen Stellen mit knapper Not durchzwängen.

»Moment«, hielt ihn Edgar zurück, als er endlich ins freie Gelände hinaustreten wollte. »Warten wir das noch ab.« Er zeigte zum Fluss.

Während Mathes die Jacke überzog und seine Pfeife in den Mund steckte, beobachtete er, wie ein Ruderboot moselaufwärts vorbeizog.

Nachdem sie die Petroleumlampe versteckt hatten, klopften sie sich gegenseitig den Schmutz von den Kleidern und kletterten den Hang zum Weg empor. Als sie wenig später zurückblickten, war der Eingang des Tunnels in der dicht bewachsenen Uferböschung nicht mehr zu erkennen.

Auf dem Weg zur Anlegestelle der Fähre nach Pallien bestand Mathes auf seinem gemächlichen Sonntagsschritt, bei dem er gemütlich paffend die wenigen entgegenkommenden Ausflügler freundlich grüßte.

»Was willst du so spät noch drüben?«, wurde Mathes vom Fährmann begrüßt, nachdem er seine Passagiere von Bord gelassen hatte und mit den beiden ablegte.

»Wenn es keinen Viez mehr in Pallien gibt, dann fahren wir zurück!«, war Mathes' Antwort. Beim Übersetzen blieb er demonstrativ stehen, wobei er sich um sein Gleichgewicht bemühte, als habe er etwas getrunken, wolle sich dies aber nicht anmerken lassen. Edgar hatte auf einer Bank Platz genommen. Er schaute sich diskret um. Am Palliener Ufer wartete eine kleine Schar Sonntagswanderer, die nach dem Anlegen fröhlich schwatzend an ihnen vorbei ins Boot strebten. Niemand schien besondere Notiz von den beiden Männern zu nehmen.

Auch auf den Treppenstufen zwischen den Felsen hoch zum Weißhauswald blickte sich Edgar immer wieder um.

»Lass mich bitte mal verschnaufen«, keuchte er schließlich. »Vom Gelbfieber habe ich mich immer noch nicht ganz erholt. Das hat mich Monate gekostet, die ich im New Yorker Spital verbringen musste.«

»Aber wenigstens bist du lebend wieder rausgekommen.« Mathes klopfte seine Pfeife an einem der schweren Steine der Begrenzungsmauer aus.

»Im Gegensatz zu manch anderem, da hast du recht. Und die Cholera hat der Revolution den Rest gegeben, hat das letzte Flämmchen erstickt.« Edgar setzte sich wieder in Bewegung. »Und jetzt sehen wir, dass wir das Zeug da loswerden, damit nicht noch mehr Genossen vor Gericht landen.«

Sie querten das Falsche Biewertal und gelangten auf einen Weg, der durch jungen Wald bergan in Richtung Schusterskreuz führte. Mathes kannte sich hier bestens aus. Nach wenigen Metern führte er Edgar über einen parallel zum Berg führenden Seitenpfad in ein von Hecken begrenztes Birkenwäldchen. Unter einem kleinen Felsen grub Mathes in dem lockeren Sandboden. Statt Schmiere zu stehen, ruhte sich Edgar derweil auf einem Baumstumpf aus. Sein Hut lag über Mathes' Jacke auf seinen Knien. Als er eine schnarrende Stimme hörte, duckte er sich rasch auf den moosigen Boden.

»Was machen Sie denn da?«

Die Stimme ließ Mathes zusammenzucken. Zwischen den Blättern hindurch erkannte er auf dem unterhalb verlaufenden Weg einen hoch gewachsenen preußischen Leutnant mit einer sonntäglich herausgeputzten Dame am Arm. Beide waren stehen geblieben und schauten zu ihm hoch.

»Machen Sie sich um mich kein Sorgen!« Mathes legte diskret den Spaten ab und erhob beide Hände wie zur Kapitulation über den Kopf. »Den schlimmen Birnenviez treibt ganz schlimm, Herr *General*. Deswegen muss ich in den Busch.« Dazu furzte er lautstark und lamentierte. »Et gieht net mie lang gut!«

Grinsend schaute er dem Paar nach, das schleunigst davoneilte.

Wenig später versenkte er die Botanisiertrommel im Loch. Den Hut in der Hand beobachtete Edgar mit der würdevollen Miene des Teilnehmers an einer Beerdigung, wie Mathes hastig den Sand über die Behältnisse schaufelte. Mit Edgars Hilfe verteilten sie Blätter und dürre Äste über der frischen Erde, bevor sie sich schließlich so schnell wie möglich aus dem Staub machten.

Auf dem Rückweg stellte sich bei beiden nach und nach Erleichterung ein. Zurück in Pallien ließ es sich Mathes nicht nehmen, Edgar auf einen Viez in ein Ausflugslokal einzuladen. Dort war bis in den frühen Abend gefeiert und auch getanzt worden. Nun saßen hier nur noch die Musiker beim Essen. Der ersten Porz, die Mathes und Edgar auf die gelungene Geheimmission kippten, folgten weitere, die sie jeweils den verfolgten Revolutionären widmeten. Angefangen bei Karl Grün, der im Gefängnis in der Windstraße saß, über den in die Schweiz geflohenen Ludwig Simon bis hin zu Jenny und Karl Marx, die in Köln zugleich mit der Zeitung ihr gesamtes Vermögen verloren hatten und nun im Londoner Exil waren.

Wie beim geselligen Mathes nicht anders zu erwarten, tranken sie noch eine Runde mit den Musikern und nahmen deren Einladung erfreut an, mit ihnen auf einem Pferdewagen zurück in die Stadt zu fahren. An der Römerbrücke ließen sich die Wachsoldaten bei der Inspektion der Koffer mit den Instrumenten viel Zeit.

Als Edgar und Mathes vom Wagen stiegen und zu Fuß weitergehen wollten, wurden sie von einem der Posten mit der Frage aufgehalten: »Wo haben Sie Ihre Instrumente?«

Mathes dachte an den Spaten unter seiner Jacke und zeigte auf seinen Begleiter: »Der Herr ist unser Dirigent.« Mit seiner frackähnlichen Jacke konnte Edgar durchaus als solcher durchgehen. »Und ich ... ich singe.« Mathes beugte sich zu dem Uniformierten und hauchte ihm seine Alkoholfahne entgegen. »Wollt ihr was hören, es kostet auch nichts.«

»Hauen Sie nu ja ab!« Der Mann wandte das Gesicht ab und wedelte sich Frischluft zu.

Mathes und Edgar zogen Arm in Arm schwankend weiter. In den stockdunklen Straßen, wo sie kaum die Hand vor Augen sahen, vermissten sie die Petroleumlampe. Bevor sich ihre Wege trennten, versicherten sie sich nochmals gegenseitig, über die Aktion absolutes Stillschweigen bis aufs Sterbebett zu wahren.

Dank

Den vielen Menschen, die sich bemüht haben und weiter bestrebt sind, die Geschichte der Stadt Trier mit den politischen, gesellschaftlichen und sonstigen Ereignissen und ihrer historischen und zeitgenössischen Bewohner aufzuzeichnen und zu bewahren.

Es war ein Vergnügen, in den umfangreichen Quellen der Trierer Archive und Bibliotheken auch kleinste Details zu finden, die mir geholfen haben, die Atmosphäre der Zeit vor fast zwei Jahrhunderten (hoffentlich) authentisch zu beschreiben.

Dank für Tipps und Anregungen an Gabriele Belker, Peter Vollmer, Marlene Ambrosi, Hans Reichert, Bernhard Simon, Peter Ahlhelm, Ingrid Scharfschwerdt, Michael Völker, Theresa und Anna Lena Weyand.

Literatur

Ambrosi, Marlene, Jenny Marx – ihr Leben mit Karl Marx, Trier 2015

Ambrosi, Marlene, Jenny Marx – eine bedeutende Frau, Trier 2017

Blumenberg, Werner, Karl Marx in Selbstzeugnissen und Bilddokumenten, Reinbek 1962

Böhm Gabriela, Karl Marx – Revolutionär aus Trier, Trier 2008

Brandler, Gotthard, Eckensteher Blumenmädchen Stiefelputzer, Leipzig 1988

Campe, Joachim Heinrich, Die Entdeckung Amerikas, Stuttgart 1890

Dühr, Elisabeth, Der schlimmste Ort in der Provinz, Trier 1998

Fischer-Fabian, Siegfried, Preußens Krieg und Frieden, München 1981

Forster, Georg, Reise um die Welt, Frankfurt a. M. 1983

Franz, Gunter und Lücking, Hermann, 250 Jahre Trierer Zeitungen, Trier 1995

Glassbrenner, Adolf, Der politisierende Eckensteher, Stuttgart 1969

Jung, Hermann, Fischers Maathes und seine Kumpane, Leipzig 1936

Haffner, Sebastian, Preußen ohne Legende, Hamburg 1998

Hand, Ralf, Reichert Hans u.a., Flora der Region Trier, Trier 2016

Kentenich, Gottfried, Geschichte der Stadt Trier, Trier 1915

Köhl, Peter, Heinrich Rosbach, Ottweiler 1985

Kordon, Klaus, 1848 – Die Geschichte von Jette und Frieder, Weinheim 1997

Lackas, Josef, Witze und Späße vom Fischers Maathes, Trier 1983

Lerch Hansruedi, Dällebach Kari, Bern, 1980

Lichter, Eduard, Fischers Maathes, ein Trierer Original, Neues Trierer Jahrbuch, Trier 1978

Prüm, Karl-Josef, Ausflüge zu den Naturdenkmalen im Trierer Land, Trier 2012

Schmal, Karl, Aus Fischers Maathes letzten Tagen, Neues Trierisches Jahrbuch, Trier 1961

Schmidt, Ingrid, Briefe und Zeichnungen des Paul Mewes, Hamburg 1981

Schölzel, Stephan, Trier um die Jahrhundertwende, Trier 1982

Schurz, Carl, Lebenserinnerungen, Göttingen 2016

Seewaldt, Peter, Trier im Bild 1800–2000, Trier 2011

Seidel, Dankwart, Eisenreich, Wilhem, Foto-Pflanzenführer, München 1985

Spoo, Philipp, Trier wie es nicht jeder kennt, Trier 1959

Steinbach, Ludwig, Eurener Chronik, Band II, Trier 1927

Treichler, Hans Peter, Die magnetische Zeit, Zürich 1988

Weyand, Michael, Trierer Lokale von anno dazumal, Trier 1984

Wulf, Andrea, Alexander von Humboldt und die Erfindung der Natur, München 2016

Zenz, Emil, Geschichte der Stadt Trier im 19. Jahrhundert, Trier 1979

Zenz, Emil, Gestalten des Trierer Landes, Trier 1954

Weitere Quellen

Dällebach Kari, Regie Früh, Kurt, Film, Schweiz 1970

Der junge Karl Marx, Regie Peck, Raoul, Film, Frankreich, Deutschland, Belgien 2017

Die andere Heimat, Regie Reitz, Edgar, Film, Deutschland, Frankreich 2013

www.fischers-maathes.de, Helmut Haag

Der Spiegel, Barbara Supp, Marian Blasberg, Klaus Brink-bäumer, Das Stehaufmännchen, Hamburg 22.08.2005

Süddeutsche Zeitung, Weber, Antje, Atemlos am Rand des Abgrunds, München 16.04.2009

Trierischer Volksfreund, Leser, Zeichnungen: Linden, Fritz Peter, Fischers Maathes, Trier 2008

Trierischer Volksfreund, Wolff, Christiane, Von Hahnenfuß und Bocks-Riemenzunge, Trier 19.06.2015

www.wikipedia.de

www.wikipedia.org/wiki/Mathias_Joseph_Fischer